中国山水文学的历史脉络与文化演进

杨真真◎著

吉林人民出版社

图书在版编目（CIP）数据

中国山水文学的历史脉络与文化演进 / 杨真真著.

长春：吉林人民出版社，2024. 10. -- ISBN 978-7-206-21499-8

Ⅰ.I206

中国国家版本馆CIP数据核字第20247YW892号

中国山水文学的历史脉络与文化演进
ZHONGGUO SHANSHUI WENXUE DE LISHI MAILUO YU WENHUA YANJIN

著　　者：杨真真	
责任编辑：门雄甲	封面设计：寒　露

吉林人民出版社出版 发行（长春市人民大街7548号）　邮政编码：130022

印　　刷：河北万卷印刷有限公司

开　　本：710mm×1000mm　　1/16

印　　张：17　　　　　　　　　　字　　数：230千字

标准书号：ISBN 978-7-206-21499-8

版　　次：2024年10月第1版　　　印　　次：2025年1月第1次印刷

定　　价：98.00元

如发现印装质量问题，影响阅读，请与出版社联系调换。

前　言

  在中国文化中，山水不仅仅是自然的具象描绘，它承载了一种深刻的宇宙观，代表了中国人对于人与世界关系的哲学思考。这种思考超越了单纯的自然景观赏析，变成了一种图像性的呈现，通过借用山水的元素来反映和表达艺术家的情感和哲理。在这样的艺术表达中，山水不仅仅是画中的山川湖泊，更是一种借山借水来表达更深层次感悟的方式。文人不单纯描绘具体的自然景观，如庐山、泰山或黄山，而是将这些景观作为象征和媒介，传递更为广泛的人生和哲学意义。这种表达形式使得山水画不仅仅是视觉艺术，更是一种情感与哲学的交融。历代的山水文学作品，如李白和杜甫的诗，已经在中国文化中形成了一套独特的表达系统。他们的文字不仅是语言的艺术，还能直接转化为视觉图像，引发读者对自然美的深层感知和个人情感的共鸣。这种从文字到视觉图像的转换，不仅体现了个体差异，更展示了中国文化中独有的审美和思维方式。因此，山水在中国文化中的意义远超过其字面上的山和水，它是一种包含深远哲学和精神追求的文化符号，反映了中国人对天地人关系的独到见解和深刻理解。通过借用自然元素，中国山水文学不断探索人与自然和宇宙的和谐共生，展现了中国文化的丰富内涵和独特魅力。

  本书旨在通过分析山水文学作品，揭示文学与文化、社会、哲学之间的相互作用和影响。山水文学作为中国文学的重要分支，其不同历史时期的创作反映了不同时代的文化气质和审美趣味。山水文学的起源可以追溯到神话传说和自然崇拜的萌芽阶段，《诗经》和《楚辞》中情感丰富且具有象征意义的自然描绘是其早期表现。《春秋繁露》和《淮南子》深化了这种自然观，提出了哲学性的自然思想。汉代通过山水赋，展现了细腻直观的自然美学。魏晋南北朝时期，山水文学逐渐成熟，在陶渊明和谢灵运的作品中，山水文学转向更深层的个人情感表达和对美好生活的追求。唐代是山水文学的黄金时期，王维、杜甫、孟浩然等诗人在艺术上达到了前所未有的高度，文学表达实现了与自然和谐共鸣的理想境界。宋代山水文学在丰富变化中体现出高度的哲理性和艺术性。林逋、赵抃、杨蟠的诗意世界，苏轼的自然审美哲学，叶梦得、"四灵"及戴复古的诗意融合，都展示了宋代文人通过创新使山水文学更加深邃。元代的山水诗歌在戴表元、赵孟頫、陈孚、黄庚等人的创作下，达到了新的艺术高度，作品在情感表达和哲学探索上更加深刻。明清时期，山水文学继续发展，从刘基到徐霞客，从张煌言到姚燮，文人通过诗歌和散文不断探索人与自然关系的新维度。近现代作家如龚自珍、俞樾、沈曾植、朱自清、郁达夫，他们的作品反映了现代视角下的山水文学如何回应时代的呼声，展现了生态审美和山水意识的现代转化。当代山水文学在保留其传统魅力的同时，适应现代社会与文化需求，预示着其在未来文化艺术中将持续发挥重要作用。通过对山水文学历史脉络和文化演进的梳理，本书不仅提供了一次从古至今的山水文学之旅，还深化了人们对中国文化与自然哲学之间互动的理解。

　　希望本书能为读者提供一个全面而深入的视角，使其理解中国山水文学的丰富内涵和历史价值。通过这些流传千古的文学作品，人们不仅能够了解所取得的艺术成就，更能够深刻感受到中国文化的独特魅力和深远影响。

目 录

第一章 源流觉醒——先秦两汉的山水文学 ……………001

 第一节 早期的神崇与山川礼赞……………001

 第二节 《诗经》与《楚辞》中的山水意象……………002

 第三节 《春秋繁露》与《淮南子》的天道自然……………007

 第四节 汉赋山水的自然描绘……………010

第二章 风雅成章——魏晋南北朝的山水文学 ……………013

 第一节 《世说新语》中的自然赏析……………013

 第二节 陶渊明笔下的风光物语……………017

 第三节 谢灵运山水诗的奠基与探索……………026

 第四节 《水经注》：山水文学的瑰宝……………036

第三章 诗意盎然——唐代的山水文学 ……………042

 第一节 王绩：盛唐山水田园诗的晨光……………042

 第二节 孟浩然：游历自然的诗意轨迹……………049

 第三节 王维：山水与画意的和谐共鸣……………056

 第四节 杜甫：彩绘心中的山水……………063

 第五节 柳宗元：笔下的山水与心中的游记……………067

第四章　山水新韵——宋代的山水文学 …………………………… 081

第一节　林逋、赵抃、杨蟠的诗意世界 …………………………… 081
第二节　苏轼：山水之中的自然审美哲学 ………………………… 087
第三节　叶梦得：山水与情感的诗意融合 ………………………… 096
第四节　"四灵"及戴复古的山水情愫 …………………………… 104

第五章　笔墨纵横——元代的山水文学 …………………………… 113

第一节　戴表元与赵孟頫的诗意山水 ……………………………… 113
第二节　陈孚与黄庚的山水诗情 …………………………………… 119
第三节　杨维桢的山水诗歌探幽 …………………………………… 124
第四节　张养浩散曲中的自然与生命 ……………………………… 127

第六章　文海风华——明代的山水文学 …………………………… 133

第一节　刘基的山水诗文境界 ……………………………………… 133
第二节　谢铎、王守仁、徐渭的山水诗韵 ………………………… 141
第三节　王士性的山水诗文篇章 …………………………………… 149
第四节　袁宏道的游心墨迹 ………………………………………… 160
第五节　徐霞客的山水游记 ………………………………………… 171

第七章　清韵悠长——清代的山水文学 …………………………… 183

第一节　张煌言与黄宗羲的山水诗 ………………………………… 183
第二节　朱彝尊、查慎行、厉鹗的诗文绮丽 ……………………… 185
第三节　齐周华的山水散文情趣 …………………………………… 198
第四节　姚燮的山水书心 …………………………………………… 201

第八章　传承变革——近现代的山水文学 ………………………… 207

第一节　龚自珍：诗文中的山水情怀 ……………………………… 207
第二节　俞樾与沈曾植的山水传承 ………………………………… 211

第三节　朱自清：生态审美下的山水意识……………218
　　第四节　郁达夫：山水与诗情的融汇………………230

第九章　当代视角下的山水文学………………………**239**
　　第一节　山水文学的当代价值………………………239
　　第二节　山水文学的未来发展………………………248

参考文献……………………………………………………**253**

第一章　源流觉醒——先秦两汉的山水文学

第一节　早期的神崇与山川礼赞

中华民族历来以其探索精神著称。在远古时期，尽管认知尚未完全发展，但祖先已经开始对自然界的奥秘提出诸多疑问：宇宙如何生成，日月为何呈东升西落之势，以及天气为何会变化等。正如鲁迅所指出的，初民们依靠有限的经验和想象，构建了多种解释这些自然现象的神话。[1]这些神话虽然在今天看来仅是富有诗意的叙述，但对于古人而言，它们是对自然的直观而真实的理解和描述。这些神话不仅是宗教和艺术的起源，也是文学创作的源泉。它们标志着人类社会意识和自然意识的最初形成，代表了人类历史与文明的初章。人类与自然界的这种深刻联系，自其确立之时起，便成为历史进程中不可分割的一部分。无论社会如何演变，这种联系始终未曾改变，它不仅增强了人类对自然界的感知和认识，还反映了人类在不断探索中所展现的精神追求。

由此可知，中国古代对天地、日月、四时及山川百神的祭祀是广泛

---

[1] 鲁迅. 中国小说史略[M]. 北京：中国言实出版社，2020：7.

且深入的。正如《诗经·周颂·时迈》所述,"怀柔百神,及河乔岳",强调了通过祭祀以和谐各类神灵。《左传·昭公元年》中说,对山川之神的祭祀是为了防水旱和疫病之灾;对日月星辰之神的祭祀则是为了调节非常时期的天气灾害。随着封建国家制度的稳固,这种祭祀传统得以延续。《汉书·郊祀志下》记录道:"天子祭天下名山、大川,怀柔百神。"在《通典·礼》中,提到汉代建立的祭祀场所和对自然的崇拜,强调天文和地理是文化与生产活动的基础。这种对自然的祭祀不仅是宗教活动,也促进了人们对山水的深入探索和了解,为后来的自然美学和审美观赏奠定了基础。

第二节 《诗经》与《楚辞》中的山水意象

在先秦时期的诗歌创作中,尤其是在《诗经》和《楚辞》这两部著作里,自然景物的描绘与抒发诗人的个人情感紧密结合,形成了一种显著的文学现象。据统计,《诗经》包含了超过八十种植物和三十多种鸟兽及同样数量的昆虫和鱼类的描写,这不仅反映了周代人对自然环境的广泛接触和深刻理解,而且表明自然界在他们的物质和精神生活中扮演着重要角色。《诗经》广泛采用了"兴"这一艺术手法,借助自然景物触发和表达深层的情感和思想。孔颖达在《毛诗正义》中提道:"兴者,起也;取譬引类,起发己心。"[1]这表明自然景象经常被用作诗歌中情感的触发点。皎然在《诗式》中阐述:"取象曰比,取义曰兴。义即象下之意。凡禽鱼、草木、人物、名数,万象之中义类同者,尽入比兴。"[2]这进一步说明自然景物在诗中充当了感情和思想的象征。宗白华也指出,《诗经》中被称为"兴"体的诗篇,往往是以对自然景物如山水、鸟兽、草木等的

---

[1] 孔颖达.毛诗正义[M].北京:中华书局,1957:65.
[2] 皎然.诗式校注[M].周维德,校注.杭州:浙江古籍出版社,1993:20.

描述开头，以此引发接下来的情感和思想表达。他在《关于山水诗画的点滴感想》中提道："山水风物的描写在这里建立了它的根基。"[①] 这种文学技巧不仅丰富了诗歌的表现力，还使得自然景物成为情感与思想的有力载体，从而在中国古代诗歌中形成了自然描写与个人情感结合的重要传统。

《诗经》中体现了诗人在与自然互动的生活实践中发掘出的深刻洞见：人的情感与自然界中的元素之间存在着一种隐喻性的对应关系。这种关系允许诗人通过自然界的具体象征来寓意和表达复杂的人类情感，这与西方意象派诗人通过"客观相关物"表达抽象思想的方法相似。例如，《诗经》中的《周南·桃夭》利用春季桃树的生机勃勃和花朵的灿烂，象征新娘的青春美丽和成婚的快乐气氛。"桃之夭夭，灼灼其华。之子于归，宜其室家"，通过自然景象的生动描绘，映射出人物的情感状态和社会期许。《邶风·燕燕》则通过描述燕子展翅高飞的场景来表达离别的情绪："燕燕于飞，差池其羽。之子于归，远送于野。瞻望弗及，泣涕如雨"，燕子的飞翔成为离别悲伤的象征，情感的传达通过自然界的描写变得更加深刻而直观。在《周南·葛覃》中，葛叶的丰茂与黄鸟的聚集和鸣叫被用来象征女主人公的归家愿望："葛之覃兮，施于中谷，维叶萋萋。黄鸟于飞，集于灌木，其鸣喈喈。"自然景物和动物行为在诗中被精心布局，以反映主人公的内心情感。《小雅·采薇》的结尾通过对比春天的杨柳和冬天的雨雪来表达战士归来时的忧郁与疲惫："昔我往矣，杨柳依依。今我来思，雨雪霏霏。行道迟迟，载渴载饥。我心伤悲，莫知我哀。"自然景观的变化成为诗人情感变化的隐喻，展示了他们对自然和人生的深刻体悟。

在先秦诗歌创作中，《诗经》不仅描绘自然，更借助自然景观来表达诗人的内心世界。《周南·芣苢》通过对妇女采集车前子的情景的描述，展现了一种热烈欢快的气氛。方玉润在《诗经原始》中提道："夫佳诗不

---

① 宗白华. 美学与意境[M]. 南京：江苏凤凰文艺出版社，2017：220.

必尽皆征实,自鸣天籁,一片好音,尤足令人低回无限。"① 这表明,《诗经》中的诗歌通过描写自然景物,引发读者深层的情感共鸣。此外,《秦风·蒹葭》通过描绘秋天的蒹葭、白露与秋水,创造了一种既清新又忧伤的氛围。诗中通过反复描写蒹葭的形态和秋水的冷清,表达了对远方所爱之人的深切思念。王国维先生在《人间词话》中评价此诗"最得风人深致",指出这首诗达到了诗歌表现深情微妙境界的极致。② 通过普通的自然景物,诗人构建了一幅生动的画面,传达了复杂而微妙的人类情感。这种借助自然景象来表达人的情感,使得《诗经》中的诗歌不仅有对自然的赞美,也有对人情感的深刻抒发。如此,自然不只是被动的背景,而是情感表达的活跃媒介,成为诗人与读者之间情感交流的桥梁。

与《诗经》相比,《楚辞》展现了更加广阔的视野和丰富的表达手法。如果《诗经》主要反映黄河流域的文化,那么《楚辞》体现了江淮流域的文化特色。据《汉书·地理志下》记载,楚地拥有汉江等水系和丰富的山林资源,楚地人民以渔猎为生,具有丰富的祭祀文化,这些都深刻影响了楚地的文学发展。这种独特的地理和文化背景使得楚地文学风格与北方截然不同,而《楚辞》就是这一文化环境下的杰出代表。刘勰在《文心雕龙·辨骚》中对《楚辞》的评价很高,认为这部作品在描绘自然景观和抒发情感方面达到了极致。他提到,《楚辞》中的《离骚》《九章》等篇章不仅在艺术表现上充满朗丽与哀感,还能通过其丰富的想象力和精妙的辞藻,显现出瑰异和精致的艺术效果。这些作品在描绘自然景观时,能够展示出极具画面感的构图和布局,使读者仿佛身临其境。钱锺书也强调,《楚辞》在描述自然景观方面远超《诗经》,《楚辞》能够将数个自然元素综合在一起,形成一幅完整的景观画面,这在当时的文学中是一个重大的创新。他认为,《楚辞》的这种风格不仅表现在对物的具体描述上,更在于如何通过这些自然景观反映出人的情感和精神世

---

① 方玉润. 诗经原始[M]. 李先耕, 点校. 北京: 中华书局, 1986: 96.
② 王国维. 人间词话[M]. 南宁: 广西人民出版社, 2017: 61.

第一章 源流觉醒——先秦两汉的山水文学

界，使得诗歌在情感表达和视觉效果上都达到一个新的高度。[①]

《楚辞》的创作背景是富饶多彩的江淮地区，其所反映的自然和文化景观比《诗经》更为丰富和开阔。《楚辞》中对草木的丰富描绘尤为明显，特别是《离骚》中提到的各种香草，如椒、菌桂、白芷等，都被赋予了深厚的象征意义，映射出作者屈原的高洁人格和忧国忧民的深沉情怀。[②] 司马迁在《史记·屈原贾生列传》中称赞屈原："其志洁，故其称物芳；其行廉，故死而不容自疏。"这可以反映出屈原如何通过对自然物的描写来展现自己的政治理想和个人品德。王逸在《楚辞章句》中进一步解释了《离骚》的文学手法："依《诗》取兴，引类譬谕。"屈原善于利用自然物象来象征和表达复杂的情感和道德观念，如美好的鸟类和芳香的草木象征忠诚与纯洁，而恶臭的物象用以比拟邪佞和贪婪。这种对自然景物的深入描写和象征意义的探索，使《楚辞》在中国文学史上开创了一种新的表达自然和人情的方式。屈原的作品不仅仅有对自然的直观描述，更是将自然景观转化为情感和哲思的载体，这一点在《涉江》《湘夫人》《悲回风》等篇章中表现得尤为突出。例如，《涉江》的"入溆浦余儃佪兮，迷不知吾所如"展现了诗人在迷茫和探索中的孤独感。《湘夫人》中的"帝子降兮北渚，目眇眇兮愁予"则通过对湘水美景的描绘，表达了失去爱人的深切哀伤。《悲回风》则通过对恢宏山水的描绘，反映了诗人对命运无常的感慨和对自然力量的敬畏。《楚辞》中的自然景物描写不仅丰富了文学的表现形式，还深化了文学的内涵，使自然景观和人的情感得以更加完美的结合，展现了一种深刻的文化美学。这种以自然为背景来抒发情感的文学传统，不仅影响了后世的文学创作，也成为中国文学中独特的美学资源。

屈原的《天问》是中国文学史上的一座高峰，在中国哲学史上也占

---

① 钱锺书. 管锥编[M]. 北京：生活·读书·新知三联书店，2001：613.
② 韦凤娟.《诗经》和楚辞所反映的人与自然的关系[J]. 文学遗产，1987（1）：19-27.

据了重要地位。王逸在《楚辞章句补注》中记载，屈原在被放逐后，心怀忧愤，漫游于山林之间，他的心情由沉痛转为对宇宙万象的深刻思考。在这一过程中，屈原所见过的山川河流和先王祠庙的壁画激发了他的灵感。面对这些图画，他发出了一连串的疑问，试图通过这种方式来舒缓自己的忧愁，也展现出对未知世界的好奇与探索欲。《天问》的内容涵盖广泛，从自然现象到宇宙起源，从社会伦理到神话传说，屈原以连绵不断的问题形式展示了他的思考。这些问题虽然在形式上看似简单的询问，实则蕴含着深刻的哲学思考和对宇宙自然的敬畏。屈原在诗中问及日夜更替的奥秘，探讨阴阳之气如何孕育万物，追寻天地合一之处，解析星辰排列之序，以及探求月亮盈缺的原因等，都体现了他对自然界规律的深入探究。更为重要的是，屈原在《天问》中所提出的问题，不仅反映了他个人对知识的渴望，更是一种对时代知识局限的挑战，以及对人类认知能力的激励。他预示了后世科学探索与哲学思考的方向，使无数思想家和学者对于自然与宇宙进行深入思考。

叶维廉的观点有助于人们对中国古典文学中的山水诗进行深入理解。他指出，虽然很多诗歌中包含了山水的描述，但这并不意味着它们都属于山水诗的范畴。[①] 在《诗经》的《溱洧》和《楚辞》中提到的草木等自然景物，往往是作为历史事件或人类活动的背景出现的。这些山水景象在诗中通常扮演着辅助或衬托的角色，并未成为诗歌美感观照的核心内容。尽管如此，从《诗经》和《楚辞》中透出的山水气息依然让人感到愉悦。这些作品中的自然描写虽然未能完全达到后来山水诗所体现的审美主位，但它们的存在预示了真正意义上的山水文学的临近。这种初步的山水意象在诗歌中的运用，不仅丰富了文学的表现力，也逐渐引导人们的审美焦点向自然美景转移，为后世山水诗的发展奠定了基础。

[①] 叶维廉. 中国诗学[M]. 北京：生活·读书·新知三联书店，1992：105.

第三节 《春秋繁露》与《淮南子》的天道自然

汉代，特别是汉武帝时期，是中国古代一个显著的文化和政治转折点。汉武帝在位期间，采纳了董仲舒的建议，实行了"罢黜百家，独尊儒术"的政策，从而结束了先秦至汉初的"百家争鸣"局面。此政策的实行标志着儒学在接下来的两千年封建社会中成为正统思想的起点，这一决策对中国文化的影响是巨大的。

董仲舒的儒学在汉代得到了国家的强力支持和推广，这种思想在当时社会中具有重要的政治和文化意义，因为它强化了皇帝与天命之间的关联，从而增强了皇权的神圣性。然而，这种对儒学的过度神学化和理想化，以及文人对于经典的过度崇拜和解读，实际上限制了对自然的直接观察和科学探索。相较于"百家争鸣"时期，汉代的文人更多地沉浸于经典的研究和注解中，缺乏与自然的直接对话和认知。在这种背景下，汉代的自然探索不仅未能继续前代的辉煌，反而显示出了一种明显的倒退。此外，汉代文人的社会地位和活动范围也受到了一定的限制。许多文人被囿于朝廷的功利需求，不得不转向歌功颂德，成为官僚机构的一部分。这种现象加剧了文人与大自然的疏离，使得文学创作中自然景观的描绘和表现不再是表达个人情感和哲思的重要手段，而更多地成为政治和社会功利的工具。

董仲舒将道德属性赋予"天"，使之不仅被神秘化和伦理化，而且被绝对化，如他在《天人三策》中所言，"天者，群物之祖也，故遍覆包函而无所殊"；在《顺命》中提出，"天者，万物之祖，万物非天不生"。根据董仲舒的理论，天依照自己的形象创造了人类，人的道德品质及行为均被视为天的映射。此外，人的行为也能与天发生感应。为了支持汉代专制主义的中央集权政治，董仲舒强调天具有人格、意志并处于至高无上的地位。如董仲舒在《阴阳义》中所述："天亦有喜怒之气、哀乐之心，与人相副，以类合之，天人一也。春，喜气也，故生；秋，怒气也，故杀；夏，乐气也，故养；冬，哀气也，故藏。"从这一观点出发，皇帝作为受天命而进行统治的人，人民应顺服接受其统治。董仲舒进一步将自然界的四季变化人格化，赋予其明确的道德意义："春，爱志也；夏，乐志也；秋，严志也；冬，哀志也。"这一观点强调，天地之间的关系如同父子、君臣之间的关系，具有固定的道德和宇宙秩序。每一季节的特质不仅反映在天的行为上，也映射在人的情感与行为上，从而构成了一个天地与人类情感、道德品质相互呼应的整体框架。这一哲学体系不仅为当时的政治制度提供了神圣的正当性，也试图通过自然法则和道德规范的统一来解释和规范人类的社会行为。

在董仲舒的理论体系中，天的意志能够直接作用于人类，人的一切情感反应——喜、怒、哀、乐——都被认为是对天性的直接响应，并且强调了顺从天意的必要性。天地四时的循环不仅具有刑德的目的性，而且蕴含深厚的道德动机[①]，通过这些自然现象，董仲舒论证了"父子之道"和"君臣之义"的合法性与坚不可摧的性质。尽管董仲舒积极推广天人感应的思想，一些具有前瞻性的文人学者仍然坚持探索自然，力求接近自然的本质。

《淮南子》或称《淮南鸿烈》，由西汉淮南王刘安及其门客集体编纂，这部作品在汉武帝建元元年（公元前140年）完成并献给帝王，其中明确提出："观天地之象，通古今之事。"

宗白华在《中西画法所表现的空间意识》中指出，如《淮南子》所述的宇宙观念——"道始生虚廓，虚廓生宇宙，宇宙生气"——揭示了生生不息的宇宙本质，这一观念是中国山水画、花鸟画的灵感来源。

《淮南子》构建了一种天道自然的哲学观，深入探讨了自然界的运作原理。书中阐述，"天设日月，列星辰，调阴阳，张四时。日以暴之，夜

[①] 侯外庐.中国思想通史：第2卷[M]. 北京：人民出版社，1957：104.

第一章 源流觉醒——先秦两汉的山水文学

以息之，风以干之，雨露以濡之。其生物也，莫见其所养而物长；其杀物也，莫见其所丧而物亡，此之谓神明"，"天致其高，地致其厚，月照其夜，日照其昼，阴阳化，列星朗，非其道而物自然"。这段话描述了自然界依据固有法则，如风按时刮、雨按时降，自行其道的过程。此外，《淮南子》提倡通过观察自然界的小现象来理解大原则，即"以近论远"："见一叶落，而知岁之将暮；睹瓶中之冰，而知天下之寒。"书中还讨论了季节变换对人心情的影响："春，女思；秋，士悲。"这反映了自然界的变化与人的情感紧密相连。《淮南子》还注意到了艺术风格与地域、种族的关系："故秦、楚、燕、魏之歌也，异转而皆乐；九夷八狄之哭也，殊声而皆悲。"通过这些观察，书中揭示了人类文化的多样性和自然法则的普遍性，展示了深刻的天人合一思想。

《淮南子》中探讨了人类幸福感与其对自然界的感知广度之间的紧密联系。书中指出，尽管衣食是人生存的基本需求，但如果将一个人限制在一个暗无天日的小房间里，即便衣食无忧，也难以感受到真正的快乐。这是因为"目之无见，耳之无闻"。如果在这暗室中开一个小缝或打一个洞，让人能看到外面的雨景，人会产生快乐的感觉。更进一步，如果打开窗户，看到日月和光明，人的心情会更加愉悦，如"见日月光，旷然而乐，又况登泰山，履石封，以望八荒，视天都若盖，江河若带，又况万物在其间者乎？其为乐岂不大哉"。此外，《淮南子》在天道自然的哲学基础上，还提出了一种朴素的唯物主义生死观："生，寄也；死，归也。何足以滑和。"人们通过观察日夜更替、四季变换以及万物的生长和衰退，逐渐领悟到生死的本质，从而理解生命的深层意义。《淮南子》的这些思想，表达了人与自然的深刻联系，并从中寻求生活的智慧和心灵的慰藉。

东汉时期的哲学家王充在其著作《论衡》中，继承并发展了老子和管子关于"气"的理论，形成了独特的元气自然论。王充视"气"为构成宇宙与万物的根本元素。在《论衡》中，他明确提出"天地，含气之自然也""天地合气，万物自生""一天一地，并生万物，万物之生，俱得一气",强调天地万物的生成不是出于任何超自然的意愿,而是自然过程的结果,即"天地不欲以生物,而万物自生,此则自然也"。他还指出,在自然界的所有生物中,人类是唯一具有智慧的存在:"人,物也,万物之中有智慧者也。"

第四节　汉赋山水的自然描绘

在汉代,赋成为文人表达思想情感的重要文体,其内容多涉及歌颂功绩和描绘豪华景象,反映了汉都的繁华、宫苑的富丽及物产的丰饶,用以彰显汉帝国的国威。此外,赋文亦表达了人们对自然美景的赞美与向往。司马相如在《西京杂记》中提道,赋作家的视野极为宽广,涵盖了从宇宙自然到草木虫鱼的各种对象。从《全汉赋》中可见,其篇目广泛,包括自然现象、天文、地理、动植物等,例如陆贾的《孟春赋》、邹阳的《酒赋》、扬雄的《甘泉赋》、路乔如的《鹤赋》、枚乘的《柳赋》、班固的《终南山赋》、皇甫规的《芙蓉赋》、蔡邕的《霖雨赋》和张衡的《鸿赋》等。枚乘在《七发》中将亲近自然视为治愈疾病的途径之一,其中对田野景色和涛声的描写清新自然、生动感人。司马相如的《子虚赋》则以丰富的辞藻描绘了山川的雄伟和地质的多样性。刘勰在《文心雕龙》中认为司马相如创作中"模山范水"的方法,表现了其独特的艺术风格。张衡的《归田赋》表达了宁愿回归田园,欣赏自然之美,不愿污染自身的思想情感。通过这种方式,作者在自然的怀抱中获得了深刻的启示,显示出对名利看淡的态度。张衡的《归田赋》与陶渊明的《归去来兮辞》有着异曲同工之妙。

汉代文人的辞赋对自然景物的描写明显超越了先秦时期,其描述更为细致、具体并富有情致。此时期的文人不仅仅将自然景物作为引起文学情感的背景(如《诗经》和《楚辞》所见),还深入地专注于自然现象和景物本身,这一转变标志着中国文学对自然描写的重视程度有了显著提升。尽管如此,汉代赋文对自然景物的描写仍存在一定的局限性,例如其表达往往偏向外在表层,未能深入表现人与自然的内在联系,使得读者感受到一种明显的距离感。此外,这些作品往往篇幅冗长、描述臃肿且语言晦涩,这些都是其明显的文学缺陷。[1]尽管存在这些问题,汉代的景物描写仍是中国山水文学发展历程中不可或缺的一部分。

在这一时期中,创作者继承了《诗经》中的比兴手法,善于借助自然景物来表达复杂丰富的情感,通过物我互化的手法,取得了高度的艺术表现。例如,在乐府民歌中,常见女性以自然景物作为抒情媒介,表达深沉的恋情。《饮马长城窟行》中"青青河边草,绵绵思远道"一句,通过描绘绵延的河边草,表达了对远方亲人持续不断的思念。《白头吟》则以"皑如山上雪,皎若云间月"形容爱情的纯净。而《上邪》使用自然现象表达对爱情的坚定,如"山无陵,江水为竭,冬雷震震,夏雨雪,天地合,乃敢与君绝",表现出坚贞的誓言。同样,《古诗十九首》中的诗歌经常通过与季节相关的景象启发情感,如"遇春草"或"临秋风",通过具体的自然物象触发诗人的感慨与思绪。《行行重行行》借用"胡马依北风,越鸟巢南枝"来暗示动物的情感,强调人的情感更为深厚。《冉冉孤生竹》中"过时而不采,将随秋草萎"的比喻表达了青春易逝的悲哀及长时间离别的孤寂。《迢迢牵牛星》则通过织女与牛郎的故事反映出诗人自身的爱情痛苦。[2]《童蒙诗训》中说,《古诗十九首》及曹子建的诗作具有深远的思想和无穷的寓意,显示了诗人通过自然景物表达情感的深层次技巧。这些作品的创作不仅反映了大自然在当时人们日常生活和情感表达中的重要位置,也展示了自然景观与人类情感的密切联系。

总体而言,先秦时期的大自然在人们心中既是神秘而庄严的存在,

---

[1] 王凯.自然的神韵:道家精神与山水田园诗[M].北京:人民出版社,2006:150.
[2] 袁行霈,聂石樵,李炳海.中国文学史:第1卷 秦汉[M].北京:高等教育出版社,1999:276-277.

也是充满魅力和活力的象征。从仪式中的"怀柔百神"到孔子关于品德的比喻、孟子关于利用自然的态度以及庄子倡导的顺应自然和回归自然的理念，人们对大自然的理解逐渐加深，中国山水文学的雏形也在这一过程中逐步形成和发展。到了汉代，尽管"天人感应"的观念一度使人们对自然的探索陷入停滞甚至回退，但是司马迁通过其广泛的游历经历，显著加深了文人与自然的联系，使汉代成为中国文人与大自然建立全面联系、向魏晋南北朝过渡的关键时期。在《诗经》《楚辞》及两汉时期的文学作品中，山水景物主要用于寄托情感和营造浓郁的抒情氛围。在山水诗成为独立体裁之前，古诗中的景物描写通常为表达情感而设，是诗人主观情感的一种投射，景物常被用作人生境遇的隐喻，而未能获得其自身的审美价值。[①]

实际上，对大自然的态度不仅反映了一种人文精神，也映射了文人与社会现实之间的互动关系。从积极参与社会活动的儒家到超然物外、寄情于自然的道家，文人与大自然的密切程度往往预示着他们与社会政治之间的距离。具体来说，当文人与自然的联系密切时，他们通常与社会政治保持一定距离；相反，当他们疏远大自然时，往往与社会政治关系更为紧密。在个人失意或心志淡泊时，文人更倾向于亲近自然；而在事业得意或利欲强烈时，则可能疏远大自然。此外，个性张扬的文人也倾向于与大自然保持密切的联系，而曲意逢迎的文人与自然关系较为疏远。例如，《后汉书·党锢列传》中描述李膺在政治风险面前选择了隐居山林，享受大自然的美好，这体现了当时文人的生活选择和心理状态。到了魏晋南北朝时期，这种现象更为突出。儒家和道家作为中国思想和文艺史上较为重要的两大流派，具有互补性的内容，其不仅是中国文化的基础，也是封建社会知识分子精神追求的核心。在一定意义上，知识分子与大自然的时远时近的关系，反映了儒道思想的互补性，也映射了其复杂多变的人生旅程和内心世界的矛盾。

---

① 葛晓音.诗国高潮与盛唐文化[M].北京：北京大学出版社，1998：443.

第二章　风雅成章——魏晋南北朝的山水文学

第一节　《世说新语》中的自然赏析

在魏晋时期，随着人性的觉醒，士大夫的审美意识得到了全面的提升。这一时期，自然美首次作为独立的审美对象受到人们的全面赏识，这种审美观念深入魏晋士大夫的日常生活中，如《世说新语》所展示的各种情景。与先秦时期人们对自然的神秘和敬畏态度，以及汉代对"天"的崇高地位的观念不同，魏晋时期的人们开始更加自由地欣赏和表达对自然的感受。如顾恺之从会稽返回后对山川之美的描述："千岩竞秀，万壑争流，草木蒙笼其上，若云兴霞蔚。"王子敬对山阴道上秋景的赞叹："山川自相映发，使人应接不暇。若秋冬之际，尤难忘怀。"[1]这些描述显示了一种无法抑制的对大自然生机勃勃和如画风景的欣喜。

晋简文帝在建康的华林园中感慨道："会心处不必在远，翳然林水，便自有濠、濮间想也，觉鸟兽禽鱼，自来亲人。"[2]他通过庄子与惠子关于

---

[1] 刘义庆.世说新语[M].文群,译.西安：三秦出版社,2017：14-27.
[2] 刘义庆.世说新语[M].文群,译.西安：三秦出版社,2017：18.

"鱼之乐"的对话来表达与自然万物和谐相处的哲学理念。同样，王胡之在吴兴的印渚中赏景后感叹："非唯使人情开涤，亦觉日月清朗。"[①]这反映了山水美景对人的精神和情感具有洗涤和提升的作用。罗宗强指出，东晋士人的山水审美意识中一个显著的特点是移情山水，即将个人的情感寄托于自然之中，从而与山水建立一种深刻的情感联系，因感受到山川景色的美丽而难以忘怀。[②]这种主观情感的投射，使魏晋士人的山水审美体验显得更为丰富和深刻。

在魏晋时期，士人对自然的审美观念发生了显著变化，他们不仅欣赏山水自然，也将这种审美眼光投向了身边的动物，体现出对自由与生命的尊重。高僧支道林便拥有这种审美观念。他饲养了几匹马，对外界对此的非议，他解释说："贫道重其神骏。"此外，支道林还养了两只鹤，并在看到剪短羽翼后鹤的悲哀之态时，感叹道："既有凌霄之姿，何肯为人作耳目近玩。"[③]最终他选择放飞这些鹤，表现了对生命、自由的尊重。这种行为反映了晋人对个体自由的珍视，也展示了他们在审美上的自由与解放。魏晋时期的文人不仅在观赏自然景象时表现出独特的审美情趣，还在日常生活中充分体现这种美学理念。如壹道人在雪中游历吴郡的描写，以及谢太傅家中对雪景的诗意比拟，都显示了晋人对自然美的深刻感受与欣赏。同时，晋人对于自然美的赞美并非单纯的物化观看，而是深刻地理解和内化为一种生活的哲学。

魏晋时期，伴随着个体自由精神的解放，深刻改变了他们欣赏和理解自然的方式。在摆脱了儒家经学的束缚之后，魏晋士人展现了对生活的全新追求，其中对山水自然的欣赏成为他们新生活方式的重要组成部分。此外，老庄思想的复兴和玄学的流行，进一步促使山水审美意识觉

---

① 刘义庆.世说新语[M].文群，译.西安：三秦出版社，2017：14-27.
② 罗宗强.玄学与魏晋士人心态[M].天津：南开大学出版社，2003：282-283.
③ 宗白华.论《世说新语》和晋人的美[M]//宗白华.宗白华全集：第2卷[M].合肥：安徽教育出版社，1994：274.

第二章　风雅成章——魏晋南北朝的山水文学

醒和发展。庄子的自然观念"山林与，皋壤与，使我欣欣然而乐与"和"大林丘山之善于人也，亦神者不胜"[1]，赞美了自然的丰饶和宁静，展示了自然能够带给人喜悦和满足。而玄学的兴起，则从哲学的深度解放了自然，将其从"天人感应"的传统束缚中解脱出来，认为"天者，自然之谓也"，强调自然的独立性和自发性。

在魏晋时期，士人通过自然美景寻求生活和精神上的启迪，从山水自然中汲取哲理并应用于社会生活。自然不仅是他们欣赏的对象，更是他们哲学思考和生活实践的源泉。例如，《世说新语·言语》中记载，谢万在经过曲阿湖时，被湖水的深沉和宽广所启发，从而提出了个人应如湖水一样，广纳博取而不轻易外泄的生活哲学。他认为个人应保持内涵的深厚，不断积累而不急于表现，这样才能形成博大和深邃的人格。王恭的体悟则来自一个清晨的景象，当他看到晨露和新桐时，他意识到自己对王建武的疑虑是多余的。这个情景让他认识到，王建武本质上是清明透彻的，就如同眼前的自然景象一样，而自己之前的怀疑完全是误解。《世说新语·方正》中记载，陆太尉通过自然的比喻"培塿无松柏，薰莸不同器"[2]，阐述了性质不同的事物难以共存的道理。这一比喻说明了人与人之间性格的差异可能导致无法和谐相处的情况。《世说新语·言语》中记载，袁羊通过"何尝见明镜疲于屡照，清流惮于惠风"[3]的比喻，表达了知识丰富和有教养的人不会因别人频繁的求教而感到厌烦。他认为，像明镜和清流那样，真正博学和有涵养的人应乐于不断地给予和分享。

在对自然美的欣赏中，魏晋士人找到了理想人格美更直接、更生动形象的表现形式，即以山水景物来赞赏人物。例如，陈太丘被赞誉为"桂树生于泰山之阿"，这一比喻不仅高雅而富有画面感，还深刻表现了他的德行之高和品性之深，如同桂树得到甘露的滋润和渊泉的养护一样。

---

[1] 庄子. 庄子[M]. 东篱子, 译注. 北京: 北京时代华文书局, 2014: 176.
[2] 刘义庆. 世说新语[M]. 文群, 译. 西安: 三秦出版社, 2017: 46-57.
[3] 刘义庆. 世说新语[M]. 文群, 译. 西安: 三秦出版社, 2017: 14-27.

顾悦对晋简文帝的回答则使用了"蒲柳"与"松柏"这一对比，巧妙地揭示了不同人的天资禀赋和生命力，同时间接地赞美了简文帝强健如松柏。①这种比喻后来在文学中被广泛用来形容人的体质或性格特征，如《牡丹亭》中使用"蒲柳之姿"形容自己的不才，《红楼梦》中则用来比喻低贱的身份。郭泰对黄叔度的描述则利用了"万顷之陂"的比喻，形容其深不可测的气度和宽广的胸襟，表达了对黄叔度深广如海的人格和才智的钦佩。

在魏晋时期，自然景观激发了士人深刻的人生感慨和丰富的想象力。例如，荀中郎在京口登上北固山，望向辽阔的东海，即便未能见到传说中的蓬莱、方丈、瀛洲三山，仍然激发了他超凡脱俗的情怀。他想象，如果是像秦始皇或汉武帝这样的帝王，必定会在此地挽起衣裳，涉水而行，抒发壮志豪情："虽未睹三山，便自使人有凌云意。若秦、汉之君，必当褰裳濡足。"②卫洗马面对辽阔的江水，感受到自己身世的沉重和家国的忧愁，所有的情绪在那一刻汇集："见此芒芒，不觉百端交集。苟未免有情，亦复谁能遣此。"③桓公在北征过程中，路过金城时，见到多年前自己种植的柳树已经茁壮成长，不禁泪流满面，感慨生命的无常和历史的沧桑："木犹如此，人何以堪！"④晋代的文人士大夫在自然美景中找到了与自身情感的契合点，这种美不仅仅属于自然本身，更与观赏者的内心情感相呼应。如黑格尔所述，自然之美能够触发和契合人的情感，赋予景物以特殊的意义。这种情感的契合在《世说新语》中有广泛的记载，体现了晋人对自然美景的深切赏识和情感共鸣。王子猷的行为更是反映了晋人自由而浪漫的精神特质，他在一个大雪之夜，被美景激发，忽发兴致，夜航访友，最终因兴致已尽而选择返回，这种率性而为的行为显示了他对自然之美的即时

---

① 刘义庆. 世说新语[M]. 文群，译. 西安：三秦出版社，2017：1-14.
② 刘义庆. 世说新语[M]. 文群，译. 西安：三秦出版社，2017：14-27.
③ 刘义庆. 世说新语[M]. 文群，译. 西安：三秦出版社，2017：14-27.
④ 刘义庆. 世说新语[M]. 文群，译. 西安：三秦出版社，2017：14-27.

反应和深刻体验:"吾本乘兴而行,兴尽而返,何必见戴。"[1]

从《世说新语》中魏晋士人对山水景物的描述可以看出,虽然山水本身具有物质自然的审美价值,但只有当人的审美意识完全觉醒时,这些景物才能被真正发现并赏识。否则,它们可能仅仅处于一种沉睡状态,如在先秦时期被视为神秘而令人敬畏的对象,或在汉代被看作神权和君权的象征。魏晋时期士人审美意识的觉醒与自然美的充分展现具有划时代的意义。这一觉醒不仅标志着"君权神授"观念的彻底崩溃,也将自然从宗教的束缚中解放出来,使其恢复了生机。同时,这一时期确立了中国文人与大自然之间的审美关系,为山水文学的诞生创造了条件。因此,这一时期不仅为山水诗的发展提供了良好的土壤,还为中国文人开辟了一个充满情趣、自由栖息的全新天地,使得文人获得了更为丰富的表现空间。

第二节 陶渊明笔下的风光物语

庐山北临长江,东望鄱阳湖。庐山原名匡庐,源于殷周时期匡姓兄弟在此隐居。慧远在《庐山记》中记载:"有匡续先生者,出自殷周之际,遁世隐时,潜居其下。或云:续受道于仙人,而适游其岩,遂托室岩岫,即岩成馆。故时人谓其所止为神仙之庐而名焉。"庐山的自然景观以其峭壁、巉岩、清泉及飞瀑而著称,受到历代文人的广泛赞誉。例如,湛方生在《庐山神仙诗序》中赞叹道:"浔阳有庐山者,盘基彭蠡之西,其崇标峻极,辰光隔辉,幽涧澄深,积清百仞。若乃绝阻重险,非人迹之所游,窈窕冲深,常含霞而贮气,真可谓神明之区域,列真之苑囿矣。"

庐山因其地理位置及文化历史价值,成为历代文人墨客的描写对象,其与陶渊明(约365—427年)的关系尤为密切。陶渊明大部分生活时光

---

[1] 刘义庆. 世说新语[M]. 文群,译. 西安:三秦出版社,2017:138-145.

都在庐山脚下的风景如画的环境中度过，仅少数时间因公务而短暂离开。陶渊明的故乡浔阳，旧名寻阳，位于今江西省九江市西南二十里的赛湖、八里湖一带。《宋书·州郡志二》载，"寻阳本县名，因水名县，水南注江"，"惠帝永兴元年，分庐江、武昌立寻阳郡"。浔阳之名始于宋代，由于其位于大江北岸，浔水之阳，故名浔阳。陶渊明的一生与庐山及其周边环境密不可分，他的诗作中多次表达了对这一地区深厚的情感，如他在52岁时所作的《丙辰岁八月中于下潠田舍获》中写道："贫居依稼穑，戮力东林隈。不言春作苦，常恐负所怀"。"东林"即指庐山北麓的东林寺；"隈"在这里指山边弯曲处。由此可见，陶渊明的家乡就在庐山之西北，距东林寺不远，这一区域以其山环水绕、林壑幽美而著称。

陶渊明见证了山水审美意识的日益觉醒。他的生活环境，充满了壮丽的自然风光，这种环境培育了他对山水与田园的深厚情感以及对自由的强烈渴望。正如他自述："少无适俗韵，性本爱丘山"（《归园田居·其一》）、"诗书敦宿好，林园无世情"（《辛丑岁七月赴假还江陵夜行涂口》）、"园田日梦想，安得久离析"（《乙巳岁三月为建威参军使都经钱溪》）。这种对自然的热爱和山水审美意识的觉醒，构成了他后来决定辞官归隐的重要心理基础。即使身处官场，陶渊明也常怀故乡之思，这种情感在他的诗作中表达得淋漓尽致。如他所言："斯晨斯夕，言息其庐。花药分列，林竹翳如。清琴横床，浊酒半壶"（《时运·其四》）、"春秋代谢，有务中园，载耘载籽，乃育乃繁。欣以素牍，和以七弦。冬曝其日，夏濯其泉。勤靡余劳，心有常闲。乐天委分，以至百年"（《自祭文》）、"春秫作美酒，酒熟吾自斟"（《和郭主簿·其一》）、"有酒有酒，闲饮东窗"（《停云·其二》）。在这些诗句中，人们看到了陶渊明理想的田园生活，他在耕作之余，沉醉于读书、抚琴、饮酒以及欣赏自然之美。

《时运·其二》中写道：

> 洋洋平津，乃漱乃濯。
>
> 邈邈遐景，载欣载瞩。

第二章　风雅成章——魏晋南北朝的山水文学

称心而言，人亦易足。

挥兹一觞，陶然自乐。

诗序云："春服既成，景物斯和。偶影独游，欣慨交心。"陶渊明在这首诗中表达了对春天的热爱与欣赏，这与《论语》中曾皙的心情相呼应。春水漫溢，景色生机盎然，使人心醉神迷，生活的满足感由心而生。[①]一想到这些，陶渊明便会高兴地举杯畅饮，沉浸在极致的快乐之中。

在《游斜川·并序》中，陶渊明同样表现了对自然之美的深切赏识：

辛丑正月五日，天气澄和，风物闲美。与二三邻曲，同游斜川。临长流，望曾城。鲂鲤跃鳞于将夕，水鸥乘和以翻飞，彼南阜者，名实旧矣，不复乃为嗟叹。若夫曾城，傍无依接，独秀中皋，遥想灵山，有爱嘉名。欣对不足，率尔赋诗。悲日月之遂往，悼吾年之不留。

斜川地处庐山东南，是一个风景如画的地方。黄昏时分，鲂鲤跃出水面，鳞片在夕阳下闪光；水鸥轻盈翻飞，如同云朵般洁白；庐山巍峨矗立，苍翠欲滴。至于曾城，其孤立无依的景致，更添几分哀愁与美感。[②]这种美景不足以使人完全满足，因此陶渊明借此抒发他对生命流逝的感慨，以诗歌传达他的情感和思考。大自然的变迁，既让他感动，也让他沉思。

诗人陶渊明以一种充满诗意的视角审视着处于无限时空中的有限人生，因此他能在日常生活中处处发现美，悠然欣赏并享受这些美景。正如他在《与子俨等疏》中自述："少学琴书，偶爱闲静。开卷有得，便欣然忘食。见树木交荫，时鸟变声，亦复欢然有喜。尝言五六月中，北窗下卧，遇凉风暂至，自谓是羲皇上人。"他的这种诗情雅意和审美态度与他长期生活在如庐山、鄱阳湖等风景名胜之地是分不开的。深受陶渊明影响的唐初诗人王绩在《答冯子华处士书》中说："陶生云：'富贵非吾愿，

---

① 陶潜．陶渊明集全译[M]．郭维森，包景诚，译注．贵阳：贵州人民出版社，1992：60.

② 陶潜．陶渊明集校笺[M]．龚斌，校笺．上海：上海古籍出版社，1996：86.

帝乡不可期。'又云：'盛夏五月，跂脚北窗下，有凉风暂至，自谓是羲皇上人。'嗟乎！适意为乐，雅会吾意。"此外，白居易到访江州后在《江州司马厅记》中也深有感触地说，"江州左匡庐，右江、湖，土高气清，富有佳境"，形容江州左侧的庐山和右侧的长江、鄱阳湖组成的景色清新脱俗，极为美丽。在《题浔阳楼》中，白居易进一步描述道，"常爱陶彭泽，文思何高玄"，"今朝登此楼，有以知其然。大江寒见底，匡山青倚天。深夜溢浦月，平旦炉峰烟。清辉与灵气，日夕供文篇"。正是浔阳的特殊自然环境和奇异的山水风光孕育了陶渊明高深莫测的文思。

梁启超曾评价说："自然界是他（陶渊明）爱恋的伴侣，常常对着他微笑。他无论身体上遭受多少痛苦，这位伴侣都能给他带来安慰，因为他紧紧抓住了这位伴侣，所以周围的人事也都变成了微笑。"[①]陶渊明的诗句"采菊东篱下，悠然见南山"中的"南山"，即指庐山，位于他家乡的东南方向。宗白华在《关于山水诗画的点滴感想》中解读此诗时指出，陶渊明正是在辛勤劳作中体验到自然山水给予他的慰藉和精神上的滋养。[②]陶渊明对于故乡的钟爱不仅基于对世事洞察的清醒，也因为家乡的美丽风光、和谐人情和简朴自由的生活方式吸引他回归。

陶渊明在乡村生活时几乎每天都在田间小路上徘徊，无论是耕作、播种、收获，还是与朋友相聚、与农民共饮，他都体验到了生活的艰辛与快乐，感受到了时间的流转、季节的更迭和自然的兴衰。在他眼中，星空依旧璀璨，庐山依旧苍翠，鄱阳湖依旧波光粼粼，短暂而宝贵的个体生命也应当获得其独立的价值。这些田间小路或许崎岖或许平坦，或被山环绕或被水环绕，因此，人们有理由相信，陶渊明那些充满活力、令人深思的诗句，以及他对自然和生命的沉思大多来源于这些往返于田野之间的道路上。例如，他的《自祭文》和《形影神·其三》中所体现的顺应自然、知天命的思想，以及他在《癸卯岁始春怀古田舍·其二》

---

① 梁启超.陶渊明[M].上海：商务印书馆，1923：33.
② 宗白华.美学与意境[M].南京：江苏凤凰文艺出版社，2017：222.

和《读山海经·其一》中展现的豪放健朗、自在洒脱的生活态度。陶渊明的思想是依据其家族的道教信仰而创新的"自然说",主张顺应自然,与自然融为一体。这种思想不仅反映在陶渊明的诗作中,更体现在他对田园生活的热爱和体验中。

宋代的汪藻在《浮溪集·翠微堂记》中评价陶渊明、谢灵运、王摩诘等人,认为他们深入探讨山水之趣,将万景纳入胸中,通过诗酒表达自己的情感。陶渊明的隐居生活长达22年,始终与自然为伴,这种"性本爱丘山"的情感让他与大自然有了不解之缘。他在辞去彭泽令后写下《归去来兮辞》,表明了他只愿回归自然,体验生命的自然变化。在与大自然的日常交流中,陶渊明感受到自然是最好的老师,大自然的声音和景象能洗净心灵的尘埃,带来精神上的滋养。他的诗作中,景物描写不仅仅是为了追求形似,更是为了通过景物表达内心的感受,展现出诗人的人格世界。陶渊明的诗,就如他心中的景色,他没有简单地评价这些景色的美丑,而是表达了对它们深深的眷恋,这些山水、天地与他共生共存,是他身心的一部分。

在《归园田居·其一》中,陶渊明通过对偶句的运用,生动描绘了他眼中的田园景象:"方宅十余亩,草屋八九间。榆柳荫后檐,桃李罗堂前。暧暧远人村,依依墟里烟。狗吠深巷中,鸡鸣桑树颠。"方东树在《昭昧詹言》中评价这首诗"气势磅礴,内蕴丰富",这些景物的叙述一点也不单调,因为每一景都蕴含着深情,不仅展示了诗人的性情和情怀,还表达了他远离尘世的官场,回归自然的喜悦。从"方宅""草屋"到"榆柳""桃李",再到"后檐""堂前""墟里烟""远人村",以及"狗吠""鸡鸣",这些都是陶渊明心中久违的田园图景。宋人张戒在《岁寒堂诗话》中说,提及"狗吠""鸡鸣"是为了表达郊居的闲适,而非单纯咏叹田园;明代黄文焕在《陶诗析义》中指出,这首诗虽然语言朴实,却透露出从繁忙到宁静的转变,每一处都充满生趣。葛晓音认为,陶渊明的诗歌与盛唐的山水田园诗最大的不同在于,他更注重表达田园生活的意趣，唐诗则更多描绘自然景观。①黄侃赞赏陶渊明的诗中虽然物象繁多，却依然保持语言的简洁，通过精练的文字描绘出丰富的村野景象，若过多铺陈，反而显得累赘。②

在《拟古·其三》中，春雷的响起唤醒了沉睡的生物，春雨使得草木自由舒展。在这充满生机的春天里，诗人特别描写了"翩翩新来燕，双双入我庐"，表现了一种自然亲切的氛围，与燕子仿佛进行对话的诗句风趣幽默，显示了诗人与自然万物的深厚情感。清代邱嘉穗在《东山草堂陶诗笺》中说，陶渊明如同新燕依恋旧巢，对晋室仍抱有眷恋之情。陶渊明的诗通过日常的自然景观揭示了深刻的美感，如他自言"善万物之得时，感吾生之行休"（《归去来兮辞·并序》）。又如"日暮天无云，春风扇微和"（《拟古·其七》），简单的"扇"字生动地描述了春风的温柔；"蔼蔼堂前林，中夏贮清阴"（《和郭主簿·其一》）用"贮"字形象地表达了夏日树荫的凉爽；"凄凄岁暮风，翳翳经日雪"（《癸卯岁十二月中作与从弟敬远》）则细腻地描绘了冬日的寒冷和雪的洁白。朱庭珍在《筱园诗话》中称赞这些诗句"寥寥十字，写尽雪之声色"，展现了陶渊明以简洁的笔触描绘自然之美的高超技艺。

陶渊明的诗歌反映了他深深投入的田园生活以及他所面对的自然景观。这些景观，既是经过人类改造的庄园田地，用以维系日常生活，又与未经雕琢的自然山水相连，因此展现了双重特性：它既是日常生活的舞台，也是游览和精神寄托的场所；既能满足物质需求，也能充实精神生活。在中国美学史上，陶渊明对这些平常田园景观的审美观念具有开创性意义。他是中国文化史上第一个将自己的内心世界与外在环境完全融为一体的诗人。他不是一个旁观者，也不是一个欣赏者，而是自然的一部分，完全生活在自然之中。他的诗不刻意描绘山水之美，也不特意叙述从山水中获得的感受，因为这些山水景观自然融入他的情感世界。

---

① 葛晓音. 汉唐文学的嬗变[M]. 北京：北京大学出版社，1990：271.
② 黄侃. 文心雕龙札记[M]. 北京：北京理工大学出版社有限责任公司，2020：235.

第二章　风雅成章——魏晋南北朝的山水文学

"千岩竞秀，万壑争流"的壮观山水虽已被前人赞美，但宁静朴素的乡村美景和平凡的农村劳作却鲜少被人注意。唯有陶渊明将田园视为独立的审美对象，并从中发掘出与雄伟山川不同的美。这体现了他的自然审美观在继承魏晋时期的审美潮流的基础上独树一帜。他在自然审美上独具一格，很大程度上得益于他平凡的耕作生活。

李泽厚指出，陶渊明在田园劳作中找到了人生的归宿和精神寄托。他将自《古诗十九首》以来的人类觉醒提升到了一个新的高度，寻求更深刻的人生态度和精神境界。[1] 因此，在陶渊明的笔下，自然景色不再仅仅是哲学思考的对象或单纯的观赏物，而成为诗人生活的一部分，充满了生命力和情感。春雨、冬雪、辽阔的平野等平凡景色，在陶渊明的诗中显得如此自然和朴素，与谢灵运等人的作品大相径庭，山水草木不再是静态的背景，而是充满情感和生命力的存在。作为庐山脚下一名勤劳的农人，陶渊明深爱他的家乡和生活环境。对他而言，眼前的景物自然成为他主要的审美对象，这是顺理成章的事。

陶渊明的诗歌精于捕捉景物之美，尤其擅长描绘空旷、明净、清爽的秋景，如"清气澄余滓，杳然天界高"（《己酉岁九月九日》）、"露凄暄风息，气澈天象明"（《九日闲居·并序》）、"露凝无游氛，天高肃景澈"（《和郭主簿·其二》）。这些描写不仅展示了秋天的清新，也反映了诗人那宽广和超脱的内心世界。例如，在《杂诗十二首·其二》中，陶渊明写道："白日沦西河，素月出东岭。遥遥万里辉，荡荡空中景。风来入房户，夜中枕席冷。气变悟时易，不眠知夕永。"这段诗句将诗人的孤独感与清明的景致紧密结合，显现其独特的个人风格，标志着文人诗的成熟，不再是单纯模仿民歌。

在陶渊明的作品中，多次使用"清"字来表达情感和描绘物象，呈现出乡村生活的宁静与自然景色的美丽："蔼蔼堂前林，中夏贮清阴"（《和郭主簿·其一》）、"日夕气清，悠然其怀"（《归鸟·其三》）、"延

---

[1] 李泽厚. 美的历程[M]. 北京：生活·读书·新知三联书店，2017：105.

目中流，悠想清沂"(《时运·其三》)。他对田野吹来的"清风"情有独钟，如"卉木繁荣，和风清穆"(《劝农·其三》)、"晨风清兴，好音时交"(《归鸟·其四》)、"幽兰生前庭，含薰待清风。清风脱然至，见别萧艾中"(《饮酒二十首·其十七》)。清新的风象征着大自然的生机，诗人在这样的环境中得到极大的精神享受。① 如佚名在《莲社高贤传》中说，陶渊明曾描述夏日闲适，"高卧北窗之下，清风飒至，自谓羲皇上人"②，这句话也被李白引用以赞美陶渊明(《戏赠郑溧阳》)。陶渊明在其作品中通过"清"字，展示了对自然美景的深刻感受和精神寄托，如"今日天气佳，清吹与弹鸣"(《诸人共游周家墓柏下》)、"清歌散新声，绿酒开芳颜"(《诸人共游周家墓柏下》)和"清琴横床，浊酒半壶"(《时运·其四》)。作为田园诗的先驱，陶渊明将"清"风引入田园，带入乡村生活中，使之成为他所见所感的自然和人情的核心元素。归根结底，只有内心清净，外界的景象才会显得清明，而清明的景象又反过来净化心灵。在陶渊明的诗中，"清"不仅描述客观的景物，也反映了他返璞归真、回归田园后的真实心境，与那充满浊气的官场形成了鲜明对比。③ 在他的眼中，田园的一切都是清新而纯朴，自然而不造作，带给人心灵的愉悦，显示出对纯粹生活方式的赞美和认同。

在陶渊明的诗歌中，景物的描写往往带有深刻的个性化特色，这与他对传统艺术技巧的继承和发展密不可分。在诸多技巧中，比兴与寄托尤为显著，陶渊明巧妙地将这些手法融合于自然美的欣赏之中，通过景物的描写来塑造诗人自我抒情的艺术形象，展现出一种自然而然、巧夺天工的美感。其中，《饮酒二十首》的第五首尤为人称道：

　　结庐在人境，而无车马喧。

---

① 高建新. 尚"清"与魏晋人物品鉴[J]. 内蒙古社会科学(文史哲版)，1997(3)：86-91.
② 龚斌. 陶渊明传论[M]. 上海：华东师范大学出版社，2001：164.
③ 高建新. 陶诗风格与景物描写[J]. 广播电视大学学报(哲学社会科学版)，2003(3)：60-61.

第二章　风雅成章——魏晋南北朝的山水文学

> 问君何能尔，心远地自偏。
> 采菊东篱下，悠然见南山。
> 山气日夕佳，飞鸟相与还。
> 此中有真意，欲辩已忘言。

此诗表现了诗人远离尘世、醉心田园的情志，因"真意"已获，便沉浸在一种忘我天真的状态；这里既有对自然崇高的赞美，也有对生活真理和永恒哲学的领悟。黄侃曾评道："因菊得见山，一切与自然相融，真意尽显，至于'欲言忘言'，何不是陶潜摆脱世务、心怀远志之境？"① 历代评论多聚焦于"采菊东篱下，悠然见南山"这一句，讨论的重点是"见"与"望"的选择。

晁补之在《鸡肋集》中说："东坡云陶渊明意不在诗，诗以寄其意耳。'采菊东篱下，悠然望南山'，则既采菊又望山。意尽于此，无余蕴矣。非渊明意也。'采菊东篱下，悠然见南山'，则本自采菊，无意望山，适举首而见之，故悠然忘情，趣闲而心远，此未可于文字精粗间求之。"蔡启在《蔡宽夫诗话》中说："'采菊东篱下，悠然见南山'，此其闲远自得之意，直若超然逸出宇宙之外，俗本多以'见'字为'望'字，若尔则便有褰裳濡足之态矣，乃知一字之误，害理有如是者。"实际上，"见"与"望"的区别在于是否体现了诗人的兴寄。"见"展现了陶渊明的心境投射，"望"则过于有意。陶渊明终其一生都在追求与自然的和谐，他的哲学观认为自然是自足的存在，人生的不足是由于外在欲求的扰动。在这首诗中，他要表达的是人与自然的和一，体现"身处尘世而心向天外"的超然，因此只有无意的"见"，而不能有意的"望"。"见"是达到一种心灵自由与自然高远融为一体的艺术和哲学境界。这一"见"与"望"的差别，深刻体现了陶诗用语的精妙。

陶渊明的诗歌不仅仅有对自然美景的赞颂，更是深入地表达了与自然和谐共处的主题，展示了深邃的个人情感和生活哲学。葛晓音先

---

① 黄侃. 文心雕龙札记[M]. 北京：北京理工大学出版社有限责任公司，2020：235.

生指出:"大谢的山水诗主要描绘自然的客观美,而陶渊明的田园诗则更多地探索体验自然的主观情趣。这种对自然的不同感受和表达,构成了陶谢两人田园诗各具特色的根本。"[1]钟惺在《古诗归·评〈丙辰岁八月中于下潠田舍获〉》中评论说:"陶公的山水与朋友之乐,源于田园生活的辛勤与挥汗,非单纯追求空洞的旷达,因此显得格外真切。"对于陶渊明而言,田园和自然不仅仅是生活的背景,他的生活和诗歌深深植根于此。正因为如此,他的诗作才能如此生动和具体,充满了生机。

第三节 谢灵运山水诗的奠基与探索

谢灵运(385—433年),小名客儿,祖籍陈郡阳夏(今河南太康)。他曾继承康乐公的爵位,因此人们常称呼他为谢康乐。谢灵运擅长书法,受王羲之影响,无论是真书还是草书都达到了高超的境界。他也善于绘画,尤其擅长绘制佛像。此外,他的诗文造诣也非常深厚,当时颇受赞誉。谢灵运是中国文学史上首位大量将山水自然景观融入诗歌的作家,被誉为中国山水诗派的创始人。

一、文学创作与旅游探险相结合

东晋时期,贵无尚玄的社会思潮和适性自得的人生追求,促成了一种以山水为背景的文化生活方式。这一时期,会稽和庐山成为两大著名的游览中心。会稽以其山水之美著称,吸引了众多名士和高僧,如王羲之和谢安等。庐山则以其壮丽的自然风光和文化故事闻名,成为隐士和高僧的聚集地。此外,许多风雅的名士和高僧,也因对山水的深刻体验

---

[1] 葛晓音.山水田园诗派研究[M].沈阳:辽宁大学出版社,1993:74.

和诗歌创作而闻名。尤其是王羲之在兰亭集会上写的《兰亭集序》，描绘了与自然和谐相处的美好场景，展示了文人墨客在自然美景中吟诗作文的风雅生活。然而，东晋时期的文学作品中对于山水的描写存在一定的脱节，如在艺术上未能生动具体地表现自然美景，在内容上更多体现了对玄学和哲理的探讨，而不是简单地写景。这反映了当时文人对于自然的审美观念和文学创作的深层次价值取向。

在东晋时期，虽然许多作家以玄学家的视角探索山水，追求理性的悟解，但谢灵运却以文学家的视角来欣赏自然，将山水旅游与文学创作紧密结合，使旅行成为他写作的源泉，同时以创作提升旅游的审美体验。他在任永嘉太守期间，不满于仅仅处理官务，于是选择深入探索各地，所到之处便创作诗歌，以表达他的感受。这种做法不仅丰富了他的文学作品，也拓宽了他的审美视野。谢灵运的旅游经历非常广泛，他不满足于传统的近景游览，偏好长途和探险性的旅行，如他在山阴退居期间深入山泽，甚至开辟新径至海边，这种大胆的探险行为给他的诗歌带来了丰富的素材，包括远景、壮景、奇景和险景。他的诗作中，无论是海上的描写如"扬帆采石华，挂席拾海月"（《游赤石进帆海》），还是江行的壮观如"亮乏伯昏分，险过吕梁壑"（《富春渚》），或是登山的体验如"威摧三山峭，澜汨两江驶"（《游岭门山诗》），都显示了他对自然的深刻感受和文学表现能力。这样的作品不仅展示了他的旅行体验，也反映了他如何通过诗歌探索和表现自然世界的深度和广度。

谢灵运继承了太康诗人缘情与东晋诗人尚理的传统，全面而多层次地展现了内心对山水的审美欣赏。在他的作品中，"美在山水"表现为对自然景观的描述，如"野旷沙岸净，天高秋月明"（《初去郡诗》）和"云日相辉映，空水共澄鲜"（《登江中孤屿》）。他的诗歌通过描绘大自然的美景，展示了人与自然和谐共处的理想状态。谢灵运不仅赞美山水之美，还表达了在自然中找到乐趣和忘却烦忧的心境。例如，"江山共开旷，云日相照媚"（《初往新安至桐庐口诗》）描绘了他在自然中的愉悦体验，

"荡志将愉乐，瞰海庶忘忧"（《郡东山望溟海诗》）则反映了他通过接触自然来释放心灵的方式。这种通过山水来达到精神解脱的主题，成为他诗歌中的一大特色。谢灵运还将自己的生活哲学融入诗中，如"托身青云上，栖岩挹飞泉"（《还旧园作见颜范二中书》）表达了他对隐居生活的向往。即使在生命的最后时刻，他仍表达了对未能实现隐居愿望的遗憾。这种深刻的隐逸思想，不仅是他个人的情感表达，也映射了当时文人对于退隐生活的普遍向往。

二、哲学义理与山光水色相参化

在东晋时期，人们不仅重视美化自然，更将此提升至玄化自然和灵化自然的层次，以自然作为领悟道理和精神提升的媒介。例如，王子猷种竹以美化寄居之地，通过自然美景体现哲理。简文帝在华林园感悟，即使在不远的地方也能与自然和谐相处，体会到与万物一体的哲理。谢灵运的作品《山居赋》展现了他对这一思想的深刻理解和实践。他在始宁别墅中选择良好的地理位置，建设经台和禅室，以及布置僧房等，都是为了创造既美丽又能提升精神修养的环境。他通过与自然的互动，实现物我间的天性和神理的融通，这种行为不仅有助于对美景的欣赏，也有助于对理想人格的塑造。

谢灵运的诗作虽然注重哲学义理，但与东晋的玄言诗存在本质的区别，这些差异主要体现在三个方面。

首先，传统的玄言诗主要以探讨哲学义理为核心，山水风物往往只是作为背景或装饰存在，其功能是进行隐喻或衬托哲理，而不是作为审美主体来直接表达。例如，在孙绰的《答许询诗》中，虽提到"仰观大造，俯览时物"，但其描绘的"大造"和"时物"缺乏具体和引人入胜的自然景象描述，不足以激发读者的阅读兴趣。相比之下，谢灵运的诗歌则在体现哲理的同时，给予山水风物以充分的篇幅和深刻的描绘。他的诗中，山水不仅仅是点缀，更是精神乐趣的来源和审美的重点。在他的作品中，至少三分之一的内容是直接描述自然景观的，有时甚至整篇都致力展现山水之美。这种方式不仅丰富了诗歌的艺术层次，也使得自然美成为观者直接的审美体验，从而与纯粹的玄言诗形成了鲜明对比。

其次，东晋的玄言诗往往情理分明，偏重理论而忽略情感，使得诗较为枯燥。然而，谢灵运的作品却不同，他在诗中将情感作为理解自然的入口，通过真实的情感体验来升华哲理，展现了心情与山水互动的完整过程，充满了情趣。例如，在《过白岸亭》中，"拂衣遵沙垣，缓步入蓬屋"描绘了他走近涧旁，远山与竦立的树木相映成趣的情景，感受到自然的清新和美好。谢灵运在诗中展示了从直观的美景到深层情感再到哲理思考的流畅转变。他的情感在山水之间得到充分的体现和释放，如诗中描述的黄鸟鸣叫、野鹿觅食的自然声音激发了他的春心，引发了他对人生哲理的深入思考。通过这样的体验，他从一开始的忧愤心情转变为最后的洒脱和悟道。在这一过程中，情、景、理三者相互交融，完美呈现了他的心路历程。谢灵运的诗歌不仅仅有对自然的赞美，更有通过自然景观引发的对生活和哲学深刻的思考。这种诗歌表现了人与自然的和谐共生，以及通过自然体悟人生的深层次意义。正如王夫之在《古诗评选》中所说："（谢诗）情不虚情，情皆可景；景非滞景，景总含情。神理流于两间，天地供其一目。"

最后，谢灵运在诗作中的一大革新是将玄言诗中的抽象哲理转化为具体于山水诗中的理趣表达。他在创作中重视心与物的互动，探索情、景、理的多层次交融。这种对超越形象的内在美、本体之美和无限之美的追求，展示了诗歌的高层次思考。与汉唐诗相比，魏晋南北朝诗歌的独特之处在于对哲理的深入表现，虽然大多数诗作还未能完美地将理念融入形象中，但谢灵运的作品却能够巧妙地结合这两者。在他的诗中，理趣不仅仅是静态的装饰，还能动态地与情感和景观交织，形成一种自然而生动的表达。例如，在《晚出西射堂》《登池上楼》《登石门最高顶》

中,他根据诗中情感的流转自然地调整理念在诗中的位置,形成了不同的结构,如线形结构或环形结构。在《过白岸亭》等诗中,他通过环形结构来循环展示景观、情感和哲理,使得诗歌内容丰富且层次分明。在谢灵运的诗歌中,理趣的表达往往源于对自然山水的直观感受和深刻灵感,如他在《石壁精舍还湖中作》中所写:"昏旦变气候,山水含清晖。清晖能娱人,游子憺忘归。"通过这种方式,他不仅绘制了生动的风景画面,而且通过精炼的理念来深化诗意,引人深思。这种方法有效地扩大了景语的表达范围,同时浓缩了内容,使得他的诗歌在展示风光之美的同时,深刻揭示了背后的事理,吸引并引导读者进行哲理的思考和感悟。

三、辞采之美与自然之美相表里

东汉末年的《古诗十九首》标志着五言诗成熟期的到来,被认为是五言诗艺术发展的关键转折点。钟嵘在《诗品》中说,自此五言诗成为文学中极具吸引力的形式,因其符合时代的审美需求。从建安时期开始,五言诗的发展趋势主要是追求词语的华美与典雅,这一时期的代表人物有曹植和陆机。而南北朝时期的谢灵运,以其"才高词盛,富艳难踪"的诗风独树一帜。在谢灵运的诗作中,自然美景不仅是其艺术创作的载体,更是其辞采技巧的展现平台。他的技艺使得瞬间的山水之美得以"定格",转化为永恒的艺术典范。谢灵运开创了一个新的山水诗时代,其中情感的极致展现和对词语的极限追求共同塑造了生动的物象,将自然景观提升至前所未有的艺术高度。

经谢灵运的深思熟虑和艺术革新,山水诗焕然一新,其声誉大振,达到了空前的高度。据历史记载,每当谢灵运的诗作传至都邑,无论贵贱,人们都会竞相抄写,不久,他的诗作便广为流传,远近皆钦慕,名声响彻京师。谢灵运在艺术上的创新表现在多个方面。首先,他注重采

用实笔手法，对自然景物进行客观的描写，巧妙地构建形象和寓意，通过细腻而密集的笔触，赋予诗歌以生动的形象和深远的情感。这种精细的刻画赢得了"微眇之誉"，并开创了"文贵形似"的新风尚。这种"文贵形似"的趋势不仅是艺术发展的必然，也反映了历史的进步。它的流行提高了大自然在审美中的地位，使山水自然成为诗歌中独立且主要的审美对象。诗歌的写景技巧经历了从简到繁、从粗疏到精细、从局部到全面、从浅显到深邃、从抽象到具体、从呆板到生动的演变，最终达到了声色俱佳、形神兼备的艺术境界，为唐代诗歌中"以形写神、形神兼备"的表现手法奠定了基础。

谢灵运的诗歌语言丰富而精致，具有典雅和优美的特质。他会精雕细琢每一个字句，尤其擅长磨炼对仗和对偶句。长期与自然亲近，如"浮舟千仞壑，揔辔万寻巅"（《还旧园作见颜范二中书》）般的生活经历，赋予了他对自然美景深入而敏感的观察力和丰富的描写经验。这使得他在构思写景句时得心应手，句型工整、词汇华丽、节奏和谐，形式之美与所描绘的自然景观相辅相成，艺术的感染力尤为突出。在谢灵运的诗中，精美的写景句随处可见，如"岩下云方合，花上露犹泫"（《从斤竹涧岭溪行》）、"密林含余清，远峰隐半规"（《游南亭》）和"白云抱幽石，绿筱媚清涟"（《过始宁墅诗》）。这些句子不仅展现了景观的氛围和神韵，还细腻描绘了景物的质感与色调，使读者仿佛置身其境。尽管谢灵运的作品在某些时候可能因追求精致而显得过于雕琢，但他本人在创作上追求的是"去饰取素"，希望作品能够呈现自然之美。这种追求在一些诗句中表现得尤为明显，如"池塘生春草，园柳变鸣禽"（《登池上楼》）和"明月照积雪，朔风劲且哀"（《岁暮》）。这些诗句不仅自然、流畅，而且富有天然之趣，展现了谢灵运将自然美景转化为诗中意象的高超技艺。正如安磐在《颐山诗话》中所说："其妙意在言外，神交物表，偶然得之，有天然之趣，所以可贵。"

谢灵运诗中大量使用富有色彩感的词汇，成功捕捉并描绘出自然界丰富多彩的画面。色彩感是美的重要表现形式，自然景观的多姿多彩和不断变化的色彩，需要通过细致的观察和敏锐的捕捉才能生动表达出来。谢灵运无疑开创了以生动色彩捕捉自然之美的新篇章。在他的诗中，不仅可以利用色彩直接描绘自然景物，而且可以通过色彩的对比和衬托，强化视觉印象。例如，在《入彭蠡湖口》中，"春晚绿野秀，岩高白云屯"将晚春的绿色与飘浮的白云相衬，构成了一幅生动而美丽的画面。谢灵运在诗中特别偏爱将暖色（如红色）与冷色（如绿色或碧色）对比，通过这种色彩对立，使得红色更加鲜艳，绿色和碧色更加清新深邃。例如，《入东道路诗》中的"陵隰繁绿杞，墟囿粲红桃"，以及《从游京口北固应诏诗》中的"原隰荑绿柳，墟囿散红桃"，新绿的柳树与红色的桃花形成鲜明对比，展现了大自然的活力与层次感。再如，《入华子冈是麻源第三谷诗》中的"铜陵映碧涧，石磴泻红泉"，通过在"涧"和"泉"前加上"碧"和"红"字样，生动描绘了自然美景。

谢灵运的诗中还有如"山桃发红萼，野蕨渐紫苞"（《酬从弟惠连》），其中"红萼"指的是桃花未开前的红色花苞，"紫苞"则指未展开的赤褐色嫩叶，这些细节的描写不仅丰富了画面的色彩，也增添了诗作的温暖感。正如刘勰在《文心雕龙·物色》中所说，"凡摛表五色，贵在时见"，即色彩的描写之美在于对自然瞬息万变之美的及时捕捉。谢灵运正是通过这种方式，将自然界的色彩变化巧妙地融入诗歌之中，展现了其独到的艺术视角和深厚的创造力。

四、谢灵运彻底消除了东晋山水诗写景零碎与空泛的弊病

谢灵运在东晋山水诗的发展中进行了根本性的革新，他不仅解决了之前写景诗篇中写景零碎与空泛的问题，而且通过深入的自然观察与体验，将自身的情感与自然的景象深度融合，创造出具有立体感、生动形象的山水诗。

第二章 风雅成章——魏晋南北朝的山水文学

于南山往北山经湖中瞻眺

谢灵运

朝旦发阳崖，景落憩阴峰。
舍舟眺迥渚，停策倚茂松。
侧径既窈窕，环洲亦玲珑。
俯视乔木杪，仰聆大壑淙。
石横水分流，林密蹊绝踪。
解作竟何感？升长皆丰容。
初篁苞绿箨，新蒲含紫茸。
海鸥戏春岸，天鸡弄和风。
抚化心无厌，览物眷弥重。
不惜去人远，但恨莫与同。
孤游非情叹，赏废理谁通？

这首诗展现了谢灵运山水诗的风格特色。首先，来看这首诗的题目。其简明扼要地概括了他的登山临水路线，具有很强的真实性。例如，"于南山往北山经湖中瞻眺"中的"于""往""经"，具体地描述了游览过程。《山居赋》中注释道："大小巫湖，中隔一山。然往北山，经巫湖中过。"明白了这一点，就可以说："康乐题便佳，有一种纪游笔致。"[1] 诗题本身就是一首诗。

其次，谢灵运山水诗通常具有相似的结构模式：先述纪行，继写景物，后归情理。这首诗亦是如此。一开始以"朝旦发阳崖，景落憩阴峰"指出湖中的旅程需耗时一日。南山向阳，故称"阳崖"；北山背阴，称为"阴峰"，是谢灵运开始建造桐亭楼的地方。谢灵运这一天的浮游之乐和所见美景自然难以尽述。诗人对此并未多着墨，而将笔力集中在登岸后的见闻上，仅点出"于南山往北山"的题面。接着，"舍舟眺迥

---

[1] 赵俊玲. 今存孙鑛《文选》评本述略 [J]. 武汉科技大学学报（社会科学版），2009, 11 (4): 97-100.

渚，停策倚茂松"二句补充说明了"于南山往北山"经巫湖中过的具体情形，同时呼应了"经湖中瞻眺"的题面。以上是纪行部分，时间、地点、过程交代得非常明确。当诗人结束水上漂泊，舍舟登岸并以马代步时，体验到了一种全新的乐趣。举目四望，远处的沙洲隐约可见，驻马依靠在茂密的古松之下。倚松远眺，小径依山而行，狭窄而深长；巫湖碧波环绕陆洲，水天一色，清澈透明。低头俯视，看到的是枝叶繁茂的高大乔木；抬头聆听，听到的是远处峡谷传来的水声。这些描写，既有视觉所见，又有听觉所闻，展现出诗人瞻眺四方的愉悦之情。"石横水分流，林密蹊绝踪"仍然描写的是诗人目力所及的景物。只用几笔，景色便已尽现，这种手法是造景而不造词。诗人用两个连绵词将陆地与水中的景致生动地描绘出来。"侧径"既弯曲狭窄，便用"窈窕"形容；"环洲"在湖水的波光中显得更加玲珑别致，于是冠以"玲珑"之称。接着，诗人用移步换景的方法，俯视参天的乔木，仰聆山间大壑中的波声。下句"石横水分流，林密蹊绝踪"承接上文。"石横"指的是分水岭，水因此分流。这便是沟壑中流水声变化多端的原因。"林密"呼应上文的"茂松"，而"蹊绝踪"是因为"侧径既窈窕"。"解作竟何感"一句将《易经》嵌入景物描写之中，是谢灵运的一大创新。"升长皆丰容"一句写草木的欣欣向荣，反映了诗人的深刻领悟。"升长"代指草木，"丰容"描绘其茂盛之状。值得注意的是，"升长皆丰容"一句既承前——乔木、密林，又启后——初篁、新蒲。篁指丛竹，箨是竹皮。竹子开始换上绿装，春初的水中嫩蒲绽放出毛茸茸的紫花。这描写了草木的蓬勃生机。海鸥在春天的湖岸边嬉戏，天鸡（一种野雉）在和风中轻舞，这描写了禽鸟的自在逍遥。这四句读来令人感到春色融和，仿佛亲眼所见。至此，谢灵运的诗歌结构的第二部分——写景已告完成。诗人以客观的笔触刻画山水景物，使之历历在目。面对这秀丽的大自然，诗人感到只有与万物同化，才能不为外物所惑，避免贪欲无厌。然而，对景难排，眷恋人间之美的情感愈加强烈。诗人厌倦世态，宁愿离开喧嚣的人境，独处于深

第二章　风雅成章——魏晋南北朝的山水文学

山之中，唯憾没有古代贤人青甚与之同游。既然已是孤居独游，伤感叹息便不必了。这种超然物外，寄情山水的情怀无人理解，字里行间流露出"世人莫余知"的遗憾之情。《昭昧詹言》卷五中说："将题实写得十分充满，故后止用反折虚情作收。""抚化心无厌，览物眷弥重。不惜去人远，但恨莫与同。孤游非情叹，赏废理谁通"六句是诗人在瞻眺自然景物时所生发的感受，体现了诗人达到物我为一的境界。正如刘履在《选诗补注》中所言："静观天地造化之妙，中心已无厌斁。"先写景后讲理，因景生理，是谢灵运诗歌一以贯之的技法。有时，他会在有声有色的景语之后，结以生涩难懂的理语，令人生厌，因此被诗论家所抨击，讥之拖着一条"玄言尾巴"。"抚化心无厌"一句虽带有玄学的胎记，但随后的"览物眷弥重"却合乎平常事理，贴近人情，仍有可读性。其后四句意境极为哀婉。"不惜去人远，但恨莫与同"中的"人"指古人。这两句的意思是，不以远离古人为可惜，只遗憾未能与他们共游山水。其言下之意是当世没有真正的知音堪与同游。表面说"不惜"，实则深感遗憾。末两句更加沉痛："孤游非情叹，赏废理谁通？"其意思是当世没有知晓游赏之真谛的人，如果我不游，这个真谛就无人知晓了！这种孤高而寂寞的情绪在此刻蓦然涌上诗人的心头，使这首气息清新的诗在结尾处蒙上了一层淡淡的忧伤阴影。清代中期文学家及思想家方东树这样评价谢灵运的诗："唯其思深气沉，风格凝重，造语工妙，兴象宛然，人自不能及。"[1]

谢灵运也特别注重在其诗中"经营位置"，他精心选择视角和透视方法，以增强诗中景致的表现力和读者的体验感。在《登池上楼》中，他采用定点透视的方法，从高处俯瞰远近景观，而在《于南山往北山经湖中瞻眺》中，通过上下周览的方式，展现了不同的自然美。此外，他的诗经常采用移步换形和散点透视的技术，如在《石室山》中，通过改变观察位置，描绘了清晨的独特景观和飞泉动态。

---

[1] 方东树. 昭昧詹言[M]. 汪绍楹, 校点. 北京：人民文学出版社，1961：54.

谢灵运还擅长在诗中运用时空跳跃的手法,将即时的实景和想象中的虚景相结合,创造出丰富多彩的画面。例如,在《初发石首城》中,他将故乡的远山、海上的帆船和神话中的山脉相融合,展现了一幅超越时间和空间的广阔图景,使得诗歌的表现力和引人入胜的程度大大增强。这些技巧的运用不仅使谢灵运的山水诗在艺术上达到了新的高度,也为后世的诗歌创作提供了重要的启示。

第四节　《水经注》：山水文学的瑰宝

北魏地理学家郦道元在公元 6 世纪完成的《水经注》是中国山水审美觉醒后的代表性作品,其规模宏大,气魄雄伟,标志着中古时期山水审美的高峰。《水经注》对中国山水文学做出了以下贡献。

第一,郦道元综合并继承了先人关于山水审美的理论成果,确认了山水审美是人类活动的结果,并通过大量第一手资料支持了袁山松的观点"山水有灵,亦当惊知己于千古矣",这凸显了山水与人的精神联系。《宜都记》原书已失传,仅在《水经注》与《太平御览》中保存片段,显示其珍贵性。在郦道元的时代,山水美景不再站在人的对立面,而是与人在心灵上达到共鸣,这进一步证实了唐代柳宗元的"夫美不自美,因人而彰"(《邕州柳中丞作马退山茅亭记》)、宋代赵蕃的"江山不因人,何以相发挥。人而非江山,兴亦无所归"(《呈陆严州五首·其一》)以及清代叶燮的"天地之生是山水也,其幽远奇险,天地亦不能一一自剖其妙;自有此人之耳目手足一历之,而山水之妙始泄。如此方无愧于游览,方无愧乎游览之诗"(《原诗·外篇下》)等观点。

由于长期的探索、不懈的努力和深入的体验,郦道元对山水之美具有深刻且独特的感受,达到了常人难以企及的认知深度。在《水经注·渐江水》卷四十中,他描述道:"其水分纳众流,混波东逝,迳定阳县。夹

第二章 风雅成章——魏晋南北朝的山水文学

岸缘溪，悉生支竹，及芳枳、木连，杂以霜菊、金橙。白沙细石，状如凝雪。石溜湍波，浮响无辍，山水之趣，尤深人情。"

在郦道元看来，与山水的融合远胜于人际交往。人与人间的互动往往带有功利性，容易因得失而破坏生命的和谐与完整；而山水审美超越功利，能够使心灵持久满足。他所强调的"山水之趣，尤深人情"，与"山水惊知己"的美学理念同源共鸣，本质上是一样的。对于热爱自然风景的人来说，山水是生死相依的情感寄托，是心灵最深刻的慰藉。这也解释了为何中国文学史上许多诗人和作家淡泊名利，远离尘世喧嚣，保持高洁的品质和独立的个性，毕生与自然为伴。对他们而言，山水不仅是艺术创作的主要题材，也是他们精神和情感的支柱与归宿。正如黄侃所说："四序之中，万象森罗，触于耳而寓于目者，所在皆是，苟非置其心于倏然闲旷之域，诚恐当前好景，容易失之也。"[1]

第二，郦道元在其著作《水经注》中，不仅描绘了山水的美景，还将这些景观置于更广阔的自然与地理背景中，使得自然景观与人文景观紧密融合。他通过将人物遗迹和民间传说融入山水风景的描绘中，构建了一幅中国文学史上宏大而深刻的风景画长卷。正如钱锺书所言："郦《注》规模弘远，千山万水，包举一编。"[2]《水经注》以长江和黄河为主线，连接起众多河流、湖泊、海岸、峡谷、高山和险峰。这些描述不仅捕捉了自然风景的美丽，还巧妙地融入了江河两岸发生的故事。例如，郦道元在《水经注·江水》卷三十三中提出"又东过秭归县之南"，接着注明：

县故归乡。《地理志》曰：归子国也。《乐纬》曰：昔归典叶声律。宋忠曰：归即夔。归乡，盖夔乡矣。古楚之嫡嗣有熊挚者，以废疾不立，而居于夔，为楚附庸，后王命为夔子。《春秋·僖公二十六年》，楚以其不祀灭之者也。袁山松曰：屈原有贤姊，闻原放逐，亦来归，喻令

---

[1] 黄侃.黄侃讲文心雕龙[M].南京：河海大学出版社，2021：121.
[2] 钱锺书.管锥编[M].北京：生活·读书·新知三联书店，2001：1457.

自宽全，乡人冀其见从，因名曰秭归，即《离骚》所谓女媭婵媛以詈余也。……县东北数十里，有屈原旧田宅。虽畦堰糜漫，犹保屈田之称也。县北一百六十里，有屈原故宅，累石为室基，名其地曰乐平里。宅之东北六十里，有女媭庙，捣衣石犹存。故《宜都记》曰：秭归盖楚子熊绎之始国，而屈原之乡里也。原田宅于今具存，指谓此也。……袁山松曰：父老传言，原既流放，忽然暂归，乡人喜悦，因名曰归乡。抑其山秀水清，故出俊异；地险流疾，故其性亦隘。

郦道元在《水经注》中不仅详细记述了屈原故里、遗迹及其命名的起源，还提出了"山秀水清，故出俊异；地险流疾，故其性亦隘"的观点，表明他深刻理解了自然环境对人才培养及性格形成的影响。这种见解展示了郦道元对自然景观与文化遗址关系的深刻探讨和思考。例如，在《水经注·济水》卷八中，他描绘了大明湖和大明寺的景致："其水北为大明湖，西即大明寺，寺东北两面侧湖，此水便成净池也。池上有客亭，左右楸桐，负日俯仰，目对鱼鸟，水木明瑟，可谓濠梁之性，物我无违矣。"大明湖位于山东济南，是著名的景点，由众多泉水汇聚而成，其名称首次出现在历史文献中。"物我无违"表现了与自然和谐相处的理想态度。

在《水经注·洹水》卷九中，郦道元再次将地理景观与历史事件联系起来："洹水出山，东迳殷墟北。《竹书纪年》曰：盘庚即位，自奄迁于北蒙，曰殷。昔者，项羽与章邯盟于此地矣。洹水又东，枝津出焉。东北流迳邺城南，谓之新河。又东，分为二水。一水北迳东明观下。昔慕容隽梦石虎啮其臂，寤而恶之，购求其尸，而莫之知。后宫嬖妾言，虎葬东明观下，于是掘焉，下度三泉，得其棺，剖棺出尸，尸僵不腐，隽骂之曰：'死胡，安敢梦生天子也！'使御史中尉阳约数其罪而鞭之。"这些叙述不仅为人们呈现了生动的历史场景，还深化了人们对历史事件的理解。

特别值得注意的是，《水经注·河水》卷三中记录了北方岩画的重要信息："河水又东北历石崖山西，去北地五百里，山石之上，自然有文，尽若虎马之状,粲然成著,类似图焉,故亦谓之画石山也。"这段记载被认为是北方岩画最早的文献记录,近年来在内蒙古西部发现的三个大型古代岩画群——阴山岩画(狼山地区)、桌子山岩画(贺兰山北部余脉)和乌兰察布草原岩画(大青山以北),均证实了郦道元的描述。这些发现表明,中国可能是世界上最早发现古岩画的国家,比其他地区早了约一千年。这些岩画主要来自新石器时代晚期至青铜器时代,展示了北方民族的游牧、狩猎和祭祖等活动,构成了一幅历史画卷。[①]郦道元的记载揭示了不同历史时期的游牧民族如何使用石器、铜器和铁器,并将岩壁作为画布,生动地记录了他们的生活方式、生产活动以及对自然和神灵的认识与敬仰。这些岩画为中华民族留下了极其宝贵的遗产。通过这些岩画的研究,现代考古学家能够深入了解古代北方民族的文化和社会结构。这些岩画不仅仅是艺术作品,更是记录古人日常生活和精神世界的重要历史文献。它们展示了古代北方民族如何与自然环境互动,如何通过艺术表达他们的信仰和生活。这些发现不仅加深了人们对中国古代历史的理解,也为研究全球古代文化提供了重要的参考。

《水经注》中对山水景观的描写简洁而生动,风格清新,深刻地捕捉了自然景色的神韵,对后世产生了深远的影响,尤其激发了柳宗元和徐霞客等人的山水游记创作,使其成为中国山水文学史上的一大高峰。张岱在《琅嬛文集》卷五曾评价道:"古人记山水,太上郦道元,其次柳子厚,近时则袁中郎。"为了完成《水经注》,郦道元遍历了长城以南、秦岭和淮河以北的广大地区。他在《水经注·郦道元原序自述》中写道:"脉其枝流之吐纳,诊其沿路之所躔,访渎搜渠,缉而缀之。"由于他亲自踏访这些山水,其笔下的描写格外真实生动。例如,郦道元在《水经注·河水》卷三描述了黄河穿行吕梁山的壮观景象:"其山岩层岫衍,涧曲崖深,巨石崇竦,壁立千仞,河流激荡,涛涌波襄,雷奔电泄,震天

[①] 盖山林. 举世罕见的珍贵古代民族文物:绵延二万一千平方公里的阴山岩画[J]. 内蒙古社会科学,1980(2):27-39.

动地。"他在《水经注·河水》卷四还生动刻画了壶口瀑布的雄伟气势："此石经始禹凿，河中漱广，夹岸崇深，倾崖返捍，巨石临危，若坠复倚。古之人有言，水非石凿，而能入石，信哉！其中水流交冲，素气云浮，往来遥观者，常若雾露沾人，窥深悸魄。其水尚崩浪万寻，悬流千丈，浑洪赑怒，鼓若山腾，浚波颓叠，迄于下口。"郦道元的这些描写，不仅真实细腻地展现了中国山水的壮丽景色，还体现了他对自然的敬畏和热爱。这些生动的描述，对后来的文学创作产生了深远的影响，使《水经注》成为中国山水文学的重要典范。

郦道元对三峡的描述堪称经典，他以生动的笔触描绘了三峡的独特景致与季节变幻。在他的文字中，三峡"自三峡七百里中，两岸连山，略无阙处。重岩叠嶂，隐天蔽日，自非亭午夜分，不见曦月"。他形象地展现了两岸高山连绵，山峰叠嶂遮天蔽日的景象，除非是在正午和午夜，否则几乎看不到太阳和月亮。夏季河水暴涨时，"夏水襄陵，沿溯阻绝"，行船几乎无法通行。然而，如果有紧急命令需要传达，"有时朝发白帝，暮到江陵，其间千二百里，虽乘奔御风，不以疾也"。早晨从白帝城出发，傍晚便可抵达江陵，这段千二百里的路程，速度之快甚至超过了飞奔的马和疾风。春冬时节，三峡的景色又截然不同，"春冬之时，则素湍绿潭，回清倒影"。清澈的急流和碧绿的潭水回旋倒映，形成了独特的自然景观。悬崖峭壁上长满了奇特的柏树，"绝巘多生怪柏"，悬泉和瀑布飞流直下，"悬泉瀑布，飞漱其间，清荣峻茂，良多趣味"。这里水清、树荣、山高、草盛，充满了趣味。每到晴朗的早晨或霜冻的早上，"每至晴初霜旦，林寒涧肃"，林间和溪谷显得格外肃穆，常有高猿长啸，其声音在空谷中回荡，"常有高猿长啸，属引凄异，空谷传响，哀转久绝"。这些声音凄凉而绵长，久久不绝。正因如此，渔人歌唱道："巴东三峡巫峡长，猿鸣三声泪沾裳。"

明代钟惺在《水经注钞》中评价郦道元："郦道元遍具山水笔资，其法则记，其材其趣则诗也。"清代刘熙载在《艺概·文概》中也提道："郦道元叙山水，峻洁层深，奄有《楚辞·山鬼》《招隐士》胜境，柳柳州游记，其先导也。"《水经注》不仅在宏观上，还是在具体的写作手法上，都给后世带来了深远的影响，其描写景物清新空灵，如诗如画，具有极高的美感，成为后世诗人乐道的典范。

在郦道元的《水经注》中，山水并非仅作为静态的自然背景存在，而是被赋予了深刻的动态美感和生动的情感色彩，展现了自然与审美情感的深度融合。郦道元巧妙地运用"争""竞""怒""奋"等充满动感的词汇，将山水描绘得栩栩如生。例如，《水经注·河水》中的"河北有层山，山甚灵秀，山峰之上，立石数百丈，亭亭桀竖，竞势争高，远望参参，若攒图之托霄上"；《水经注·清水》中的"庙侧高林秀木，翘楚竞茂"；《水经注·济水》中的"济水又东北，华不注山单椒秀泽，不连丘陵以自高；虎牙桀立，孤峰特拔以刺天。青崖翠发，望同点黛"；《水经注·瀹水》中的"水出绛山东，寒泉奋涌，扬波北注，悬流奔壑，一十许丈。青崖若点黛，素湍如委练，望之极为奇观矣"。喜爱大自然的人往往对《水经注》情有独钟。晚唐诗人陆龟蒙在《和袭美寄怀南阳润卿》中说"高抱相逢各绝尘，水经山疏不离身"；宋人苏轼在《寄周安孺茶》中感叹道"嗟我乐何深，水经亦屡读"；宋人颜奎在《醉太平·寿须溪》中也有言"茶边水经，琴边鹤经。小窗甲子初晴。报梅花小春"。

《水经注》以其独特的成就，对后世山水文学产生了深远影响，特别是对柳宗元的山水游记有直接的启发，推动了中国山水文学的发展。钱锺书指出，"郦书刻画景物佳处，足并吴均《与朱元思书》而下启柳宗元诸游记"，并进一步阐述："吴之三书（指《与施从事书》《与朱元思书》《与顾章书》）与郦道元《水经注》中写景各节，轻倩之笔为刻画之词，实柳宗元以下游记之具体而微"。[1] 这些评论强调了《水经注》对柳宗元及后世山水文学的影响，展示了郦道元在中国文学史上的重要地位和其作品的艺术成就。

---

[1] 钱锺书. 管锥编[M]. 北京：生活·读书·新知三联书店，2001：1456.

第三章 诗意盎然——唐代的山水文学

第一节 王绩：盛唐山水田园诗的晨光

一、王绩生平

在隋朝末期和唐朝初期的文学舞台上，王绩（约590—644年）是一位引人注目的诗人。吕才在《东皋子集序》中称赞他"高情胜气，独步当时"。王绩，字无功，号东皋子，出生于绛州龙门（今山西河津）。在隋炀帝大业年间，其由于孝悌廉洁的声誉，被举荐为秘书省正字，但他并不愿在朝廷任职，于是接受了六合县丞的职位。因为嗜好饮酒而不管公务，加之天下也动乱，因此被弹劾，于是解官去职。王绩感叹说："如同陷入天罗地网一样，处处都是束缚，我能到哪里去呢？"于是回到了家乡。唐武德五年（622年），王绩以隋朝旧臣的身份待诏门下省，但未受到重视，每日仅获供三升酒。面对这种境况，他在贞观初年以脚疾为由辞官回乡。后来由于贫困，他参加了选官考试，获得大乐丞的职位。

大乐丞署史焦革家中酿有美酒,"冠绝当时",经常赠送给王绩。焦革夫妻去世后,王绩感叹"天乃不令吾饱美酒",于是他辞官归田,从此再未出仕。王绩回到乡村,在河边建屋居住,自耕于东皋,并自称"东皋子"。他"或乘牛驾驴,出入郊郭,止宿酒店,动经岁月,往往题咏作诗。好事者录之讽咏,并传于代"①。乡里邀请他饮酒,不论贵贱,他都欣然前往。绛州刺史杜之松曾邀请他相见并讲授礼学,但他拒绝了,并说:"揖让邦君之门,低昂刺史之坐,远谈糟粕,近弃醇醪,必不能矣。"②这种"纵意琴酒,庆吊礼绝"③的生活,他持续了十多年。他的许多现存诗文都是在这一时期创作的。

王绩现存诗作120首,其中《全唐诗》收录了52首,《全唐诗补编》收录了68首。从内容上看,这些作品可分为两大类。

第一类诗歌揭露了统治者的骄奢淫逸以及爵禄富贵的虚幻无常,具有较强的政治内涵。虽然这部分作品数量较少,但其价值较高,值得重视。在初唐诗坛,讥讽时政的作品非常罕见,因此这些作品尤为重要。例如,《过汉故城》全诗48句,描绘了汉长安城的盛衰及由此引发的深沉感慨。诗中描写当年长安城的宫殿壮丽辉煌,统治者沉迷享乐,醉生梦死。然而,经历动乱、兵燹后,长安城变成了一片废墟,惨不忍睹。此诗展现了诗人高度的概括能力和深刻的历史见识。另一首《赠梁公》则通过历史上因高位重禄而遭帝王猜忌的事例,规劝梁公(即唐初名相房玄龄)功成身退,从一定程度上揭示了专制统治的黑暗面。诗中写道,"位大招讥嫌,禄极生祸殃","朱门虽足悦,赤族亦可伤",告诫显贵之人,高位重禄虽然表面光鲜,但也伴随着灾祸。这些作品在士人纷纷寻求建功立业的初唐,具有强烈的现实意义。

第二类作品表现了隐居生活、乡村景色和自然风光,这类作品数量

---

① 王绩文集[M]. 夏连保,校注. 太原:三晋出版社,2016:256.
② 王绩文集[M]. 夏连保,校注. 太原:三晋出版社,2016:182.
③ 王绩文集[M]. 夏连保,校注. 太原:三晋出版社,2016:256.

众多且质量上乘，是王绩创作的重点，充分体现了他在山水田园诗发展史上的特殊地位。王绩真心归隐，身心安适，乡村景色和田园风光在他眼中充满活力。他毫不掩饰乡村、山野及远离官场后的自由生活带给他的愉悦和慰藉。例如《春日山庄言志》："平子试归田，风光溢眼前。野楼全跨迥，山阁半临烟。入屋欹生树，当阶逆涌泉。剪茅通涧底，移柳向河边。崩沙犹有处，卧石不知年。入谷开斜道，横溪渡小船。郑玄唯解义，王烈镇寻仙。去去人间远，谁知心自然。"诗中描写的山庄呈现出原生态的自然本色：斜生的树、逆涌的泉、剪茅方可通的涧、植柳的河边，以及崩沙、卧石，表明此地人迹罕至。诗人面对这一切，感到欣喜，因为这正是他追求的"去去人间远"的境界。《春庄走笔》同样描绘了这种自然图景："野客元图静，田家本恶喧。枕山通篔阁，临涧创茅轩。约略栽新柳，随宜作小园。草依三径合，花接四邻繁。野妇调中馈，山朋促上樽。"诗中描绘了一切自然随意、几乎没有人工雕饰的景象，这正是诗人追求的生活。《田家三首》则描绘了诗人隐居时的日常生活，如"小池聊养鹤，闲田且牧猪"，"倚床看妇织，登垄课儿锄"（其一），"琴伴前庭月，酒劝后园春"（其二），"朝朝访乡里，夜夜遣人酤"（其三）。诗人对此感到满足和快意。这三首诗在内容和风格上均深受陶渊明的影响。

二、隐居独处，心怀忧思：以山林清静慰藉失意情怀

王绩的隐居生活具有显著的非功利性特征。他自称"受性潦倒，不经世务"[①]，因此，他的隐居生活是"孤住河渚，旁无四邻"，源于"烟霞山水，性之所适"，他才能"蓬室瓮牖，弹琴诵书。优哉游哉，聊以卒岁"[②]。在唐代，出于政治原因，隐逸之风一度盛行，许多人为了求取仕途而选择"终南捷径"的方式，但在这些隐士中，王绩显得格外高洁。然而，王绩的隐居生活却充满了忧愁，并非真正的快乐隐居。王绩出身于

---

① 王绩文集[M].夏连保，校注.太原：三晋出版社，2016：200.
② 王绩文集[M].夏连保，校注.太原：三晋出版社，2016：194.

世族豪门，青年时期曾有"明经思待诏，学剑觅封侯"[①]的志向。他的人生追求从"昔岁寻周孔"[②]转变为"今春访老庄"[③]，其主要原因是"中年逢丧乱，非复昔追求。失路青门隐，藏名白社游"[④]。他所处的年代限制了他的理想实现。

王绩的山水田园诗如同一幅水墨画，清冷淡远，极少有浓艳的色彩。他描绘的山林田园世界是安静的，虽然他的诗中并非完全没有声响。例如，"落花随处下，春鸟自须吟"（《春晚园林》）、"水声全绕砌，树影半横檐"（《寻苗道士山居》）。

在王绩的诗中，人们听到的是水声鸟鸣，看到的是树、花、石、萤，一切皆为自然之景。这并非因为王绩真的生活在一个与世无争、人迹罕至的地方，而是因为他内心追求宁静。正如他所言："野客元图静，田家本恶喧。"[⑤]王绩通过诗歌创造了一个清淡安静的山林田园世界，作为对现实失望的补偿和精神寄托。王绩的诗作反映了他对现实的失望和理想的失落，这促使他在诗歌中追求一种与现实形成鲜明对比的宁静与清淡。他的山水田园诗不仅是一种艺术表现，更是心灵的避难所，通过描绘自然的恒久与细微之美，展现了他对宁静生活的向往。

此外，王绩擅长对平凡的山水田园景物进行对比，如新与旧、动与静等，使诗歌更加立体细致。他经常对比新旧景物，不需过多修饰，便能产生强烈的视觉冲击，他还在这种对比中加入了时间维度。例如，他在《春日山庄言志》中写道："崩沙犹有处，卧石不知年。"在这里，崩沙不断变化，而卧石亘古不变，两者虽存在于同一空间，却代表不同的时间。这种时间的对比在他的其他诗句中也有体现。例如，在《山中独坐自赠》中，他将"空山斜照落，古树寒烟生"并列，将每日新生的夕

[①] 王绩文集[M]. 夏连保，校注. 太原：三晋出版社，2016：149.
[②] 王绩文集[M]. 夏连保，校注. 太原：三晋出版社，2016：75.
[③] 王绩文集[M]. 夏连保，校注. 太原：三晋出版社，2016：75.
[④] 王绩文集[M]. 夏连保，校注. 太原：三晋出版社，2016：149.
[⑤] 王绩文集[M]. 夏连保，校注. 太原：三晋出版社，2016：76.

照与历经沧桑的古树进行对比；在《过乡学》中，他写道"杏坛花正落，槐市叶新长"，展示了季节更替中的新旧交替。这种新旧对比不仅增强了诗歌的表现力和想象力，也使景物从空间延伸至时间。

三、敛尽锋芒，无为自保：以天然之妙笔勾勒清朗山水

唐朝建立后，尽管王绩曾表达过"欣逢天地初"[①]的喜悦，但局势的动荡并未立即得到改善，各地仍有起义，突厥也时常进犯。在这样的历史背景下，王绩并未表现出积极的人生态度，而是敬仰老子、庄子、阮籍这些主张无为自保的先哲，并且身体力行，表现出一种若顽若愚、似矫似激的态度。王绩的无为自保思想在许多诗文中都有流露。例如，他在《赠程处士》中直言"礼乐囚姬旦，诗书缚孔丘。不如高枕枕，时取醉消愁"[②]，表现出对世事无常的透彻理解和对祸及己身的忧虑。此外，这种思想在他的《古意六首》和杂著《无心子》中也有所体现。特别是在《古意》第二首，前半部分描写了翠竹在山林中的自在，而后因其有用而"刀斧俄见寻"，最终感叹"不如山上草，离离保终吉"。王绩对待灾祸时采取的是消极的方法，即敛尽锋芒，无为自保。

这种惧祸避世的思想也体现在他的诗歌创作中。例如，在《无心子》中，他通过简单的故事阐述了避免灾祸的方法，展现了他对现实的深刻理解和消极避世的态度。他的诗歌风格与其哲学思想相呼应，以自然无为为核心，既反映了他对现实的逃避，也体现了他对内心宁静的追求。这种思想在他的诗歌中表现得淋漓尽致，使他的作品充满了深刻的哲理与独特的美感。

王绩的诗歌语言通俗易懂，不加雕琢。遍览他的作品，很难找到艰涩难懂的句子，大部分诗歌疏朗明白，读来毫无阻滞，甚至有一些诗如《初春》《食后》几乎是大白话。王绩在写景时多用白描手法，描绘的全

---

① 王绩文集[M]. 夏连保, 校注. 太原：三晋出版社, 2016：79.
② 王绩文集[M]. 夏连保, 校注. 太原：三晋出版社, 2016：86

是实景，几乎没有比喻。在他的诗中，景物以本来面目出现，没有想象的延伸，更少色彩的点染。例如，他在《山中采药》中写道"涧尾泉恒细，山腰溪转深"[1]，在《野望》中写道"树树皆秋色，山山唯落晖"[2]，在《山家夏日九首·其七》中写道"涧泉通院井，山气杂厨烟"[3]。这些诗句描绘了自然景物的真实样貌，没有浓墨重彩的人为添加，完全呈现出自然的本真之美。

四、孤傲出尘，独秀山林：以寂寞之诗心塑造隐士形象

王绩自幼聪慧好学，自视甚高。隐居后，他表现出一种高洁与孤傲的隐士风范，不拘礼仪，不追求功名。[4]尽管遭遇现实挫折和理想失落，他依然对自己的才学充满信心。在《春桂问答》中，他赞美能历经风霜、傲然独秀的桂树，认为桃李虽繁华，但不能持久，唯有在风霜后依旧绽放的春桂，才值得钦佩：

问春桂，桃李正芬华。年光随处满，何事独无花。

春桂答，春华讵能久。风霜摇落时，独秀君知不。

这种独立自傲的桂树，显然与王绩的文心相契合：不屑与桃李争春，傲然风霜、独秀山林才是其理想的状态。

王绩的孤傲自许和目下无尘的性格在他的山水田园诗中得到了体现。除了自己，他的诗中很少出现其他人物形象。自饮自弹或月夜独坐是他诗中常见的场景。在《自作墓志文并序》中，他自评"有父母，无朋友"，至于"兄弟以俗外相期"[5]，他并不在意，反而"友月交风"，自得其乐。他在诗歌中展现独居山林的乐趣，如"闭门常乐，何须四邻"[6]，以

---

[1] 王绩文集[M].夏连保，校注.太原：三晋出版社，2016：108.
[2] 王绩文集[M].夏连保，校注.太原：三晋出版社，2016：109.
[3] 王绩文集[M].夏连保，校注.太原：三晋出版社，2016：119.
[4] 王绩文集[M].夏连保，校注.太原：三晋出版社，2016：194.
[5] 王绩文集[M].夏连保，校注.太原：三晋出版社，2016：182.
[6] 王绩文集[M].夏连保，校注.太原：三晋出版社，2016：61.

及"独有幽栖趣，能令俗网赊"①。他推崇结交的对象，是那些"不依靠他人生活，风神萧萧，无俗气"的人，因此常在诗中抒发知音难求的感叹，如"世人无所识，谁知方寸心"②。王绩以一颗孤傲出尘的诗心，勾勒出一个寂寞隐士的形象。在他看来，真正的友谊难求，他宁愿独自品味山林的清幽，而不是与俗世同流合污。他的诗歌不仅描绘了自然景色，更传达了他对独立人格和内心宁静的追求。

王绩的孤高自许和目下无尘的性格，使他乐于过"箕踞散发，与鸟兽同群"③的山林生活。只有融入自然中，他才能感到内心舒适和满足。因此，他通过身心去体验自然，充分调动视觉、听觉和触觉。他在诗中不仅描写所见、所闻、所感，还运用通感手法，将各种感官体验融合在一起。例如，"苔寒绿更滋"④、"云暗觉峰沉"⑤、"树密檐偏冷，泉深阶镇寒"⑥、"树阴连户静，泉影度窗寒"⑦。这些描写通过视觉与感觉的相互渗透，体现了他对山林田园生活的热爱。

王绩是一位寂寞的诗人，从早年的"弱龄慕奇调，无事不兼修"⑧，到晚年隐居，"床头素书数帙，庄老及易而已"⑨，他逐渐将视线从纷扰尘世转向清净的山林田园，将自己置于琴酒山水之中。他自然无为、放逸傲世的文心造就了一种超然当时的疏朗清净的诗风。尽管他的诗歌与当时的主流风格不符，当时声名不显，并在后世长时间里少为人推崇，但王绩在初唐诗坛的地位不可忽视。正如翁方纲在《石洲诗话》中评价的：

---

① 王绩文集[M]. 夏连保，校注. 太原：三晋出版社，2016：145.
② 王绩文集[M]. 夏连保，校注. 太原：三晋出版社，2016：118.
③ 王绩文集[M]. 夏连保，校注. 太原：三晋出版社，2016：194.
④ 王绩文集[M]. 夏连保，校注. 太原：三晋出版社，2016：74.
⑤ 王绩文集[M]. 夏连保，校注. 太原：三晋出版社，2016：108.
⑥ 王绩文集[M]. 夏连保，校注. 太原：三晋出版社，2016：119.
⑦ 王绩文集[M]. 夏连保，校注. 太原：三晋出版社，2016：120.
⑧ 王绩文集[M]. 夏连保，校注. 太原：三晋出版社，2016：149.
⑨ 王绩文集[M]. 夏连保，校注. 太原：三晋出版社，2016：194.

"王无功以真率疏浅之格,入初唐诸家中,如鸾凤群飞,忽逢野鹿,正是不可多得也。"《四库全书总目提要》卷一百四十九评价说:"气格遒健,皆能涤初唐排偶、板滞之习,置之开元、天宝间,弗能别也。"

总之,王绩的诗歌语言朴素自然,皆有感而发,洗尽了齐梁的旧习,承接了陶渊明的遗风,并为王维、孟浩然等盛唐山水田园诗人铺路,且对后世产生了深远的影响。王绩通过简洁、真实的描写,传达了他对自然和生活的深刻理解和独特感悟,为后世诗坛留下了宝贵的遗产。

第二节 孟浩然:游历自然的诗意轨迹

一、山水之旅:心灵的启航

孟浩然(689—740年)的故乡位于湖北襄阳,这座城市因人杰地灵而著称,历史上涌现了许多文化名人,如王粲、诸葛亮、杜预、皮日休、米芾等,他们或出生于此,或生活于此。其中,最为瞩目的是唐代诗人孟浩然。其隐居之所在鹿门山。鹿门山,原名苏岭山,位于襄阳市东南十五公里处的东津镇。《襄阳记》记载:"鹿门山旧名苏岭山,建武中,襄阳侯习郁立神祠于山,刻二石鹿夹神庙道口,俗因谓之鹿门庙,遂以庙名山也。"汉末高士庞德公曾拒绝刺史刘表的多次邀请,携妻子登鹿门山采药,不再返回,隐居于此。晚唐诗人皮日休也在此隐居,自称"鹿门子",著有《鹿门隐书》六十篇,抨击朝政,针砭时弊,因而有"鹿门高士傲帝王"之说。鹿门山并非险峻雄伟之高山,海拔仅三百五十米,但由于其平地拔起,显得高峻峭拔,景色幽丽。山中树木葱茏,秋天枫叶如火。孟浩然在《登鹿门山》中描绘了当时鹿门山及其周围的景色:"渐至鹿门山,山明翠微浅。岩潭多屈曲,舟楫屡回转。"登临峰顶的望江亭,视野广阔,北望汉江,烟水苍茫,南临岘山,一片苍翠。如今,鹿门山下新立了"唐故诗人孟浩然墓志铭",描述了孟浩然简朴而充满生机的一生。墓志铭上方镌刻"百世流芳"四字,以纪念这位对中国文学做出卓越贡献的诗人。

在王维的画作《孟浩然画像》中,孟浩然被描绘为"颀而长,峭而瘦,衣白袍,靴帽重戴,乘款段马,一童总角,提书笈负琴而从,风仪落落,凛然而生",展现出典型的诗人风范。王士源也描述孟浩然"骨貌淑清,风神散朗"(《孟浩然集序》)。他的生活重心主要是务农和读书。除了短暂的游历,他的主要居住地在襄阳南郭外的庄园——南园(亦称涧南园),"弊庐在郭外,素产惟田园。左右林野旷,不闻朝市喧"(《涧南即事,贻皎上人》)。鹿门山是他的隐居地,《旧唐书·文苑传》记载他"隐鹿门山,以诗自适"。鹿门山的幽美风光使孟浩然感到愉悦,远离尘世喧嚣。在《夜归鹿门山歌》中,他描绘了山中景象,表现了自己超脱尘世的情怀:

> 山寺钟鸣昼已昏,渔梁渡头争渡喧。
> 人随沙岸向江村,余亦乘舟归鹿门。
> 鹿门月照开烟树,忽到庞公栖隐处。
> 岩扉松径长寂寥,惟有幽人夜来去。

孟浩然意识到,人生短暂,世事难测,唯有大自然的美丽是永恒的。能够日夜与山水相伴,在大自然的怀抱中度过一生,是一种幸运和幸福的生活。

在盛唐时期,许多诗人都有一段漫游的经历,孟浩然也不例外。在40岁之前,孟浩然大部分时间隐居在家乡襄阳(今湖北襄阳)。襄阳风景优美,汉水与唐白河在此交汇,拥有众多名胜古迹,如诸葛亮隐居地、徐庶宅、王粲井、庞德公故居。在读书之余,孟浩然游遍了家乡,创作了《与诸子登砚山》《万山潭作》《登鹿门山》等许多诗篇,其中"人事有代谢,往来成古今。江山留胜迹,我辈复登临"(《与诸子登岘山》),备受赞赏。

第三章 诗意盎然——唐代的山水文学

40岁时，孟浩然前往长安参加进士考试，未能中第。返回家乡短暂停留后，于开元十八年（730年）夏秋之际，他开始了吴越漫游之旅。他首先抵达杭州，观赏钱塘江大潮，写下"惊涛来似雪，一坐凛生寒"（《与颜钱塘登障楼望潮作》）的名句。随后，他乘船从钱塘江口进入浙江，溯流而上，经建德到达兰溪，经过婺州、东阳到达天台山。天台山以刘晨、阮肇采药遇仙的传说而闻名，山势俊秀，处处流水飞瀑，孟浩然为之神采飞扬。游览天台山后，他沿着剡溪顺流而下，来到越州（今浙江绍兴），途中参拜剡县的石城寺。从他在越州写下的"两见夏云起，再闻春鸟啼"（《久滞越中贻谢南池会稽贺少府》）来看，他在越州停留了近两年。越州人杰地灵，古迹繁多，如传说大禹治水时曾到访的禹穴，西施浣纱的若耶溪，水明如镜的鉴湖，以及幽静的云门山、云门寺等，都留下了孟浩然的足迹。游览越州后，孟浩然南下至永嘉，游览城北的瓯江及江中孤屿山，写下了"众山遥对酒，孤屿共题诗"（《永嘉上浦馆逢张八子容》）的名句，后人在孤屿山上建造了浩然楼以纪念他。之后，应友人之邀，孟浩然前往永嘉东北的乐城（今浙江乐清），在乐城停留了一段时间后，特意从浔阳（今江西九江）经彭蠡湖绕道入湘，凭吊屈原。随后，他从汨罗江进入洞庭湖，经岳阳北入长江，溯汉水返回家乡，结束了这次长达三年的吴越漫游。这次漫游不仅开阔了孟浩然的视野和胸襟，还让他形成了安于淡泊、不慕名利的品格。

孟浩然一生都对舟行抱有较大的热情，他的足迹遍布江河湖海。正如他在《经七里滩》中所述，"为多山水乐，频作泛舟行"，他的山水诗作品大多聚焦于水上、水边的景致，展现了一种清旷淡远、自然高妙的艺术风格。在创作时，他往往从高远的角度开始，而后深入细微之处，将景物与清淡的情思巧妙地融为一体，营造了一种平淡而深远的诗意境界。

以《宿建德江》为例，他写道：

> 移舟泊烟渚，日暮客愁新。

>　　野旷天低树，江清月近人。

这首诗的前两句描绘了充满忧愁的傍晚景象：船只停靠在烟雾缭绕的洲渚边，随着日落的到来，诗人内心的羁旅之愁愈发浓烈。他用"新"字巧妙地表达了这种愁绪的突如其来和真切感受。接着，他转向了对天际和江面的描绘，展现了原野的辽阔、天空的深邃、树木的低矮以及江水的清澈，进一步强调了诗人与明月的亲近感。整首诗通过对景物的细腻刻画，将诗人的孤寂和漂泊之感融入其中，使山水景物也带上了一层清冷的色彩。

再看《耶溪泛舟》：

>　　落景馀清辉，轻桡弄溪渚。
>　　澄明爱水物，临泛何容与。
>　　白首垂钓翁，新妆浣纱女。
>　　相看似相识，脉脉不得语。

在这首诗中，孟浩然描绘了耶溪（即若耶溪）的美景：夕阳余晖映照在水面上，小船轻轻荡漾，诗人欣赏着溪水中的游鱼。同时，他描绘了溪边垂钓的老者和洗衣的少女，这些景象与陶渊明的桃花源相似，与孟浩然的隐逸情怀相契合。最后两句"相看似相识，脉脉不得语"更是展现出作者内心的宁静。

《万山潭作》则展现了孟浩然在万山潭垂钓的闲适与愉悦：

>　　垂钓坐磐石，水清心亦闲。
>　　鱼行潭树下，猿挂岛藤间。
>　　游女昔解佩，传闻于此山。
>　　求之不可得，沿月棹歌还。

清澈的潭水与闲适的心境相互映衬，"鱼行"与"猿挂"一低一高，营造出一种开阔的空间感。诗中还融入了神女解佩的传说，为风景胜地增添了一层神秘的色彩。结尾句"沿月棹歌还"则表现了诗人在月色中悠然归去的情景。

第三章 诗意盎然——唐代的山水文学

《舟中晓望》记录了孟浩然从越州出发前往天台山的旅程：

挂席东南望，青山水国遥。

舳舻争利涉，来往接风潮。

问我今何去，天台访石桥。

坐看霞色晓，疑是赤城标。

这首诗开篇即表达了诗人急切的心情和对天台山胜景的向往。他描述了扬帆起航的情景和沿途所见的青山绿水。接着，他自问自答地点出了此行的目的地——天台山和著名的石桥景观。最后两句则通过对朝霞的描绘，展现了赤城山的美丽景象和诗人的愉悦心情。整首诗以淡雅的笔触描绘了作者在旅途中的所见所感，展现了孟浩然冲淡宁静的内心世界。

孟浩然，以其淡泊的心志和高超的诗艺，在山水诗的创作中展现了独特的艺术魅力。他通过精炼和净化语言，剔除了冗余和不和谐的元素，使他的山水诗呈现出一种明净单纯、晶莹剔透的特质。正如胡震亨在《唐音癸籤》中所言，孟浩然之诗，"气象清远，心境孤寂，故其言辞洒脱，洗尽凡尘，读之令人感到清新脱俗，真实之色彩自然映现于其中"。

在孟浩然的山水诗中，人们可以观察到他对细节的敏锐捕捉和深刻表现。例如，"荷风送香气，竹露滴清响"（《夏日南亭怀辛大》），这两句诗不仅通过对嗅觉和听觉的描绘，展现了夏日的美景，更表现出诗人全身心投入品赏的专注与深情。荷花香气的清淡和竹露滴落的清脆，被诗人精准捕捉并细腻表现，使读者仿佛身临其境，感受到那份宁静与美好。沈德潜对孟浩然的这两句诗给予了高度评价，认为其不仅描绘出佳境，更是佳句之典范。同时，他提到了孟浩然的其他佳句，如"天边树若荠，江畔洲如月"（《秋登兰山寄张五》），"风鸣两岸叶，月照一孤舟"（《宿桐庐江寄广陵旧游》），"回潭石下深，绿筱岸傍密"（《登江中孤屿赠白云先生王迥》）等，这些诗句同样展现了清新脱俗、明净单纯的特质。

二、诗中的山水，山水中的诗

在唐代，田园诗的奠基者陶渊明对山水田园诗的影响深远且显著。孟浩然对陶渊明充满敬仰之情，他的山水田园诗作深受陶渊明影响。例如，他在《仲夏归汉南园寄京邑耆旧》中写道"尝读高士传，最嘉陶徵君。日耽田园趣，自谓羲皇人"，在《李氏园林卧疾》中写道"我爱陶家趣，园林无俗情"。孟浩然早年隐居家乡，以耕读为乐，这与陶渊明的早期经历颇为相似。尽管他曾参加进士考试，但最终未能如愿，多在隐居和漫游中度过一生。因此，孟浩然在志趣和追求上与陶渊明有诸多相似之处。然而，两者在生活态度和田园生活体验上存在差异。陶渊明深入农民生活，成为其中一员；孟浩然则更多保持一种自我欣赏的姿态，如他在《山中逢道士云公》中写道"酌酒聊自劝，农夫安与言"。此外，陶渊明的归隐是自觉自愿的，因此他全心赞美田园生活；孟浩然的归隐则带有几分无奈，时常表现出内心的矛盾与痛苦。孟浩然始终关心个人的得失，缺乏陶渊明的博大胸襟与深厚情感。

陶渊明的田园诗不仅在艺术手法上独具一格，更重要的是他在描绘田园风光时，流露出与田园生活融为一体的情趣。这种情趣表现了诗人悠闲自得的生活态度和高洁纯真的品格。孟浩然的诗句"我爱陶家趣，园林无俗情"恰好体现了当时诗人对陶渊明田园情趣的欣赏与仰慕。孟浩然有意效仿陶渊明，并掌握了其诗歌的精髓，取得了显著成就。例如，他的著名作品《采樵作》，描绘了山水风景，表现了对自然景色的观赏。

在《过故人庄》中，孟浩然以真挚的感情、深厚的韵味和明净的语言，描绘了自然恬静的乡村风光和纯朴的友情，可见深受陶渊明诗风的影响。闻一多评价孟浩然的诗作时说，"真孟浩然不是将诗紧紧地筑在一联或一句里，而是将它冲淡了，平均地分散在全篇中"，"甚至淡到令你疑心到底有诗没有"，"淡到看不见诗了，才是真正孟浩然的诗，不，说是孟浩然的诗，倒不如说是诗的孟浩然，更为准确"[①]。孟浩然以其淡雅的风格和对田园生活的深刻描绘，充分体现了他对陶渊明田园诗的继承和发展。

孟浩然在《过故人庄》中展现了他对田园生活的热爱和对朋友的深情厚谊。他描绘了一幅静谧的乡村图景，表达了对田园生活的向往和对友情的珍视。这种情感和风格，正是他对陶渊明诗歌精神的传承和发扬。他在诗中写道："绿树村边合，青山郭外斜。开轩面场圃，把酒话桑麻。待到重阳日，还来就菊花。"这些诗句展示了自然风光的美丽与宁静，也表现了诗人内心的平和与满足。

孟浩然是盛唐时期唯一一位以平民身份著称的诗人。他凭借卓越的才华和独特的风骨，赢得了包括李白和杜甫在内的许多同时代及后世诗人的尊敬和仰慕。李白在《赠孟浩然》中将孟浩然描绘为一个超然物外、具有道家风范的诗人，称其为"风流天下闻"的孟夫子，赞美他"红颜弃轩冕，白首卧松云"。王维与孟浩然关系密切，在孟浩然去世后，王维在《哭孟浩然》中进行了深切的哀悼："故人不可见，汉水日东流。"大约一百年后，白居易亲临鹿门山，追忆这位前辈诗人，并在《游襄阳怀孟浩然》中表达了深切的怀念："楚山碧岩岩，汉水碧汤汤。秀气结成象，孟氏之文章。今我讽遗文，思人至其乡。清风无人继，日暮空襄阳。南望鹿门山，蔼若有馀芳。"这些著名诗人的作品和言辞，无不反映出他们对孟浩然的高度评价与深切怀念。

[①] 闻一多.唐诗杂论[M].南宁：广西人民出版社，2017：31-37.

第三节　王维：山水与画意的和谐共鸣

中国山水诗派自谢灵运、谢朓创立以来，经过南北朝的发展，于唐朝时期进入全面繁荣阶段。这一时期，不仅诗人和诗作大量出现，艺术表现手法也达到了新的高度，王维（701—761年）的艺术贡献尤为突出。王维的思想主要属于南宗的主观唯心主义"心性学"派系。范文澜指出，南宗的宗旨在于"净心"和"自悟"，强调心灵的清净和自我觉悟，认为通过这些可以顿悟成佛。[①]王维的大部分时间过着亦官亦隐的生活状态，他在诗中也表现出这种生活。例如，他曾隐居于河南蔚县和嵩山，后又在终南山辋川别墅隐居，晚年虔信佛学。他在隐居期间，全身心投入大自然，追求内心的宁静，欣赏自然的宁静美。

王维不仅是杰出的诗人，还是卓越的画家。《新唐书》记载，他在书法和绘画方面都很出色，特别擅长描绘远山的"平远"技法。宋代画家郭熙在《林泉高致》中解释说，"平远"是从近处望远山的一种技法。王维的诗画兼优，其因高超的绘画技能而被誉为"南宗山水画之祖"。他本人也承认自己有绘画才能，称自己前世可能是一位画师。

《宣和画谱》记录了王维的126件作品，其中包括《辋川图》《青枫树图》《江山霁雪图》《雪溪图》等。他对山水画进行了深入研究，并撰写了《山水诀》和《山水论》。在《山水诀》中，他提出，绘画应表现自然的本质和造化的功力，能够在一幅小图中展现千里风光。俄罗斯汉学家叶·查瓦茨卡姬评论说："王维制定了山水画艺术的法则《山水诀》，文中揭示了大自然的秘密及作为真理象征的广阔世界，而人则是这个世界中微不足道的一个组成部分。本来毫无价值的人，只有深入自然的伟

[①] 范文澜. 中国通史简编[M]. 北京：北京联合出版公司，2020：86.

大秘密才能具有某种价值。"①

王维的山水诗之所以独具特色，成就卓著，是因为他将诗歌与绘画完美结合，在诗中展现了浓厚的画意。苏轼对此高度评价道，"味摩诘之诗，诗中有画；观摩诘之画，画中有诗"（《书摩诘蓝田烟雨图》），精准地揭示了王维在诗画艺术上的卓越成就。

一、构图布局精妙

王维的山水诗，以其精妙的构图布局和丰富的自然美感而著称。他善于通过景物的对比和映衬，展现出多层次的自然景象。绘画作为一种空间艺术，要求在空间中展现有序的景象，这需要精心的构图布局。谢赫在"绘画六法"中提到的"经营位置"即指要善于构图布局。构图布局是将自然山水的整体观照和作者的思想感情转化为表现形式的桥梁。若没有良好的构图布局，其他艺术表现都无从谈起。深谙画理的王维在诗的创作中对构图布局方面是十分用心和讲究的，如在《终南山》中，他通过远眺和近观的交替，展现了终南山的雄伟景象。沈德潜在《唐诗别裁》卷九中称此诗："四十字中，无所不包，手笔不在杜陵下。或谓末二句似与通体不配。今玩其语意，见山远而人寡也，非寻常写景可比"。②王维的山水画采用了散点透视的方法，视角不断变化，展现出广阔的空间感和壮丽的景象。此外，在《辋川闲居赠裴秀才迪》中，王维描绘了夕阳渐落与孤烟初升的场景，生动地表现了乡村黄昏的宁静。《红楼梦》中，香菱评论了这两句诗，称赞其构图巧妙，指出"余"与"上"字的应用使人仿佛身临其境。在《田园乐七首·其五》和《崔濮阳兄季重前山兴》中，王维进一步展现了他在构图布局上的独特技巧。前者通过远村中的孤烟与高原上的独树，展现了开阔的空间中的有序景物；后

---

① 查瓦茨卡娅. 中国古代绘画美学问题[M]. 陈训明，译. 长沙：湖南美术出版社，1987：82.
② 沈德潜. 唐诗别裁[M]. 北京：中国致公出版社，2011：69.

者则通过远景中的千里黛色与近景中的出云数峰，突出主景的挺拔与秀丽。这些作品体现了王维在构图布局上的精湛技艺和对自然景象的深刻理解。

二、自由运用色彩

王维在山水诗中自由运用色彩，展现了丰富的自然美感。刘熙在《释名》中提道"画，挂也。以彩色挂物象也"，即色彩和实体感是绘画的基本构成。黑格尔指出："绘画毕竟要通过颜色的运用，才能使丰富的心灵内容获得它的真正的生动表现。"[1]色彩感觉是美感中最普通和大众化的感受，尤其是自然界的明丽色彩，常常能唤起丰富的联想和扩大想象空间。大自然的色彩因时间、天气和季节的变化而各异，展现出不同的美。作为诗人和画家，王维对色彩的感受敏锐且生动。他在《山水论》中描绘了四季景色：春天的雾锁烟笼和夏天的古木蔽天，秋天的雁鸿秋水和冬天的雪地樵者，这显示了他对自然色彩的深刻理解和欣赏。

王维的诗歌中，春景描写尤为丰富，因为春天的生机勃勃和明媚阳光激发了他的创作欲望。例如，在《田园乐七首·其六》中，他通过"桃红复含宿雨，柳绿更带朝烟"生动地描绘了春天的景色，红色的桃花和绿色的柳枝相互映衬，展现出春天的动态美感。《玉林诗话》称赞此句"最为警绝，后难继者"。从色彩的温度感来看，红色属暖色系，具有较高的光度和穿透力，易激发人们的热情；绿色则是自然的主宰色，宁静深邃，具有平和感。在王维的诗中，红绿的色彩组合，如"桃红"与"柳绿"，在视觉上形成鲜明的对比，给人留下深刻的印象。此外，他在《田家》中通过"多雨红榴折，新秋绿芋肥"，描绘了丰收的景象，红榴与绿芋的颜色形成了鲜明的对比。在《辋川别业》中，"雨中草色绿堪染，水上桃花红欲然"展现了春天的生机，红绿相互映衬，传递出希望。王

---

[1] 黑格尔. 美学：第3卷　上册[M]. 朱光潜, 译. 北京：商务印书馆，1979：271.

维描绘春景的诗句还包括"紫梅发初遍,黄鸟歌犹涩"(《早春行》)和"屋上春鸠鸣,村边杏花白"(《春中田园作》)等,其展示了春天的多彩与生机。其他如"日落江湖白,潮来天地青"(《送邢桂州》)则以白与青色描绘了日暮时的壮观景象,"鳌身映天黑,鱼眼射波红"(《送秘书晁监还日本国》)则展现了神秘的海上景象,以浓重的黑红色彩表现出惊心动魄的效果。

三、线条的独特使用

王维的山水诗中,线条的独特使用也是其艺术成就的重要体现。线条作为绘画的基本构成元素,展示了事物的外在轮廓和运动趋势。不同类型的线条带来不同的审美感受:垂直线条给人以上升、挺拔之感,水平线条则让人感到广阔、宁静,斜线条则容易引发紧张的情绪。对线条的运用体现了画家的捕捉能力和构图能力。《使至塞上》中经典的"大漠孤烟直,长河落日圆"正是这一技艺的典范。这句诗描绘了诗人在慰问戍边将士途中看到的壮丽边塞风光。浩瀚的沙漠中,一缕孤烟直上,黄河在远处与天相接,一轮圆日缓缓下落。诗人以简练的笔触勾勒出立体的边塞景象。王国维赞誉此句境界"可谓千古壮观",诗人成功捕捉了画面最基本的线条,通过水平线("长河")和垂直线("孤烟")的交会,将景象生动地展现在读者眼前。垂直线将视线引向高处,激发人们对苍天和白云的想象;水平线则让人想到黄河千里奔腾,永不停歇。这圆日如车轮般滚入黄河,增强了画面的动感和空间感。王维用简洁的线条创造了无限的空间,展示了他非凡的艺术才能,既能够描绘细腻的田园景色,又能够勾勒雄壮的山川风光。《红楼梦》中香菱学习此诗时提到,"直"字和"圆"字虽看似普通,却完美地描绘了景象,难以替代,这体现了王维在用线条创造画境方面的高超技巧。另外,《青龙寺昙壁上人兄院集》中的"眇眇孤烟起,芊芊远树齐",以垂直线的"孤烟起"与水平线的"远树齐"形成远近对比,展现了简洁而不单调的自然图景。"眇眇"和"芊芊"的应用，使整个画面呈现出淡远迷蒙的美感，进一步增强了作品的艺术效果。

四、虚实结合

王维的山水诗在虚实关系的处理上独具匠心，激发了欣赏者无穷的联想和想象。清代学者朱庭珍在《筱园诗话》卷一中说，"夫律诗千态百变，诚不外情景虚实二端"，"实者运之以神，破空飞行，则死者活，而举重若轻，笔笔超灵，自无实之非虚矣。虚者树之以骨，炼气镕滓，则薄者厚，而积虚为浑，笔笔沈著，亦无虚之非实矣"。虚实关系在艺术创作中既对立又统一，通常实指具体可感的形象，虚则是由直接形象引发的联想或想象，前者逼真，后者玄虚。清代学者方士庶在《天慵庵随笔》中曾说："山川草木，造化自然，此实境也。因心造境，以手运心，此虚境也。虚而为实，是在笔墨有无间——故古人笔墨具此，山苍树秀，水活石润，于天地之外，别构一种灵奇。"王维创作了著名的《袁安卧雪图》，南宋朱翌在《猗觉察杂记》中提道："笔谈云：'王维画入神，不拘四时，如雪中芭蕉。'故惠洪云：'雪里芭蕉失寒暑。'皆以芭蕉非雪中物。岭外如曲江，冬大雪，芭蕉自若，红蕉方开花。知前辈虽画史亦不拘。""雪"和"芭蕉"同在一幅画中，即实中孕虚，虚中有实，对立又统一。

王维的《辋川集》是虚实结合的典范。《旧唐书》记载，王维与其弟常年茹素，晚年更是长斋，不穿彩衣。他在辋川别墅中与友人浮舟往来，弹琴赋诗，诗集《辋川集》便是此时创作的。此组诗通过虚实相生、以实引虚的手法，不仅再现了自然美，还融入了作者的理想美，引发读者无穷的联想。例如《鹿柴》中的"空山不见人，但闻人语响"，通过"空山"的实景和"人语"的虚景，利用动静对比，展现了山林的幽静，扩大了画面空间。胡应麟称赞《辋川集》"自出机杼，色相俱泯"（《诗薮·内编》)。在《辛夷坞》中，王维围绕"静"字着墨，描绘了"木末芙蓉花，山中发红萼。涧户寂无人，纷纷开且落"的场景，体现了禅宗"一切万法，尽在自身中"的境界。王维自己也说"一悟寂为乐，此生闲有余"(《饭覆釜山僧》)，在艳丽的实景中表现了超然的佛禅境界。笪重光在《画筌》中说："空本难图，实景清而空景观。神无可绘，真境逼而神境生。位置相戾，有画处多属赘疣。虚实相生，无画处皆成妙境。"例如《欹湖》中的"吹箫凌极浦，日暮送夫君。湖上一回首，青山卷白云"，通过箫声与湖上回首的动静对比，展现了离情和飞扬的思绪。

五、追求整体意境

王维在山水诗中展现了水墨山水的神韵与意趣。清代画家董其昌推崇王维为南宗始祖，认为"文人之画，自王右丞始"(《画禅室随笔·画诀》)。王维在《山水诀》中表示，"夫画道之中，水墨最为上"，强调水墨山水不施色彩，通过墨的浓淡变化表现自然之美，适于展现山川的神韵。王维的作品风格清幽淡远，追求单纯性、象征性和自然性。例如，在《终南山》中，他通过"白云回望合，青霭入看无"，展现了终南山的雄伟景象。白云和青霭的自然对比，使得高峰和深谷在画面中和谐统一。明代谢榛称赞王维准确生动地表现了难以形容的"烟霞"之美。在《终南别业》中，王维书写了"行到水穷处，坐看云起时"一句，通过低处的"水穷"引导视线到高处的"云起"，将具体行动转化为精神境界。在《汉江临泛》中，王维以"江流天地外，山色有无中"描绘了登临远眺的景象，展现了汉江的浩渺和远山的若隐若现，创造出迷离的空间感。王维的描述，如"远人无目，远树无枝。远山无石，隐隐如眉；远水无波，高与云齐"(《山水论》)，展现了他对山水要诀的深刻理解，将画面推向更远的地方。在《送崔兴宗》中，王维以"塞阔山河净，天长云树微"表现了远观的山河清净和云树朦胧的视觉效果，这正是远距离的观照造成的。

叶梦得在《石林诗话》卷上写道："唐人记'水田飞白鹭，夏木啭黄鹂'为李嘉佑诗，王摩诘窃取之，非也。此两句好处，正在添'漠漠''阴阴'四字，此乃摩诘为嘉佑点化，以自见其妙。"查阅《全唐诗》，并无李嘉佑此诗的全篇，仅残存此二句。"漠漠"形容迷蒙广阔，"阴阴"形容幽暗朦胧，正如水墨山水中的"破墨法"。张彦远在《历代名画记》中提及王维的"破墨山水"，称其笔迹劲爽，达到浓淡相渗的效果，使得作品更加鲜活。

　　王维的山水诗不仅具有画境之美，还赋予自然景物以强大的生命力，展现了绘画难以企及的奇妙意境。例如，"竹喧归浣女，莲动下渔舟"（《山居秋暝》）描绘了从远处传来的浣女归家的喧闹声，以及莲花因渔舟驶过而微动的情景。通过听觉和视觉的动态描写，王维展现了充满生机的场景，这种表现形式在绘画中难以完美再现。在"泉声咽危石，日色冷青松"（《过香积寺》）中，"泉声"和"危石"、"日色"和"青松"是具体的景物描写，"咽"和"冷"则带有浓厚的感情色彩。"咽"表现了泉水在嶙峋岩石间艰难流动的幽咽声，"冷"则描绘了夕阳洒在幽深松林中的清寒感受，这种细腻的情感表达是绘画无法传达的。类似地，"声喧乱石中，色静深松里"（《青溪》）中的"喧"和"静"也是绘画难以捕捉的感受。"喧"指的是流水在乱石间发出的喧闹声，"静"则指松林深处的宁静景象。这种对比不仅丰富了诗的意境，也赋予景物独特的生命力。在"荆溪白石出，天寒红叶稀。山路元无雨，空翠湿人衣"（《山中》）中，前两句描绘了秋天的实景，适合入画，而"山路元无雨，空翠湿人衣"通过感觉描写山色的浓翠，给人一种浸湿衣物的错觉。同样，"坐看苍苔色，欲上人衣来"（《书事》）描绘了苍苔青翠欲滴的生动景象，这种神来之笔是绘画难以表现的。

　　南宋画家宗炳提倡画家"身所盘桓，目所绸缪，以形写形，以色貌色"（《画山水序》），强调实体感和色彩感是绘画的基本要素。王维作为诗人兼画家，巧妙地将这些绘画元素运用于诗歌创作之中。尽管诗画在本质上相通，但将中国山水诗与绘画完美结合，在诗中展现浓厚画意，王维可谓第一人。他在诗歌中成功地融入了绘画的技法和意境，堪称中国诗歌史上杰出的风景画大师。

第四节　杜甫：彩绘心中的山水

杜甫（712—770年）是一位热爱山水自然的诗人，他在《寄题江外草堂》中表达了"我生性放诞，雅欲逃自然"的情怀。杜甫对自然界的生命，不论是动物还是植物，皆以亲切尊重的态度观察体味，注入了丰富的情感。杜甫并非纯粹的山水诗人，但他在山水诗方面的成就远超一般诗人。清代朱庭珍在《筱园诗话》卷一中说，"山水诗，以大谢、老杜为宗，参以柳州，可尽其变矣"，肯定了杜甫与谢灵运、柳宗元在山水诗中的地位。杜甫怀着深厚的爱国、忧国情怀描写山水，诸如"国破山河在，城春草木深"以及"感时花溅泪，恨别鸟惊心"（《春望》），这些诗句不仅展现了自然美景，还蕴含了深沉的情感力量。

杜甫的山水诗中充满了艺术创新，尤其是在"颜色字"的使用上，表现出他对自然的独特观察和表达。所谓"颜色字"，即表示各种颜色的词，如红、绿、蓝、紫、黄、白等。杜甫通过巧妙运用这些看似普通的颜色词，使其作品焕发出新的生机，让读者感受到他对自然景物的深刻体悟和创造性的表达。杜甫的诗歌不仅具有集大成的性质，还标志着唐诗发展的一个重要转折点。他通过丰富的艺术经验，开创了许多新的表现手法，使得他的作品在观察自然和表现自然方面具有独特的艺术魅力。杜甫山水诗中的"颜色字"运用，不仅让人耳目一新，还增强了诗歌的表现力和感染力，展现了他非凡的艺术才能。

颜色或色彩，既具有客观性也具有心灵性，既是"奔流的、火热的、生动的自然因素"，又是构思的一种能力，因此也是再现想象力和创造

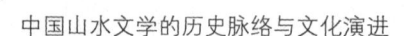

力的基本要素。色彩是诗人和艺术家表达景物和情感的有效媒介。通过巧妙运用"颜色字",不仅能生动地传达景物的特征,还可以表达特定情境下的思想感情,创造出优美深邃的意境,产生奇妙的艺术效果。

宋代范晞文在《对床夜语》中提道,"老杜多欲以'颜色字'置第一字",如《奉酬李都督表丈早春作》中的"红入桃花嫩,青归柳叶新"。一般来说,颜色词通常放在名词前,如红花、绿叶,而杜甫将"颜色字"置于动词前,如"红入""青归",这种独特用法表现了春天初来的生机勃勃。宗白华对此评论道,"'红'由客观景物变为情感中的'红',经过情感的转化,'红'不仅加重了其意义,还提高了艺术的境界"[1],这种虚实结合的方法,增强了诗歌的表现力和感染力。例如,《观李固请司马弟山水图三首·其三》中的"红浸珊瑚短,青悬薜荔长",杜甫用"红浸"和"青悬"形容山水画中的红珊瑚和青薜荔,展示了诗人从远及近、从粗到细的观赏过程,并暗示画家有高超的艺术技巧。颜色对比鲜明,极具美感,增强了诗句的视觉效果和艺术感染力。

杜甫在《陪郑广文游何将军山林十首·其五》中通过"绿垂风折笋,红绽雨肥梅",生动表现了大自然的生机。仇兆鳌注释道,"本是风折笋而绿垂,雨肥梅而红绽"(《杜诗详注》),这里诗人采用倒装句法,将"颜色字"放在动词之前,如"绿垂"和"红绽",不仅实写景物,还充满新奇的想象。对于游览山林的诗人来说,首先映入眼帘的是绿色和红色,随后辨识出是风折的绿笋和雨润的红梅。这种色彩的冷暖对比,使得鲜绿的笋与艳红的梅呈现的画面极具美感。在杜甫之后,中唐元稹和晚唐李商隐等人也采用了类似的"红绽"用法,如"山茗粉含鹰觜嫩,海榴红绽锦窠匀"(《早春登龙山静胜寺赠幕中诸公》)杜甫在《江头四咏·栀子》中使用了"红取风霜实,青看雨露柯"来描写栀子花,表现了红色的果实和青色的枝条。通过"红取""青看"的对比,既体现了景

---

[1] 宗白华,文艺美学丛书编辑委员会.宗白华美学文学译文选[M].北京:北京大学出版社,1982:238.

物的动静,又突出了风霜雨露的影响,表达了诗人对自然的赞叹。

类似的例子还有《放船》中的"青惜峰峦过,黄知橘柚来",表现了舟行江上的景象。仇兆鳌在《杜诗详注》中云,"见青而惜峰过,望黄而知橘来",这些诗句通过"青惜""黄知"写出了江上风光的动人景象和水流的迅疾,犹如快速推移的电影镜头。杜甫在《晴二首·其一》中用"碧知湖外草,红见海东云"描绘洞庭湖外的草色和海东的云霞。杜甫还在《晓望白帝城盐山》中通过"翠深开断壁,红远结飞楼"描绘白帝城盐山的景象。仇兆鳌在《杜诗详注》中云,"断壁开处,见其深翠。飞楼结处,见其远红"。这种"翠深""红远"的用法使景致更加深邃、广阔。其他如"翠乾危栈竹,红腻小湖莲"(《寄岳州贾司马六丈、巴州严八使君两阁老五十韵》),"红稠屋角花,碧委墙隅草"《雨过苏端》,"紫收岷岭芋,白种陆池莲"(《秋日夔府咏怀奉寄郑监李宾客一百韵》),均通过颜色字的巧妙运用,展现了鲜明的色彩对比和诗人的欣喜之情。在《宴戎州杨使君东楼》"重碧拈春酒,轻红擘荔枝"中,杜甫借酒之名"重碧"、荔之色"轻红"表达宴客之乐,这种"轻红"的用法在杜甫之前的唐诗中并未见使用,反映了杜甫在诗歌艺术上的创新。中唐以后,诸如孟郊的"轻红流烟湿艳姿"、卢仝的"日脚浮轻红"、元稹的"轻红拂花脸"、李群玉的"轻红约翠纱"等,开始逐渐使用"轻红"一词,但远没有杜甫的诗句那样鲜活。

杜甫诗中不仅包括红、青、绿、黄、紫、白等色彩的对比,还包含黑白两色的对比。黑色和白色分别处于光的两个极端,一个是光的全部吸收,一个是光的全部反射,因此被称为极色。黑色阴冷沉重,白色明亮轻盈,这种对比能产生意想不到的艺术与美学效果,如围棋的黑白子、大熊猫的黑白毛色等。范晞文在《对床夜语》中云,"白摧朽骨龙虎死,黑入太阴雷雨垂",赞扬了其壮丽而险峻的效果。杜甫在(《戏为双松图歌》)中也深情地赞美了画家韦偃笔下的两棵老松:"两株惨裂苔藓皮,屈铁交错回高枝。白摧朽骨龙虎死,黑入太阴雷雨垂。"这段描写生动地刻画了老松经历岁月磨砺后的形象：树皮斑驳裂开，枝条盘曲交错，高低错落有致。老松的枝干剥蚀处白如龙虎的朽骨，低垂的枝条浓重苍郁，如同下垂的雷雨。"白摧朽骨"与"黑入太阴"在强烈的明暗对比中，增强了黑白原有的色光对比，使白色愈加惨烈，黑色更显沉重，给人以惊心动魄之感，达到了范晞文所称的"益壮而险"的艺术效果。杜甫对老松的描绘让人联想到罗中立的油画《父亲》，同样通过黑白的强烈对比，展现了深刻的艺术感染力。杜甫巧妙运用黑白对比，将老松的形象刻画得栩栩如生，使读者不仅能够感受到其外在的壮丽，还能体会到其中蕴含的岁月沧桑与生命力量。这种艺术手法在现代艺术中依然具有较大的影响力。

杜甫诗句的一个显著特点是，他常在句首使用颜色词，然后用动词引入具体景物。例如，"青惜峰峦""黄知橘柚""红浸珊瑚""青悬薜荔""白摧朽骨""黑入太阴"等。这样的写法实现了"实化成虚，虚实结合"，不仅强化了诗人的主观感受和情感表达，还创造出新鲜且能够带给读者深刻心理感受和视觉印象的诗歌形象。同时，这种手法使颜色从静态变为动态，鲜明且充满动感，从而获得了意想不到的奇异艺术效果。胡应麟称赞道："老杜用字入化者，古今独步。中有太奇巧处，然巧而不尖，奇而不诡。"[1]杜甫在诗中运用颜色词的独特方式，使其作品充满了生命力和艺术感染力。杜甫不仅在特定场景中运用颜色词，他在诗歌中对颜色的描绘也极为丰富。例如，《客堂》中的"石暄蕨芽紫，渚秀芦笋绿"，描绘了紫色的蕨芽和绿色的芦笋；《陪郑广文游何将军山林十首·其一》中的"名园依绿水，野竹上青霄"，描绘了依靠在绿色水边的名园和直上青霄的野竹；《巴西驿亭观江涨呈窦使君二首·其二》中的"向晚波微绿，连空岸脚青"，描绘了傍晚时分微绿的波浪和延伸到天空的青色岸脚；《冬日洛城北谒玄元皇帝庙》中的"翠柏深留景，红梨迥得

---

[1] 胡应麟.诗薮：精校本[M].王国安，点校.北京：北京科学技术出版社，2023：152.

霜"描绘了翠柏和红梨;《狂夫》中的"风含翠筱娟娟净,雨裛红蕖冉冉香"描绘了翠竹和红叶;《秋兴八首·其七》中的"波漂菰米沉云黑,露冷莲房坠粉红",描绘了菰米、黑云和粉红的莲房。杜甫通过对这些明丽色彩的捕捉和描绘,激起了人们对自然美景的无限向往。杜甫的这些诗句不仅展现了他对自然的敏锐观察力,还通过巧妙的色彩运用,使得诗歌在视觉和情感上都达到了一个新的高度。他将自然景物的颜色融入诗歌中,创造出鲜明的画面感,使读者在阅读时仿佛身临其境,感受到自然的美丽与生命的律动。

绘画通过色彩的运用,才能使丰富的心灵内容得以真正展现。杜甫在诗歌中创造性地使用"颜色字",使这些看似普通的颜色词焕发出新的活力,增强了汉字的表现力,丰富了中国古典诗歌的创作手法。他的诗歌实践了他自己所倡导的"为人性僻耽佳句,语不惊人死不休"的创作理念,为唐代山水诗注入了新鲜的生命力和活力。

第五节 柳宗元:笔下的山水与心中的游记

在唐代诗人中,柳宗元对山水有着独特的理解和深厚的感情。早年,他曾随父亲游历湖北、湖南、江西等地,考中进士后主要活动于长安、永州和柳州,其中在永州生活时间最长,达十年(805—815年)。柳宗元在永贞元年(805年)被贬至邵州途中,又被加贬为永州司马。司马为无实权的闲职,因而柳宗元有了充裕的时间接触山水,专心从事创作。他在《答吴武陵论〈非国语〉书》中说:"自为罪人,舍恐惧则闲无事,故聊复为之。"柳宗元短暂的一生创作了六百余篇诗文,其中在永州的十年间创作了331篇,占其全部创作的百分之五十以上。韩愈在《柳子厚墓志铭》中提到,这一时期的柳宗元"闲居,益自刻苦,务记览,为词章,泛滥停蓄,为深博无涯涘,而自肆于山水间"。这些在永州十年流放生活中创作的山水诗文，充满了悲情，既深深打动了读者，也引发了人们的深思和长久的回味。

一、充满悲情的山水诗

柳宗元怀着深沉的忧愤来到永州，这座城市位于今日湖南省南部，与广西接壤。永州以其独特秀丽的自然景观而著称。该地区地形复杂，南部的九嶷山屹立，北部被衡山的余脉环绕，蜿蜒的湘水与潇水在此汇聚。这里山峦起伏，河流交错，树木繁茂，是一片被尘世遗忘的风景胜地。柳宗元本人也对永州的山水风光给予了高度评价。初到永州时，柳宗元居住在地势较高的东山上的龙兴寺，寺庙下方即奔腾的湘江。为了便于欣赏风景，他特地在居住的西厢房的西墙上开了一扇门，命名为"西轩"，并撰写《永州龙兴寺西轩记》刻在门外的石壁上以作纪念。在永州的十年间，柳宗元看遍了此地的山水，山水成为他寂寞孤独时最亲密的伙伴。在远离京城的偏僻之地，柳宗元首次领悟到山水的美，其心灵受到极大的震撼，获得了深深的安慰。他在《始得西山宴游记》中表达了对山水美景的惊叹，并从中获得了精神上的慰藉。永州山水之美，也许是柳宗元未曾预料到的。

柳宗元的山水作品往往让人心灵震撼，但他笔下的景象并非总是明丽、灿烂、赏心悦目的，更多时候呈现出浓厚的悲情和独特的格调。例如，《与崔策登西山》中先描写他与友人欣赏永州潇水西岸西山的景色，如"西岑极远目，毫末皆可了。重叠九疑高，微茫洞庭小。迥穷两仪际，高出万象表。驰景泛颓波，遥风递寒筱"，最后诗人写道"吾子幸淹留，缓我愁肠绕"。这表明即使在如此美景之中，柳宗元仍无法缓解内心的忧愁，需借助友情。这种情感在他的诗作中屡见不鲜，如《湘口馆潇湘二水所会》中所写："境胜岂不豫，虑分固难裁。升高欲自舒，弥使远念来。"显然，深重的忧情并未因美景或登高而减轻。

柳宗元在《夏初雨后寻愚溪》中,以清新的笔触描绘了愚溪的美景,如"悠悠雨初霁,独绕清溪曲。引杖试荒泉,解带围新竹",然而,结尾却以"沉吟亦何事,寂寞固所欲"表达了无奈和孤独。在《愚溪诗序》中,他通过愚溪的形象表达了自己深沉的忧愤:"夫水,智者乐也。今是溪独见辱于愚,何哉?盖其流甚下,不可以溉灌。又峻急多坻石,大舟不可入也。幽邃浅狭,蛟龙不屑,不能兴云雨,无以利世,而适类于予。"愚溪正是诗人怀才不遇、报国无门的形象写照。

在《中夜起望西园值月上》中,柳宗元写道:"觉闻繁露坠,开户临西园。寒月上东岭,泠泠疏竹根。石泉远逾响,山鸟时一喧。倚楹遂至旦,寂寞将何言。"这首诗通过描写有声景象,反衬出夜晚的幽静。诗人默默站立直到天明,让人联想到阮籍及其《咏怀诗》:"夜中不能寐,起坐弹鸣琴。薄帷鉴明月,清风吹我襟。孤鸿号外野,翔鸟鸣北林。徘徊将何见?忧思独伤心。"柳宗元在永州的十年,虽不像阮籍那样"数着手指头苦熬日子",但也对前途充满忧虑,对生活充满怨恨。他在《答吴武陵论〈非国语〉书》中说"拘囚以来,无所发明,蒙覆幽独"。

柳宗元的诗作《南涧中题》集中展现了他内心深处的情感:"秋气集南涧,独游亭午时。回风一萧瑟,林影久参差。"秋天的气息弥漫在南涧,他独自在正午时分游荡,回旋的风带来一阵萧瑟,林中的影子参差不齐。初到时心有所获,逐渐地忘记了疲惫:"始至若有得,稍深遂忘疲。"幽谷中传来困鸟的鸣叫,寒水中水草在舞动:"羁禽响幽谷,寒藻舞沦漪。"他感叹自己离开国都久了,心魂也已遥远,思念友人的泪水不禁然落下:"去国魂已远,怀人泪空垂。"孤独的生活容易引发感伤,失去前进的方向,难以适应现实:"孤生易为感,失路少所宜。"他问自己为什么这么消沉,这只有自己知道原因:"索寞竟何事,徘徊只自知。"最后,他希望未来能有知音理解他的心情:"谁为后来者,当与此心期。"他在《梅雨》中写道:"梅实迎时雨,苍茫值晚春。愁深楚猿夜,梦断越鸡晨。"在梅子结实的季节迎来了绵绵阴雨,这晚春时节天地一片苍茫。

夜里听到楚地猿猴的哀鸣，愁绪更深；清晨被越地鸡鸣惊醒，梦境破碎。清代的王尧衢在《古唐诗合解》中说："因雨生愁，闻夜猿而更苦；因雨惊梦，听晨鸡而忽醒，此时不胜凄怨矣。"在《入黄溪闻猿》中，他写道："溪路千里曲，哀猿何处鸣？孤臣泪已尽，虚作断肠声。"蜿蜒千里的溪路，哀猿在何处鸣叫？孤臣的泪水已经流尽，只能徒然听着断肠的猿声。明代的唐汝询在《唐诗解》中评价道："猿声虽哀而我无泪可滴，此于古词中翻一新意，更悲。"

元和十年（815年）二月，柳宗元奉诏回京，三月被任命为柳州刺史。柳宗元本希望重新崛起，实现自己的宏图伟业，但不久后又被贬谪。他在《衡阳与梦得分路赠别》中写道"十年憔悴到秦京，谁料翻为岭外行"；在《别舍弟宗一》中又道"零落残魂倍黯然，双垂别泪越江边。一身去国六千里，万死投荒十二年"。宋代的葛立方对此感慨不已，"子厚可谓一世穷人矣"，"呜呼，子厚之穷极矣"（《韵语阳秋》）。从长安到柳州的路途遥远，沿途景象既奇异又危险。在《岭南江行》中，柳宗元描绘了南下瘴江的情景："瘴江南去入云烟，望尽黄茆是海边。山腹雨晴添象迹，潭心日暖长蛟涎。"瘴江向南延伸进入云雾中，视野尽头的黄茆草丛直达海边。雨后山间的象迹显现，潭中温暖的阳光照耀着水面上的蛟涎。柳宗元继续描述道："射工巧伺游人影，飓母偏惊旅客船。从此忧来非一事，岂容华发待流年。"射工阴险地窥伺行人身影，飓母常常惊扰旅客的船只。从此忧愁接踵而至，哪容我衰老之身再挨几年？明代的廖文炳在《唐诗鼓吹注解》中评论道："此叙岭南风物异于中国，寓迁谪之愁也。"诗中虽然说岭南的风土奇异险恶，让柳宗元不要居留，但柳宗元经过三个月的艰难跋涉，跨越千山万岭，最终在元和十年六月二十七日抵达柳州。

在柳州城楼上，柳宗元想起与自己同被流贬的友人，写下了《登柳州城楼寄漳、汀、封、连四州》："城上高楼接大荒，海天愁思正茫茫。惊风乱飐芙蓉水，密雨斜侵薜荔墙。岭树重遮千里目，江流曲似九回肠。

共来百越文身地,犹自音书滞一乡。"唐汝询在《唐诗解》中评论道:"此登楼览景慕同类也。"登高望远,愁绪无边,惊风密雨更添愁情,树重叠遮望眼,江流曲似愁肠,诗人思念同伴却音书不通,情何以堪。诗人在柳州的生活充满了凄苦之意味。《柳州二月榕叶落尽偶题》写道:"宦情羁思共凄凄,春半如秋意转迷。山城过雨百花尽,榕叶满庭莺乱啼。"贬居本已凄凉,又起思归之情,谁能料到柳城春才过半却如深秋,二月便榕叶落尽、百花凋零。王尧衢在《古唐诗合解》中评论此诗:"羁人最怕是秋,今春半而木叶尽落,竟如秋一般,使我意思转觉迷乱。"这不仅表达了凄迷茫然之感,还有对人生孤独、前途渺茫、盼归无望等情感的深刻体会。即使如《江雪》这样的诗篇,表现了孤高的人格追求,其中也透出了彻骨的寒凉。王尧衢在《古唐诗合解》中评论道:"江寒而鱼伏,岂钓之可得?彼老翁独何为稳坐孤舟风雪中乎?世态寒冷,宦情孤冷,如钓寒江之鱼,终无所得。子厚自寓也。"柳宗元通过这些作品,将自己心中的孤独与凄苦表现得淋漓尽致。

柳宗元的许多山水诗虽然描绘了让他愉悦的景色,但最终总是不自觉地转向悲情,或为乡愁、孤苦,或为怀才不遇。如在《南中荣橘柚》中,他写道"攀条何所叹,北望熊与湘";《自衡阳移桂十余本植零陵所住精舍》里说"芳意不可传,丹心徒自渥";《夏初雨后寻愚溪》结尾是"沉吟亦何事,寂寞固所欲";《南涧中题》中更是感叹"索寞竟何事,徘徊只自知"。这些诗句满含悲情,令人动容。宋人蔡启评论道,"子厚之贬,其忧悲憔悴之叹,发于诗者,特为酸楚"(《蔡宽夫诗话》)。这种"特为酸楚"的悲情,主要源于柳宗元坎坷的政治命运以及由此引发的忧伤与憔悴。首先,柳宗元对山水的热爱实际上是无奈之举。他被贬至永州后,担任的是无实际权力的司马一职。虽然司马是五品官员,但实际上没有具体的职责,通常用来安置被贬退的官员和武将,柳宗元为此悲痛不已。此外,形如囚徒的特殊处境,更使得赏游山水成为他生活的主要内容。他在《答周君巢饵药久寿书》中说:"以罪大摈废,居小州,与囚徒为朋，行则若带缧索，处则若关桎梏。行而无所趋，拳拘而不能肆。"因此，山水成为他日常生活的重要慰藉，"余既委废于世，恒得与是山水为伍"（《陪永州崔使君游宴南池序》）。虽然南楚的山水能稍稍抚慰人心，但柳宗元的寻幽探胜更多是出于无奈。柳宗元在这种处境下，寻求山水的慰藉，但他的心情却并不轻松。有人曾以"浩浩"称贺他无忧自得，柳宗元通过《对贺者》进行了回答："子诚以浩浩而贺我，其孰承之乎？嘻笑之怒，甚乎裂眦；长歌之哀，过乎恸哭。庸讵知吾之浩浩非戚戚之尤者乎？子休矣。"这显示了他内心深深的悲怆与无奈。

　　柳宗元被贬至永州后，尽管表面上似乎终日游览山水，过着无忧无虑的生活，但他内心深处承受了巨大的痛苦。他曾自嘲，如何能够承受"浩浩"之名呢？他的愤怒比睁眼怒视更为强烈，哀痛的歌唱比放声恸哭更为痛苦。表面的自得，实际上是内心强烈忧愁的反映。黄震在《黄氏日钞》卷六十中评论道"余谓子厚此言，大痛无声者也"，这正是庄子在《渔父》所谓的"真悲无声而哀，真怒未发而威"。柳宗元正是在痛苦中寻求出路的人。元和四年（809年）所作的《构法华寺西亭》一诗，最能体现柳宗元的矛盾与无奈。他在永州最高处的法华寺建了一个亭子，站在亭上欣赏美景，写道："远岫攒众顶，澄江抱清湾。夕照临轩堕，栖鸟当我还。菡萏溢嘉色，筼筜遗清斑。"这一刻，他精神开朗，暂时忘却了贬谪的忧愁："弃逐久枯槁，迨今始开颜。"然而，他接着写道："赏心难久留，离念来相关。"他的短暂欢乐无法抵消长期的苦闷。结尾的两句"置之勿复道，且寄须臾闲"表明，他游赏山水不过是无奈中的自我安慰。柳宗元的经历和创作深刻反映了他内心的矛盾。他的诗句在传递表面宁静的同时，暗含着深刻的痛苦和无奈。这种矛盾不仅是个人情感的表达，更是一种普遍的社会现象的反映，揭示了人们在困境中寻找精神慰藉的普遍心理。在自然美景中，柳宗元暂时得以忘却烦恼，但他的内心始终无法摆脱贬谪带来的深重痛苦。这种矛盾的心理状态不仅体现在他的诗歌中，也深刻影响了他的思想和创作。

其次，永州的谪居生活如同牢狱生活。柳宗元在游览中充满了恐惧，担心猛兽毒蛇出没。在《与李翰林建书》中，他描绘了永州的情况和自己的感受：永州位于楚地最南，与越地相似。他说自己每次外出游览，都心怀恐惧。在野外，有毒蛇、大蜂；在水边，有毒虫潜伏。这些都让他的游览充满了危险。偶尔看到美景，他也只是像囚徒在好天气里舒展一下身体一样，无法真正享受。

相比永州，柳州的环境更为恶劣。自然环境险恶，治安情况糟糕，语言不通，风俗迥异。这些都加重了他的愁绪。他在《寄韦珩》中描述道："桂州西南又千里，漓水斗石麻兰高。阴森野葛交蔽日，悬蛇结虺如蒲萄。到官数宿贼满野，缚壮杀老啼且号。"他在《柳州峒氓》中写道："郡城南下接通津，异服殊音不可亲。"恶劣的环境和抑郁的心情使柳宗元的身体迅速恶化。他初到永州时，正值壮年，精神健旺，但仅三四年便已"百病所集，痞结伏积，不食自饱。或时寒热，水火互至，内消肌骨"，"神志荒耗，前后遗忘"（《寄许京兆孟容书》）。柳宗元的健康状况每况愈下，在去世前一年，他已预感到自己时日无多。他与下属喝酒时说，"吾弃于时，而寄于此，与若等好也。明年吾将死"（韩愈《柳州罗池庙碑》）。可以说，柳宗元在游览永州和柳州山水时，身体已十分虚弱，这深刻影响了他山水诗的情感和格调。他的诗篇中透出浓浓的孤独与忧愁，让人感受到他内心深处的痛苦与无奈。

柳宗元的诗歌体现了他深厚的主观情感，这种情感在他观察自然景物时尤为明显。正如吴乔在《围炉诗话》中所言，"诗以情为主，景为宾。景物无自生，惟情所化。情哀则景哀，情乐则景乐"。柳宗元被贬谪多次，身处困境，精神上遭受了极大的打击和压抑，他的怨愤与忧虑深深融入了对山水的描绘之中。《新唐书·柳宗元传》记载："既窜斥，地又荒疠，因自放山泽间。其堙厄感郁，一寓诸文。"因此，他的山水诗中常常透露出幽清、寒峭的气息，反映了他内心的寂寞与悲苦。

柳宗元眼中的山水，因其情感的投射而充满了主观色彩。例如，他在《与浩初上人同看山寄京华亲故》中写道，"海畔尖山似剑铓，秋来处处割愁肠"，这种景物描写充满了刺痛人心的感觉。明人瞿佑评论说，"谓子厚南迁，不得为无罪，盖虽未死而身已上刀山矣。此语虽过，然造作险诡，读之令人惨然不乐"（《归园诗话》卷上）。近人杨庶堪也指出，"剑割愁肠海上峰，始知愁苦易为工。柳州山水堪供老，万里投荒别泪红"（《论诗绝句》），进一步强调了柳宗元诗中借景抒情、表达愤郁的特点。类似的例子还有"春半如秋意转迷"（《柳州二月榕叶落尽偶题》）、"江流曲似九回肠"（《登柳州城楼寄漳汀封连四州》）等。

柳宗元的山水诗中频繁使用"寒"字来描写自然景物，如"寒水""寒江""寒泉""寒流""寒川"等。他还用"寒花""寒英""寒筱""寒藻""寒松"等词语描写花草树木。这种用法不仅传达了一种感官上的寒冷，更是他内心悲寒情感的外在表现。此外，柳宗元的诗歌风格与永州特殊的地理环境密切相关。清人朱庭珍在《筱园诗话》中指出："相山水雄险，则诗亦出以雄险；山水奇丽，则诗还其奇丽；山水幽峭，则诗亦与为幽峭；山水清远，则诗亦肖其清远。"永州地处长江中游平原以南，地形以低山、丘陵和盆地为主，喀斯特地貌发育，海拔一般在100～200米。尽管永州的自然环境并不特别出众，但柳宗元仍然能在其中找到创作的灵感。

柳宗元对永州山水的感情复杂，有时甚至表达出厌倦之情。在《囚山赋》中，他描述了永州的险恶环境，感叹自己如同被囚禁在山中："匪兕吾为柙兮，匪豕吾为牢。积十年莫吾省者兮，增蔽吾以蓬蒿。"他最后发出了"谁使吾山之囚吾兮滔滔"的呼喊，表达了对被囚禁在永州的愤懑与无奈。《柳集补注》引用晁补之的评论说："仁者乐山。自昔达人，有以朝市为樊笼者矣，未闻以山林为樊笼者。宗元谪南海久，厌山，不可得而出；怀朝市，不可得而复。丘壑草木之可爱者，皆陷阱也，故赋《囚山》。"柳宗元对永州的山水既爱又恨，这种复杂的情感也深深影响了他的诗歌创作。

从美学角度来看，永州的山水景观具有雅致、秀婉、灵动的特点，呈现出一种温润的美感，偏向静态。它们大多缺乏空间上的巨大、耸峙、拔地擎天的雄伟气势。因此，永州美丽的山水让柳宗元心生倾慕，宛如遇到知己。他在诗文中将这些山水描绘得姿态万千，用以映衬朝政的恶浊，展示自己高洁的品格和不甘沉沦的灵魂。正如金圣叹在《山晓阁选唐大家柳柳州全集》卷三中评论柳宗元的文章时所说："笔笔眼前小景，笔笔天外奇情。"

二、姿态横生的山水游记

刘熙载在《艺概·文概》中评价道："郦道元叙山水，峻洁层深，奄有《楚辞·山鬼》《招隐士》胜境，柳柳州游记，此其先导耶。"近代学者郑德坤在《水经注引得序》中指出："古来善为写景文者，莫如柳宗元。宗元迁谪永柳，得山水以荡其精神，出之者若不经意，而其书本上之得力，实从郦注脱胎而出，是郦注可为写景之模范也。"钱锺书评论说，"郦书刻画景物佳处，足并吴均《与朱元思书》而下启柳宗元诸游记"，"吴之三书与郦道元《水经注》中写景各节，轻倩之笔为刻画之词，实柳宗元以下游记之具体而微"。[①] 钱锺书先生也曾评论："郦道元描绘景物的精妙之处，可以与吴均《与朱元思书》媲美，且直接启发了柳宗元的游记创作"，"吴均的三篇书信（指《与施从事书》《与朱元思书》《与顾章书》）和郦道元《水经注》中的写景部分，以轻巧笔法描绘刻画，实为柳宗元以下游记创作的具体而微。"柳宗元的山水游记在中国山水文学中，堪称第二座高峰。虽然其作品篇幅和规模无法与《水经注》相提并论，且所涉及地域范围较窄，但柳宗元的近三十篇游记却在中国山水文学史上占据着独特而深远的地位。柳宗元的游记拥有这一地位的原因体现在以下方面：

[①] 钱锺书.管锥编[M].3版.北京：生活·读书·新知三联书店，2019：539.

（一）山水中的独特深情

柳宗元对山水寄予了深厚的感情，这种感情不仅是王维、孟浩然所体现出的闲适之情，还是将整个生命融入其中的一种深情。他的写作仿佛以生命为燃料，照亮了黑暗，使他的山水文学创作在历史上独树一帜。柳宗元的山水游记自始至终展现出独特的格调和境界，正如王国维在《人间词话七则》中所言："境非独谓景物也，喜怒哀乐，亦人心中之一境界。故能写真景物，真感情者，谓之有境界。否则谓之无境界。"

柳宗元怀着报国之志却被贬谪，心情极为愤懑，如同屈原那般将身心投向山水，抒发离骚之情。他在多篇诗文中以屈原为知己，《吊屈原文》一文最能体现他与屈原内心的共鸣，"先生之不从世兮，惟道是就"，这是对屈原的赞美，也是在自我肯定；"哀余衷之坎坎兮，独蕴愤而增伤。谅先生之不言兮，后之人又何望"，进一步表达了内心的孤独与哀伤。金人周昂在《读柳诗》中说道，"功名龠忽负初心，行和骚人泽畔吟。开卷未终还复掩，世间无此最悲音"，沈德潜也在《唐诗别裁》中指出，"柳州诗长于哀怨，得《骚》之余意"，皆指出了柳宗元的遭遇及创作与屈原的相似之处。

柳宗元被贬永州后，奇丽的山水风光成为他心灵深处寂寞与郁愤的慰藉。在《始得西山宴游记》中，他写道："日与其徒上高山，入深林，穷回溪，幽泉怪石，无远不到。到则披草而坐，倾壶而醉，醉则更相枕以卧，卧而梦，意有所极，梦亦同趣。"在《零陵三亭记》中，他说道："邑之有观游，或者以为非政，是大不然。夫气烦则虑乱，视壅则志滞。君子必有游息之物，高明之具，使之清宁平夷，恒若有余，然后理达而事成。""气烦""虑乱"是柳宗元被贬后真实的精神状态。对他而言，"游息之物，高明之具"实际上是苦难生命的温馨依托。传统的山水文学总有闲适的成分。柳宗元有时也试图表现自己的闲适，如《邕州柳中丞作马退山茅亭记》中的"每风止雨收，烟霞澄鲜，辄角巾鹿裘，率昆弟友生冠者五六人，步山椒而登焉。于是手挥丝桐，目送还云，西山爽气，

在我襟袖，八极万类，揽不盈掌"。这里似乎有孔子所赞赏的"暮春者，春服既成，冠者五六人，童子六七人，浴乎沂，风乎舞雩，咏而归"（《论语》）的潇洒风神，有嵇康描绘的投身自然后的"目送归鸿，手挥五弦。俯仰自得，游心太玄"（《赠秀才从军十八首（其十四）》）的超然情怀与高情远致。但透过文字，那种刺痛人心的悲苦和酸楚依旧让人震撼，久久难以释怀。传统艺术写作手法"以乐景衬哀情"，在这里已成为一种真实人生境遇无奈又悲凉的形象写照。正如林纾在《春觉斋论文》中曾说，"记山水则子厚为专家，昌黎不能及也"，"不能及"最重要的原因，就是韩愈没有柳宗元那样沉痛的生命体验。

（二）山水审美的最高境界——"天人合一"

柳宗元在他的山水游记中多次体验并表现了"天人合一"的审美境界。在这种境界中，审美主体与自然完全融合，从而获得一种自由感和精神愉悦。对于柳宗元来说，他的生活越是艰辛，对山水的感受就越深刻。柳宗元与山川相遇，因困境而能深入探索自然奇观，因自然的幽美激发其创作灵感。元和四年秋，柳宗元游览永州法华寺，发现西山的景色独特，于是前往。在西山顶上，他感受到自然的美好，完全沉浸在山水美景中，直到暮色降临才意犹未尽地离开。此后，他又探寻了多处奇妙景致，如钴鉧潭、小丘、小石潭等，留下了许多生动的记述。清人朱庭珍在《筱园诗话》卷一指出，"历一山水，见一山水之妙，矧阴晴朝暮，春秋寒暑，变态百出。游者领悟当前，会心不远，或心旷神怡而志为之超，或心静神肃而气为之敛，或探奇选胜而神契物外，或目击道存而心与天游。是游山水之情，与心所得于山水者，又各不同矣"。永州的山水慰藉了柳宗元孤独悲苦的心灵，"天人合一"的审美境界使他暂时放下尘世的烦扰。恩格斯也曾论述，当大自然展现出其壮丽时，一个人应深刻地感受和欣赏，而不仅仅是表面的赞叹。柳宗元正是通过与自然的深刻互动，获得了特殊的审美愉悦。

三、以心写境、借境传心

柳宗元的山水游记最显著的特点是以心写境、借境传心。尽管多为实写，但他时常在实写中进行造境，将其情感融入其中。王国维在《人间词话》中指出："有造境，有写境。此理想与写实二派之所由分。"写境强调实写，通过描绘眼前的景象来营造氛围；造境则偏重虚写，通过描绘心中之景来表达更加深远细腻的情感。朱庭珍在《筱园诗话》卷一中提道："文贵有内心，诗家亦然，而于山水诗尤要。盖有内心，则不惟写山水之形胜，并传山水之性情，兼得山水之精神。"从柳宗元的作品来看，永州的自然景观以幽泉、怪石、回溪为主，这些景观大多分布在杂草覆盖、灌木丛生的偏远地区，有待开发。例如，在《永州八记》中，柳宗元描绘的山水景观多为独特的小景。这些景观多在偏远之处，人迹罕至，若无柳宗元的发现，便会湮没无闻。柳宗元在《永州韦使君新堂记》中对永州的自然环境有这样的评价："永州实惟九疑之麓。其始度土者，环山为城。有石焉，翳于奥草；有泉焉，伏于土涂。蛇虺之所蟠，狸鼠之所游。茂树恶木，嘉葩毒卉，乱杂而争植，号为秽墟。"这段描述展示了永州自然环境的复杂与野性，反映了柳宗元对其独特美景的深刻理解和感受。尽管这些景色比较平凡，甚至有时让柳宗元感到厌恶，但他却能够将其美丽与奇特之处展现出来。他注重细节，深入探寻景物的本质，将其奥妙之处揭示出来，并用独特的手法和视角，把这些景观描绘得栩栩如生。

西山本是高几十米的低矮小山，但柳宗元登上后有了完全不同的感受。他在《始得西山宴游记》中写道："攀援而登，箕踞而遨，则凡数州之土壤，皆在衽席之下。其高下之势，岈然洼然，若垤若穴，尺寸千里，攒蹙累积，莫得遁隐。萦青缭白，外与天际，四望如一。然后知是山之特立，不与培塿为类。"他从山上俯视，感觉整个世界都在脚下，获得了别样的审美乐趣。对于钴鉧潭，柳宗元在《钴鉧潭记》中这样描述："其

清而平者且十亩余，有树环焉，有泉悬焉。"他觉得这里非常适合在中秋赏月，能感受到天的高远和气的清冷。钴鉧潭西边的小丘就更小了，仅有不到一亩的面积，上面满是竹树和奇石，但也布满了杂草和恶木。柳宗元曾用火烧杂草，之后展现出"嘉木立，美竹露，奇石显"的景象。他在《钴鉧潭西小丘记》中写道，"由其中以望，则山之高，云之浮，溪之流，鸟兽之遨游，举熙熙然回巧献技，以效兹丘之下"。再向西走百步，就到了"水声如鸣珮环"的小石潭。这里的水清澈见底，潭中的鱼群自由游动，仿佛在和游客嬉戏。柳宗元在《小石潭记》中描述道："以其境过清，不可久居，乃记之而去。"他认为这里太过清冷，不宜久留，因此记下所见所感后便离开了。通过这些描写，柳宗元对他所游历的自然景观赋予了独特的情感。

《永州八记》中的后四篇是柳宗元于元和七年（812年）十月十九日一天之内所游，并在归来后同时完成的。通过这些文章可以看出，这四个景点既相距不远，又规模较小，属于精致的小景。袁家渴的景色主要包括清澈的溪流和奇花异草。柳宗元在《袁家渴记》中写道："每风自四山而下，振动大木，掩苒众草，纷红骇绿，蓊勃香气，冲涛旋濑，退贮溪谷，摇飏葳蕤，与时推移。其大都如此，余无以穷其状。"他认为如此美景，应该与世人分享，"永之人未尝游焉，余得之不敢专也，出而传于世"。在《石渠记》中，柳宗元描述道："有泉幽幽然，其鸣乍大乍细。渠之广或咫尺，或倍尺，其长可十许步。……其侧皆诡石、怪木、奇卉、美箭，可列坐而休焉。"再向南走，便到达石涧，那里水流比石渠大三分之一，水底铺满石块，两岸山峰连绵不绝。柳宗元在《石涧记》中写道："水平布其上，流若织文，响若操琴。"小石城山位于永州县城西北，虽然只有四十丈高，但却视野开阔。柳宗元在《小石城山记》中写道："环之可上，望甚远。无土壤而生嘉树美箭，益奇而坚，其疏数偃仰，类智者所施设也。"这些景观虽然清幽峭丽，观赏价值极高，但缺少雄伟的气象。《小石城山记》是《永州八记》的最后一篇，柳宗元在结尾处总结

道："吾疑造物者之有无久矣。及是，愈以为诚有。又怪其不为之中州，而列是夷狄，更千百年不得一售其伎，是故劳而无用。"他感慨自己"贤而辱于此"，将自己的情感寄托在这些美丽的景色中，以此抒发心中的愤懑与无奈。正是柳宗元的发现和描绘，使这些景色得以被世人知晓，展现出永恒的美丽。他在这里找到了精神上的慰藉和创作的灵感，使他能够度过那漫长的贬谪岁月。"美不自美，因人而彰"，永州的山水因为柳宗元的描述而显得更加迷人，人们在欣赏这些景色的同时，应感谢柳宗元，是他让人和自然实现了完美的融合。

第四章 山水新韵——宋代的山水文学

第一节 林逋、赵抃、杨蟠的诗意世界

在北宋嘉祐年间以前,社会在许多方面寻求返璞归真,追求朴素与真实。当时的人们在品德上追求光明磊落和豁达大度,在文学创作上则主张平实和直接。这一时期的文学家继承并发展了唐代长庆年间的文学传统。如王禹偁的诗歌所表达的,"本与乐天为后进,敢期子美是前身",正体现了这种倾向。浙江地区这一时期的山水文学作品也普遍展现了类似的特点。

一、林逋

林逋(967—1028年),字君复,宁波奉化人。他在宦途中经历了诸多波折,对此心生厌倦,因而淡泊名利,晚年选择隐居。林逋在杭州西湖的孤山上过着与世无争的"梅妻鹤子"生活,人们称他为"逋仙"。他的生活方式和诗歌创作使他在去世后被赐予"和靖"谥号。

范仲淹在《寄赠林逋处士》中写道："早晚功名外，孤云可得亲。"王士性在《西湖放鹤亭》中描述："放鹤亭前月上时，逋仙深怪鹤归迟。鹤归梦断梅花白，影落寒塘君未知。"张岱在《西湖梦寻》卷二《冷泉亭》中说道："余故谓西湖幽赏，无过东坡，亦未免遇夜入城。而深山清寂，皓月空明，枕石漱流，卧醒花影，除林和靖、李峋峻之外，亦不见有多人矣。即慧理、宾王，亦不许其同在卧次。"林逋论诗强调一个"真"字，注入诗人特有的感受，如《和运使陈学士游灵隐寺寓怀》中的"泓澄冷泉色，写我清旷心。飘飘白猿声，答我雅正吟"以及《雪三首·其三》中的"酒渴已醒时味薄，独援诗笔得天真"等，把文学创作当作自己心灵的表现和自然的流露，这就是林逋的诗歌审美观。在此基础上，才能谈到以诗情去创造意境，人们也可以进一步探讨创作个体与文学思潮的双向建构关系。梅尧臣在《〈林和靖先生诗集〉序》中称："其谈道，孔、孟也。其语近世之文，韩、李也。其顺物玩情为之诗，则平淡邃美，读之令人忘百事也。其辞主乎静正，不主乎刺讥，然后知趣尚博远，寄适于诗尔。"林逋把一般人所不具备的感情融入自己描绘的山水景物中，将得境而忘我的隐逸之兴表现得淋漓尽致。

《四库全书总目》卷一五二《〈和靖诗集〉提要》中评价林逋："其诗澄淡高逸，如其人为。"诗篇《中峰行乐却望北山因而成咏》展示了诗人情感与诗意的完美结合："拂石玩林壑，旷然空色秋。归云带层巘，疏苇际沧洲。固自堪长往，何为难久留。庶将濠上想，聊作剡中游。"此诗捕捉了美的瞬间。林逋用诗心观照自然，同时将复杂的生命体验融入自然中，体悟其中的哲理。林逋的诗作经常表现出对尘世的淡泊，如《北山晚望》中的描写："晚来山北景，图画亦应非。村路飘黄叶，人家湿翠微。樵夫云外见，僧人水边归。一曲谁横笛，蒹葭白鸟飞。"这首诗展现出诗人对美景的忘情观看，利用多层次的空白构建出一种空灵的美感。林逋的作品中，这种对美的自然表达，既随意又不造作，注入活力，被后人不断传诵。

在《孤山寺端上人房写望》这首诗中，林逋写道："底处凭阑思眇然，孤山塔后阁西偏。阴沉画轴林间寺，零落棋枰葑上田。秋景有时飞独鸟，夕阳无事起寒烟。迟留更爱吾庐近，只待重来看雪山。"此诗通过极富画面感的语言展现了时空与情感的融合，诗中所描绘的自然景象与诗人的内心世界交相辉映。在《湖楼晚望》中，林逋再次用诗行捕捉自然之美："湖水混空碧，凭阑凝睇劳。夕寒山翠重，秋净鸟行高。远意极千里，浮生轻一毫。丛林数未遍，杳霭隔渔舠。"这首诗通过细腻的描写，表达了诗人对自然的深刻感悟和对浮华世界的超然态度。在《湖上初春偶作》中，林逋描述了春天的到来和自然界的变化："梅花开尽腊亦尽，春暖便如寒食天。气色半归湖嫩柳，人家多上郭门船。文禽相并映短草，翠潋欲生浮嫩烟。几处酒旗山影下，细风时已弄繁弦。"诗中用典型的春景描写来表现生命的勃发与繁荣。在《西湖》这首诗中，林逋赞美了西湖的自然风光："混元神巧本无形，匠出西湖作画屏。春水净于僧眼碧，晚山浓似佛头青。栾栌粉堵摇鱼影，兰杜烟丛阁鹭翎。往往鸣榔与横笛，细风斜雨不堪听。"通过丰富的意象和生动的比喻，诗人表达了对西湖美景的赞叹。

二、赵抃

赵抃（1008—1084年），字阅道，号知非子，来自衢州西安（今衢州市柯城区）。他在宋仁宗景祐元年（1034年）中进士，曾任职于杭州、睦州等地，最终升至资政殿大学士、参知政事，并以太子少保的身份退休。赵抃因其高洁的品德和坚定的节操而受到赞誉，苏辙在《贺赵少保启》中称他"德侔金玉，节贯冰霜"。曾巩在《寄赵宫保》一诗中写道，"素节谠言留简册，高情清兴入林泉"，展现了赵抃刚正不阿、自由不羁的性格。晚年，赵抃喜欢在山水之间寻找乐趣。去世后，他被追赠太子少师，谥号清献，留下了《赵清献公集》。在《次毛维瞻溪庵》中，他赞扬朋友毛维瞻"曲肱饮水真贤乐，何用渊明漉酒巾"，表达了对俭朴生活的向往。

《宋史》卷二八二中提道："宋至真宗之世，号为盛治。"确有其事。

相较于其他朝代，宋代真宗时期国内和平安定。这一时期也体现了出游览赏的风气，充满了游赏山水的自由意趣。赵抃在此背景下的创作同样渗透着这种平和与宁静，通过自己的作品展现了盛世的文化风貌，与唐代的王勃、孟浩然等诗人有着相似的精神追求。

在《杭州八咏·巽亭》中，赵抃写道："越山吴水似图屏，妙笔无缘画得成。间上东南亭上望，直疑身世似蓬瀛。"诗中描述了眼前的美景如画卷般展开，却又难以被任何巧手所描绘，表现了一种超凡脱俗的美。在《次韵程给事会稽八咏·鉴湖》中，他描写道："阁下平湖湖外山，阴晴气象日千般。主人便是神仙侣，莫作寻常太守看。"诗中以远山和近水的景色，展示了变幻莫测的自然之美，形容宾主恍若仙侣，提倡保持超凡脱俗的观赏心态。《江心寺》这首诗则描绘了温州的美景："峰面雪妆银世界，江心春动锦波澜。遨头老矣君知否，莫作风流太守看。"诗中的江心屿成为诗人情感投射的对象，展示了诗人与自然间的深厚情感。在《出雁荡回望常云峰》中，赵抃表达了对山林的依依不舍："游遍名山未肯休，征车已发尚回眸。高峰亦似多情思，百里依然一探头。"通过这些诗句，赵抃不仅展现了自然美景的魅力，也抒发了自己对这些景致深深的情感。

赵抃在创作中追求从日常事物中挖掘丰富而新奇的诗意，自然山水常成为他情感的外在表现。这些客观物象，在诗人情意的浸染下，转化为充满内涵的意象。例如在《玉泉亭》中，赵抃描写道："潺潺朝暮入神清，落涧通池绕郡厅。乱石长松三十里，寻源须上玉泉亭。"通过这种描述，诗人展示了他对自然之美的敏锐感受力和卓越的表现力，以及他如何通过有限的词汇传达无尽的情感。

赵抃的诗歌体现了一种悠然自得的情态，显示出高度的艺术境界。王士禛在《带经堂诗话》中提道，"世人谓宋诗学西昆体有杨文公、钱思公、刘子仪，而不知其后更有文忠烈、赵清献（抃）、胡文恭（宿）三家，其工丽妍妙不减前人"[1]。在《登真岩》中，赵抃写道："殿阁凌空锁

---

[1] 王士禛. 带经堂诗话[M]. 张宗楠，纂集. 戴鸿森，校点. 北京：人民文学出版社，1963：211.

翠岚，雪晴春色在松杉。芝骈羽驾归何处，留得双乌宿归岩。"这首诗描述了浙江江山市的真岩，一个因唐代女冠詹妙容在此得道升天而闻名的地方。身处这样神秘而迷人的环境，人的尘念自然消散。诗人通过这样的描写，展现了其心境与自然环境的融合，透露出他的向往和追求。通过对这种情境的感悟，读者的心智也得以启迪。

根据刘国庆的《三衢钩沉》，江山市的古烟萝洞至今保留有一处摩崖题刻，记载着赵抃曾于庆历五年孟冬十八日与亲族一同探访此洞的历史。在《题观音岩》一诗中，赵抃运用了生动的想象力，将诗意的联想转化为深具象征意义的美，哲理含义深远。他写道："石龙一滴水涓涓，大士岩栖峭壁间。我道音闻无不是，何须更入宝陀山。"他认为无须远赴名山，即可在此地感悟佛音。赵抃的部分作品展现了气势宏大和情调高昂的特点。如在《题衢州唐台山》一诗中，他描述："唐台压郡东北陲，势旋力转奔而驰"，展现了自然景观的雄伟壮观。另一首诗《次韵孔宪蓬莱阁》，赵抃描写了蓬莱阁的壮丽："山巅危构傍蓬莱，水阁风长此快哉。天地涵容百川入，晨昏浮动两潮来。遥思坐上游观远，愈觉胸中度量开。忆我去年曾望海，杭州东向亦楼台。"此诗通过描绘蓬莱阁的景色和氛围，体现了诗人宽广的胸襟和愉悦的心情。陈衍在《宋诗精华录》中对此诗给予了高度评价，认为其内容和气魄甚至超越了孟浩然的"气蒸云梦泽"及杜甫的"吴楚东南坼"等经典诗句，显示了赵抃的卓越艺术成就。

三、杨蟠

杨蟠（约1017—1106年），字公济，号浩然居士，出生于章安（今属台州市）。他于庆历六年（1046年）中进士，曾担任高邮、温州、寿州等地的地方官。杨蟠一生未曾被世俗纷扰所羁绊，常沉浸于诗歌之中，如他在《次韵奉酬》中所写，"几夕论诗坐石窗"，展现了他对诗歌艺术的深刻理解和热爱。他的诗艺精湛，不局限于传统风格，因此受到了当代诗人的赞赏和认可，其中就包括苏轼和欧阳修。苏轼曾和杨蟠合作创作了二十首关于梅花的诗篇，欧阳修则在《读杨蟠章安集》中表达了对他的钦佩："苏梅久作黄泉客，我亦今为白发翁。卧读杨蟠一千首，乞渠秋月与春风。"虽然原始的诗集已经失传，但后人依据历史资料辑录了《章安集》，以纪念和保存杨蟠的诗歌遗产。

在《宿天竺寺赋闻泉呈二老》中，杨蟠写道："我有泉中兴，平生爱水经。山空时决决，夜静转泠泠。暗脉来湍急，清声出混冥。月寒风不响，高枕与君听。"此诗通过泉水声的细腻描写，展现出诗人与自然和谐共处的景象。他在《钱塘江上》中写道："一气连江色，寥寥万古清。客心兼浪涌，时事与潮生。路转青山出，沙空白鸟行。几年沧海梦，吟罢独含情。"诗中表达了诗人在大自然面前的感慨。在《春日独游南园》中，诗人描绘了春日园林的美丽与宁静："天净鸟飞远，路幽花自香。春风吹草木，野水满池塘。事去青山在，人闲白日长。兴来搔短发，微意久难忘。"这首诗通过对自然的描绘，展示了诗人在春日的愉悦与闲适。《登孤屿》以海岛为背景，抒发了诗人对美景的喜爱之情："把麾何所往，海上有名山。潮落鱼堪拾，云低雁可攀。一城仙岛外，双塔画图间。当路谁知己，天应赐我闲。"诗中展现了诗人对自然美景的向往与享受。《孤山》与《石桥》则更深入地探索了自然与人的关系。前者通过云雾中的路和开阔的水域表达了对隐逸生活的向往："袅袅云中路，沧浪四面开。诗人吟不得，唤作小蓬莱。"后者则通过石桥和寺庙等意象，探讨了精神探求和宗教体验的深度："金毫五百几龙尊，隐隐香山圣迹存。方广寺开无俗路，优昙花现有灵根。一峰突岸临天壁，双涧淙桥透石门。今日不将心洗尽，更从何处觅真源。"《三姑潭》通过描写瀑布和山泉，展现了诗人对更高精神境界的追求："瀑从千尺落，潭作五层流。更欲攀云去，真源在上头。"这些诗作不仅展现了自然的壮观美景，也反映了诗人在自然中的深刻体验与情感表达，风格清新而又不失深意。

《四库全书总目》卷一五三《〈击壤集〉提要》提到，自班固的《咏史》开始，文学作品逐渐关注道理的探讨，这一趋势在东方朔的《诫子诗》中更为明显，至北宋时期，文人开始批评唐代诗人对哲理探求的忽视，因此，诗歌的创作重心也从简单的辞藻修饰转向深入的道理讨论，诗的风格因此发生了显著变化。杨蟠的作品便是在这种背景下形成的，他擅长从日常生活的小事中提炼出深刻的哲理，展现对人间百态的独到见解。杨蟠的《游仙岩》便是这种风格的体现，诗中用生动的自然景观比喻人世的局限与追求精神解脱的愿望："云顶连连更九峰，下观人世一樊笼。五潭雨洒青天外，二井雷生赤日中。惟有浊猿梯尚在，更无飞鸟路应穷。寻幽欲访高真谒，谁谓风尘不许通。"通过对仙岩奇景的描绘，诗人不仅赞叹自然的神奇，也表达了对超脱尘世束缚、探索更高真理的向往。

杨蟠诗作的艺术手法多样且成熟，其七律尤为精彩，如《练江亭》："寒光万顷淡高秋，粉壁朱栏净客愁。晚日萧萧闻落叶，长天历历数飞鸥。烟横绝岛疏难卷，月在平波莹不流。怀抱未忘知有处，且和风笛醉沧洲。"此诗通过对景的细腻描绘，展现了一种秋日落日时分的寂静美。另一首《澄江门》则描绘了作者在高楼望海的景象，情景交融，引人入胜："独上高楼望海门，青山几点送归船。寒光淡淡浮红日，晓色冥冥散白烟。浦外落霞争倦烧，池中流水自鸣弦。扶栏下见蓬莱影，一半仙魂在月边。"这首诗通过对早晨海景的描写，展现了大自然的宁静与神秘，同时体现了诗人对超然境界的向往。

第二节　苏轼：山水之中的自然审美哲学

苏轼（1037—1101年），字子瞻、和仲，号铁冠道人、东坡居士，世称苏东坡、苏仙，汉族，眉州眉山（今四川省眉山市）人，祖籍河北栾城，是北宋著名的文学家、书法家、画家，也是历史上的治水名人。苏轼是北宋中期文坛的领袖人物，在诗、词、散文、书法和绘画等方面都取得了极高的成就。苏轼文风纵横恣肆，诗歌题材广泛，风格清新豪健，善于使用夸张和比喻，与黄庭坚并称"苏黄"。他开创了豪放派，与辛弃疾同为豪放派代表，并称"苏辛"。他的散文著述宏富，豪放自如，与欧阳修并称"欧苏"，是"唐宋八大家"之一。苏轼的代表作品有《东坡七集》《东坡易传》《东坡乐府》《潇湘竹石图卷》《古木怪石图卷》等。

苏轼视山林为人生的理想归宿，将山水文学创作视为山水审美的旨归，发展出源于前人而又超越前人的自然审美观。由于这种审美观多以山水为对象，故学术界称之为山水自然审美观。审美先于创作，苏轼丰富深邃的山水文学创作，正是以其自成体系的山水自然审美观为先导。

一、人与天地同理

苏轼山水审美的卓越之处在于他超越了直观的耳目之乐，追求理性的感悟和精神的开拓。苏轼在《东坡易传》中指出："天地与人一理也。"这体现了他对天人合一思想的理解和继承，表明天地万物和人类行为有着共同的道德标准和节奏。《孟子》也强调："尽其心者，知其性也；知其性，则知天矣。"庄子的《齐物论》则指出："天地与我并生，而万物与我为一。"在《上曾丞相书》中，他写道："凡学之难者，难于无私；无私之难者，难于通万物之理。"他主张通过观察事物，推论其背后的道理，如他在《东坡易传》中所说："以其所见者推至其所不见者。"这是一种通过已知推及未知的方法，强调了观察和推理的重要性。在苏轼看来，自然审美不仅是观察外在景象，更是内心感悟。他在《濠州七绝·观鱼台》中写道："若信万殊归一理，子今知我我知鱼。"这句诗表达了他在自然中认知自我的思想。苏轼认为，通过观赏自然，能够理解更深层次的人生道理。《西斋》中的"杖藜观物化，亦以观吾生"进一步说明，他通过观察自然变化来反思自己的人生，追求心灵的宁静。这种审美观

第四章 山水新韵——宋代的山水文学

在苏轼的文学创作中同样体现得淋漓尽致。他在《净因院画记》中评论文与可的绘画时指出："人禽宫室器用皆有常形，至于山石竹木，水波烟云，虽无常形，而有常理。"他认为，即使是自然界中形态多变的事物，也有其内在的规律和道理。文与可通过对竹石枯木的描绘，展示了这种"常理"。苏轼强调，只有"高人逸才"才能真正理解和表达这种内在的道理。

苏轼以这种贵理的审美观念指导山水文学创作，揭示景物内含的哲理美，创作了大量哲理与形象和谐统一的理趣诗赋。最著名的是《题西林壁》："横看成岭侧成峰，远近高低各不同。不识庐山真面目，只缘身在此山中。"这首诗富有启迪性，它使人想到，人的认识具有相对性，唯有入乎其中，又出乎其外，客观、全面、历史地审视，才可能把握事物的真相。

苏轼视野开阔，睿智通达，经常结合对宇宙、自然的审视，探索人的安身处世之道。《百步洪》是一首极具深度的理趣诗，前半篇以雄浑之气、夸张之笔极写急浪轻舟，奇势迭出，后半篇即景议论说理："我生乘化日夜逝，坐觉一念逾新罗。纷纷争夺醉梦里，岂信荆棘埋铜驼。觉来俯仰失千劫，回视此水殊委蛇。君看岸边苍石上，古来篙眼如蜂窠。但应此心无所住，造物虽驶如吾何。"诗人面对洪水骏奔之景，联想到日夜迅逝，对人生短暂、沧桑巨变、物是人非、宇宙永恒等重大命题展开交叉式大视角反思，最后点出"心无所住"的精神追求。

《赤壁赋》以其"至理奇趣"一洗万古，作者先借客口推出反命题，"寄蜉蝣于天地，渺沧海之一粟。哀吾生之须臾，美长江之无穷"，然后抑客伸主，对人生短暂的悲哀论反驳道："客亦知夫水与月乎？逝者如斯，而未尝往也；盈虚者如彼，而卒莫消长也。盖将自其变者而观之，则天地曾不能以一瞬；自其不变者而观之，则物与我皆无尽也，而又何羡乎！"唯其旷达建立在理性的基础上，才能妙论其中，光耀日月，万世同仰。

二、参悟山水自然的变化

苏轼对人类的地位充满信心，认为人是万物之君。在《黠鼠赋》中，他写道："吾闻有生，莫智于人。扰龙伐蛟，登龟狩麟，役万物而君之。"这表明他肯定了人类的创造能力，认为人类可以与天地相提并论。在《潮州韩文公庙碑》中，有一段广为传颂的名言："匹夫而为百世师，一言而为天下法，是皆有以参天地之化，关盛衰之运。"他高度肯定了韩愈的历史功绩，认为韩愈足以与天地并立。"参天地之化"意味着人可以辅助天地化育万物，从而与天地并立。他在《过大庾岭》中写道："浩然天地间，惟我独也正。"他认为在人与自然之间，人处于主导地位。苏轼认为，人们流连于山水之中，是为了找回在官场失去的自我，主宰自己的命运，实现自己的人生价值。在《临江仙》中，他写道："长恨此身非我有，何时忘却营营。夜阑风静縠纹平。小舟从此逝，江海寄余生。"他表达了对自由生活的向往，强调人在自然中的主导地位和内心的安宁。这种观念使得苏轼在处理山水自然审美中的物我、人神关系时，坚持以人为主，万物为人所用。他的观点不仅提升了山水自然的审美层次，也反映了他对人类主体性的深刻理解和认同。苏轼通过他的文学作品，展现了人类在自然中的独特地位和不可替代的价值。他相信，人类不仅能够主宰自己的命运，还能够通过与自然的互动，实现更高层次的自我价值和人生目标。

在物我关系上，苏轼提出了著名的"寓意于物"观点。他在《宝绘堂记》中说："君子可以寓意于物，而不可以留意于物。寓意于物，虽微物足以为乐，虽尤物不足以为病。留意于物，虽微物足以为病，虽尤物不足以为乐。""寓意于物"指的是将自己的意兴寄托于事物，物为我所用，"留意于物"则是心志沉溺于事物，我为物所迷，两者有天壤之别。苏轼寄情山水，纵情遨游，正是"寓意于物"的体现。他在《怀西湖寄晁美叔同年》中自述游览的动因时说："嗟我本狂夫，早为世所捐。独专山水乐，付与宁非天。三百六十寺，幽寻遂穷年。"他不仅爱好游览，重视游览，而且善于游览，在《超然台记》中提出"游于物之外"的独特心得。他说："余之无所往而不乐者，盖游于物之外也。"苏轼分析了"游于物之内"的弊端："物非有大小也，自其内而观之，未有不高且大者也。彼挟其高大以临我，则我常眩乱反复，如隙中之观斗，又焉知胜负之所在。是以美恶横生，而忧乐出焉，可不大哀乎！"他还描述了"游于物之外"的快乐："时相与登览，放意肆志焉。南望马耳、常山，出没隐见，若近若远，庶几有隐君子乎？而其东则卢山，秦人卢敖之所从遁也。西望穆陵，隐然若城郭，师尚父、齐桓公之遗烈，犹有存者。北俯潍水，慨然太息，思淮阴之功，而吊其不终。……乐哉游乎！"

苏轼的"寓意于物"与"游于物之外"在文学创作上有显著影响，他在登临山水之际，"一眼吞江湖，万象涵古今"，多有怀古咏史之作。《超然台记》已多怀古之情，而被誉为"乐府绝唱"的《念奴娇·赤壁怀古》更是代表作。词云：

大江东去，浪淘尽，千古风流人物。故垒西边，人道是，三国周郎赤壁。乱石穿空，惊涛拍岸，卷起千堆雪。江山如画，一时多少豪杰。

遥想公瑾当年，小乔初嫁了，雄姿英发。羽扇纶巾，谈笑间，樯橹灰飞烟灭。故国神游，多情应笑我，早生华发。人生如梦，一尊还酹江月。

黄苏在《蓼园词选》中评曰："开口'大江东去'二句，叹浪淘人物，是自己与周郎俱在内也。'故垒'句至次阕'灰飞烟灭'句，俱就赤壁写周郎之事；'故国'三句，是就周郎折到自己；'人生如梦'二句，总结以应起二句。总而言之，题是赤壁，心实为己而发，周郎是宾，自己是主，借宾定主，寓主于宾，是主是宾，离奇变幻，细思方得其主意处，不可但诵其词而不知其命意所在也。"此词"心实为己而发，周郎是宾，自己是主"，独具慧眼，深契词心。

苏轼的怀古词多具浓厚的主观色彩，此词借赤鼻矶咏赤壁，便是明证。苏轼在周瑜的身上寄寓着"有笔头千字,胸中万卷;致君尧舜,此事何难"(《沁园春·孤馆灯青》)的自我气概;他"一尊还酹",祭奠的不仅是明月、周瑜,也包括自己的满腹经纶、一腔热血和宏大愿望。

三、林山梦境与人间思念

苏轼在面对恒久宁静的山脉、奔流不息的江河、东升西落的明月以及四季飘香的花卉时,深切感受到自然的珍贵与官场荣华的渺小。山林的清净与官场的污浊形成鲜明对比,特别是在多次遭遇挫折后,他潜心禅学,尤其欣赏"清净无为,坐忘遗照,八篇奇语"(《水龙吟·古来云海茫茫》),体会到"俯仰尽法界,逍遥寄人寰"(《南都妙峰亭》),顿悟到"世事一场大梦,人生几度秋凉"(《西江月·世事一场大梦》)。因此,他对官场的浮沉深感惋惜,并在《行香子》中表达了对隐居生活的向往:"虽抱文章,开口谁亲。且陶陶、乐尽天真。几时归去,作个闲人。对一张琴,一壶酒,一溪云。"韩琦告老还乡时,苏轼为其撰写了《醉白堂记》,其中写道:"终身处乎忧患之域,而行乎利害之涂,岂其所欲哉!"苏轼出世之念日益强烈,他在《和陶郭主簿二首·其二》中写道:"丈夫贵出世,功名岂人杰。家书三万卷,独取《服食诀》。"他在《放鹤亭记》中说道:"子知隐居之乐乎?虽南面之君,未可与易也。"总之,苏轼觉得自然美景是人生的理想归宿,这成为他山水自然审美观的核心因素。

苏轼首倡自然美景是天赋予人的适意宝藏。在《赤壁赋》中,他写道:"天地之间,物各有主,苟非吾之所有,虽一毫而莫取。惟江上之清风,与山间之明月,耳得之而为声,目遇之而成色,取之无禁,用之不竭,是造物者之无尽藏也,而吾与子之所共适。"因此,他每到一处,都"肩舆任所适,遇胜辄流连"(《端午遍游诸寺得禅字》),"解襟顾景各箕踞，击剑赓歌几举觥"(《西山戏题武昌王居士》)，苏轼的山水诗多描写纵情游乐的场景，如《登云龙山》中的"醉中走上黄茅冈，满冈乱石如群羊。冈头醉倒石作床，仰看白云天茫茫。歌声落谷秋风长"。苏轼兼爱诸景，在《超然台记》中认为"凡物皆有可观。苟有可观，皆有可乐，非必怪奇伟丽者也"。因此，他乐游庐山、西湖，对小丘、溪流也流连忘返，甚至对案头供石也吟赏不已。他将仇池石视为家宝，赋诗多首，成为一时雅事。苏轼积多年游览经验，对观景点特别有研究，在《僧清顺新作垂云亭》中说："江山虽有余，亭榭苦难稳。登临不得要，万象各偃蹇。惜哉垂云轩，此地得何晚。天功争向背，诗眼巧增损。"他在密州修葺超然台，在徐州营造黄楼，在黄州重建武昌九曲亭。苏轼可谓真爱游山水、善游山水者。

苏轼的旷达个性在士林中备受称赞，却很少有人能够真正做到。他作品中所展现的"一蓑烟雨任平生"的洒脱风姿、面对厄运时抵髯而笑的神态以及"我今忘我兼忘世"的心境，给予了逆境者极大的宽慰和奋进者巨大的鼓舞。苏轼从自然山水中汲取了大量灵感。在苏轼的书信中可以看到他对自然的钟爱。初贬黄州时，他在《与温公》一信中写道："寓居去江无十步，风涛烟雨，晓夕百变。江南诸山在几席，此幸未始有也。"在《答上官长官》中也提道："所居临大江，望武昌诸山如咫尺，时复叶舟纵游其间，风雨云月，阴晴蚤暮，态状千万，恨无一语略写其仿佛耳。"再贬惠州时，他在《与毛泽民书》中写道："新居在大江上，风云百变，足娱老人也。"苏轼以旷达的襟怀与豪放的性格，写出千古警句："九死南荒吾不恨，兹游奇绝冠平生。"[1]大自然给予苏轼满心快慰，他以千篇诗文回报自然，将自然风物视为善解人意、亲切有味的朋友："东风知我欲山行，吹断檐间积雨声。……野桃含笑竹篱短，溪柳自摇

---

[1] 苏轼.图解苏轼集[M].崇贤书院，释译.合肥：黄山书社，2021：115.

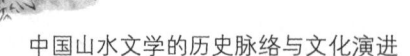

沙水清。"[1]"我在尘土中，白云呼我归。我游江湖上，明月湿我衣。"[2]苏轼赞颂大自然的造化伟力："伟哉造物真豪纵，攫土抟沙为此弄。擘开翠峡走云雷，截破奔流作潭洞。"[3]他对风月花木情深意长："可惜一溪风月，莫教踏碎琼瑶。"[4]"只恐夜深花睡去，故烧高烛照红妆。"[5]他高歌吟唱山水之乐："幸对清风皓月，苔茵展、云幕高张。江南好，千钟美酒，一曲满庭芳。"[6]

苏轼的旷达个性不仅源自其静达圆通的思想，还得益于山水风物的启迪，他常借助自然景观领悟奥理秘义。这在其诗中多有体现，如"此身常拟同外物，浮云变化无踪迹"[7]，"幽人隐几寂无语，心在飞鸿灭没间"[8]，"吾生本无待，俯仰了此世。念念自成劫，尘尘各有际。下观生物息，相吹等蚊蚋"[9]。总之，苏轼的旷达个性不仅是个人修为的结果，更是自然赋予的恩惠。他在自然中得到了慰藉和启迪，从而以更宽广的胸怀面对人生的起伏。

四、山水之壮：用诗句打造的美景

作为文学家，苏轼始终将山水文学作品的审美创造作为山水自然审美的最终旨归。他一方面认为山水胜景需要通过诗篇扬名天下，如在《望海楼晚景》中云"壮观应须好句夸"，在《和晁同年九日见寄》中云"遣子穷愁天有意，吴中山水要清诗"。另一方面，他强调将山水自然审

---

[1] 苏轼. 图解苏轼集[M]. 崇贤书院，释译. 合肥：黄山书社，2021：26.
[2] 樊庆彦. 苏诗评点资料汇编[M]. 济南：山东人民出版社，2019：490.
[3] 郭棐. 岭海名胜记校注[M]. 王元林，校注. 西安：三秦出版社，2012：861.
[4] 龙榆生. 龙榆生著作精选集：诗学十讲[M]. 北京：团结出版社，2020：149.
[5] 王昶. 古典诗词曲名句鉴赏[M]. 太原：山西经济出版社，2012：202.
[6] 龙榆生. 龙榆生著作精选集：诗学十讲[M]. 北京：团结出版社，2020：300.
[7] 三苏文艺理论作品选注[M]. 曾枣庄，选注. 成都：巴蜀书社，2018：297.
[8] 苏轼. 图解苏轼集[M]. 崇贤书院，释译. 合肥：黄山书社，2021：37.
[9] 苏轼. 苏东坡全集[M]. 邓立勋，编校. 合肥：黄山书社，1997：456.

第四章 山水新韵——宋代的山水文学

美所获得的美感对象转化为文学作品,如在《与胡祠部游法华山》中云:"不将新句纪兹游,恐负山中清净债。"他劝友人以作"行记"为乐:"(杭州)山水穷绝处,往往有轼题字,想复题其后。足下所至,诗但不择古律,以日月次之,异日观之,便是行记。"①事实上,山水景观一经苏轼题咏,顿时身价百倍,杭州西湖因《饮湖上初晴后雨》而荣获"西子湖"的千秋佳名,黄州赤鼻矶因《赤壁赋》而成为驰誉中外的旅游胜地,钱塘怒潮、登州海市、泰山日出、庐山西林寺、白水山佛迹岩皆因苏轼的诗文而声望益隆。

苏轼在《僧清顺新作垂云亭》中提道"天怜诗人穷,乞与供诗本",明确指出山水自然景观是"诗本",即创作的源泉。纵观《苏东坡全集》,他在朝任职时期的作品显然不及外任与贬谪时期,这一差异在山水文学作品中尤为突出。他在京城时几乎没有创作出流传至今的杰作。对此,苏轼本人也有清醒的认识,他在《答刘贡父》中表示:"某江湖之人,久留辇下,如在樊笼,岂复佳思也。"因此,他对山水清境非常留恋,并认为这是理想的创作环境。他在《次韵答王巩》中写道:"愿我无足恋,恋此山水清。新诗如弹丸,脱手不暂停。"苏轼遍历大江南北,尤为倾心东南山水,并在《次韵吴传正枯木歌》中深情吟咏:"东南山水相招呼,万象入我摩尼珠。"他甚至在《喜刘景文至》中挥毫写下:"平生所乐在吴会,老死欲葬杭与苏。"苏轼对"此间风物属诗人"自得甚多,两任杭州期间,山水创作硕果累累。他在《送郑户曹》中自豪地写道:"游遍钱塘湖上山,归来文字带芳鲜。"这种观点影响深远,上承刘勰在《文心雕龙》中的言论"屈平所以能洞鉴风骚之情者,抑亦江山之助乎",下启陆游在《再赋一绝》中的名句"不向岳阳楼上醉,定知未可作诗人"。

苏轼在山水文学创作方面提出了许多独特见解,涵盖创作灵感、主题设定和艺术构思等方面,深刻影响了后世。苏轼认识到创作灵感的瞬时性和不可逆性,他在《腊月游孤山访惠勤惠思二僧》中写道:"作诗火

---

① 于立文.唐宋八大家[M].沈阳:辽海出版社,2015:913.

急追亡逋，清景一失后难摹。"他主张以宁静的心态观察世界和人生，在《送参寥师》中写道："欲令诗语妙，无厌空且静。静故了群动，空故纳万境。"这表明，心境如虚空，精神宁静，才能静观万物，理解天地运行之妙。因此，"空静"既是山水自然审美的成果，也是山水创作的起点。

苏轼强调作品应具有象外之意，在《王维吴道子画》中指出："吴生虽妙绝，犹以画工论。摩诘得之于象外，有如仙翮谢笼樊。吾观二子皆神骏，又于维也敛衽无间言。"象指物象，象外指物象所蕴含的深意。苏轼认为，王维与吴道子的区别在于王维所画之竹比吴道子所画之佛更情深意长。从当代美学的角度看，苏轼认为"形似"不足贵，书画贵在"传神"。他在《书鄢陵王主簿所画折枝二首·其一》中写道："论画以形似，见与儿童邻。赋诗必此诗，定知非诗人。诗画本一律，天工与清新。边鸾雀写生，赵昌花传神。"这种重视神似而轻视形似的审美标准，鼓励苏轼挥洒笔墨，描绘出许多具有奇幻美的山水景致。《夜行观星》中他笔下的星空璀璨而充满生机："天高夜气严，列宿森就位。大星光相射，小星闹若沸。"《凌虚台》中他笔下的群山崩腾而富有情感："不如此台上，举酒邀青山。青山虽云远，似亦识公颜。崩腾赴幽赏，披豁露天悭。"他在《书摩诘蓝田烟雨图》中写道："味摩诘之诗，诗中有画。观摩诘之画，画中有诗。"这是苏轼诗画论中最广为流传的名言，要求将诗的情感美与画的景色美融合，兼具诗的含蓄、空灵与画的生动、明净，创造出情景交融、形神兼备、隽永有味的诗画意境。

第三节　叶梦得：山水与情感的诗意融合

一、叶梦得生平

叶梦得（1077—1148年），字少蕴，吴县（今江苏省苏州市）人，

自其曾祖叶元辅起居乌程（现浙江省湖州市），因此也被认为是乌程人。叶梦得在绍圣四年（1097年）取得进士资格。在宋朝政治动荡的背景下，他的仕途经历了多次波折，曾数次隐居于湖州。他的居所位于卞山，此地北依太湖，以太湖石著称。叶梦得酷爱此地的自然风光，基于祖产之地，他建造了著名的石林园。经过三十余年的建设和完善，石林园内奇石林立，通过精心的布局，先后形成了南山、西山等景观，并建造了承诏、求志、从好等堂，以及多个亭台楼阁，如岩居、真意、知止等，以及净乐庵、爱日轩等设施。通过人工景观与自然风光的融合，营造了一种清幽雅致的环境。在这座山水园林中，叶梦得藏书达数万卷，他在此读书、写作，自娱自乐，因其对石林的钟爱而自号"石林居士"。

叶梦得的文学作品丰富，虽然《石林总集》一百卷已失传，但仍存有《建康集》《石林词》《石林诗话》《石林燕语》《避暑录话》等作品。叶梦得对山水的兴趣不仅体现在学术研究上，更体现在他亲自设计和审美欣赏的山水园林中。他曾针对桑钦的《水经》和郦道元的《水经注》中关于浙江山水的记录进行补充，有意撰写书籍以补其不足，但因军乱未能完成。

叶梦得的词作约有一百零三首传世，其中约三分之一为描绘山水的作品，这一部分尤为独特。虽然他的山水诗在数量上可能较多，但鉴于中国山水诗的深厚传统和高质量作品众多，其未必显得突出。相比之下，他在词中表现山水的比例较高且风格突出，这在当时并不常见。与其他同时代诗词作家不同，他们多用诗来描写山水，叶梦得则改变了这一状况，大量使用词来表达山水情趣。因此，在山水词发展历程中，叶梦得是一个非常重要的词人。下面将从不同时空环境探讨他的山水情怀及山水词的创作，进而总结其山水词的艺术特色。

二、经营石林园与描写石林园山水

石林园位于湖州,具有独特的地理环境。湖州,古称乌程和吴兴,以其清幽的山水景致闻名。苏轼曾高度评价此地的自然美景:"余杭自是山水窟,仄闻吴兴更清绝。"① 湖州的主要山脉源自天目山南支,境内山峰连绵不断,南有金盖山,北有苍卞山;苕霅等水系纵横交错,水质清澈透明。北望太湖,景色壮丽,一直被誉为"水晶宫"和"天然图画",吸引了无数文人墨客。叶梦得的祖居卞山,以其多变的地形和险峻的山峰而著称。《吴兴杂录》中描述卞山:"非清秋爽月不见其顶。望气者云,常有黄气紫云居者。"从卞山顶端可以俯瞰太湖,视野极其开阔。历代文化名人如王羲之、颜真卿、杜牧和苏轼等,都曾游历过此地。此外,卞山北部的太湖石,以其独特的审美特性(瘦、绉、漏、透)而闻名,自古以来便是园林建设的理想材料。

湖州的自然环境非常适宜建设园林,再加上其深厚的人文底蕴,使得当地园林景观丰富多彩。叶梦得的石林园坐落于卞山阳面的玲珑山,是湖州早期文人园林的代表之一。叶梦得充分利用当地的自然资源,精心设计,园林的显著特色是"万石环之"。

叶梦得在《岩下放言》中写道:"自行此壑,刳剔岩洞与藏于土中者,愈得愈奇。今岩洞殆十余处,而奇石林立,左右不可以数计,心犹爱之不已,岂非余之癖哉。"虽然石林园的实景不存于后世,但通过叶梦得及其他文人的描述,人们仍可一窥其风貌。范成大在《骖鸾录》中对1172年游览石林园的经历做了记录,而其《石湖诗集》及南宋周密的《癸辛杂识》亦提供了关于园林的详细描述,为研究提供了宝贵资料。这些文献资料展示了石林园的物质面貌,而深入考察其建设背后的内在动因,是理解其成就的关键。叶梦得通过主观创意与客观条件的结合,塑造了

---

① 苏轼.苏轼诗集[M].王文诰,辑注.孔凡礼,点校.北京:中华书局,1982:396.

第四章 山水新韵——宋代的山水文学

这一独特的文化景观。尽管叶梦得本人已逝，但通过他的作品和行迹，人们依然可以感受到一个热爱山水的生动灵魂。

叶梦得的作品深受传统山水隐逸文化和园林情结的影响。他所处的时代党争激烈，官场险恶，尽管他具备多才多艺的特质并深谙财赋之道，在历任的州镇均留下了显著的成就，但他的仕途依旧充满了不定性和挑战。如果时代太平，他完全可以选择隐退不复出头。然而，在两宋交替、国家危难之际，叶梦得的责任感和成就欲驱使他在出仕与隐逸之间反复挣扎，这种矛盾体现在他对山水的思念及对政事的牵挂之中。一旦国家有征召，他即刻应命而出。他在《水调歌头》中写道，"为问山翁何事，坐看流年轻度，拚却鬓双华。徙倚望沧海，天净水明霞"，"却恨悲风时起，冉冉云间新雁，边马怨胡笳。谁似东山老，谈笑净胡沙"，生动表达了他对出处选择的矛盾感受和在紧急事务面前的应变能力。与他的其他作品如《二月六日虏兵犯历阳方出师客自吴江来有寄声道湖山之适趣其归者慨然写怀》等对比阅读，可以进一步洞察他复杂的情绪和大局意识。

叶梦得在诗词创作中频繁引用前代仕隐人士与山水园林的联系，如谢安的东山高卧，梦得亦有东山之志，并自比谢安。他的艺名"石林"与谢安的字"安石"呼应，显示出他与谢安在生活选择和时局感受上的相似性；不仅限于谢安，他还引用了谢灵运的始宁别墅、卢鸿一的嵩山草堂、王维的辋川庄、裴度的绿野堂、李德裕的平泉别业、陆希声的君阳山馆、欧阳修的平山堂、司马光的独乐园等，这体现了他对山水情怀的广泛认同和深刻思考。此外，他还提及范蠡的瓣香鸥夷、张翰的莼羹鲈脍、陶渊明的彭泽园田、贺知章的镜湖、张志和的浮家泛宅等，这些典故都反映了他的内心世界和情感追求。由此可见，叶梦得的思想和情感是在传统山水文化的深厚影响下形成和发展的。他在《岩下放言》中表达："孔子言：'仁者静，智者动。'吾观自古功名之士，类皆好动，不但兴作事业，虽起居语默之间，亦不能自已……自得此山，乐其泉石，欲为藏书之所。且携其仆夫，荷挿持图，平夷涧谷，搜剔岩窦，虽风雨不避。"这一描述清晰地展现了他对石林园的深情和经营理念。

三、游历和描写四方山水

叶梦得的诗词作品深刻地反映了他对故乡湖州山水的赞美与情感寄托，通过适当的诗句引用，人们可以更深入地探讨其对湖州自然美景的文学表达和其情感体验。特别地，在《临江仙》中，叶梦得通过描绘法华山的游历体验，展示了湖州的自然风光及其与友人间的亲密互动。词中写道：

山半飞泉鸣玉佩，回波倒卷粼粼。

解巾聊濯十年尘。青山应却怪，此段久无人。

这几句生动地描绘了法华山的飞泉与环境，通过"飞泉鸣玉佩"与"回波倒卷粼粼"这样的形象比喻，体现了山水的灵动与清新。同时，"解巾聊濯十年尘"不仅描述了一种洗净尘世的闲适，也体现了作者对仕途中经历的辛苦与压抑的释放。

在《定风波》中，叶梦得记录了他与友人在骆驼桥赏月的情景，通过这种特定的地理位置，展示了湖州地区的自然美景和文化氛围。词中写道：

千步长虹跨碧流。两山浮影转螭头。

付与诗人都总领。风景。更逢仙客下瀛洲。

"千步长虹跨碧流"生动描绘了桥与水的美景，"更逢仙客下瀛洲"则赋予了整个场景一种超凡脱俗的氛围，显示了叶梦得对此地景色的极高评价和个人情感的投入。

《念奴娇》创作于叶梦得在建康任职期间，于北固山登高之际所作：

云峰横起，障吴关三面，真成尤物。

倒卷回潮目尽处，秋水粘天无壁。

绿鬓人归，如今虽在，空有千茎雪。

追寻如梦，漫余诗句犹杰。

闻道尊酒登临，孙郎终古恨，长歌时发。

万里云屯瓜步晚，落日旌旗明灭。

鼓吹风高，画船遥想，一笑吞穷发。

当时曾照，更谁重问山月。

北固山位于今日镇江，紧邻长江，景色壮丽且地势险峻。历史上，三国时期的遗迹众多，吸引了许多名人到此游玩。叶梦得曾游览此地，游览体验触发了他对苏轼在黄州赤壁游历后所作《念奴娇·赤壁怀古》的联想。因此，他以北固山的自然和历史景观为灵感，模仿苏东坡的词韵，创作了这首词。

另一首《念奴娇》记录了叶梦得早期的游历情景，词中写道："洞庭波冷，望冰轮初转，沧海沈沈。万顷孤光云阵卷，长笛吹破层阴。汹涌三江，银涛无际，遥带五湖深。酒阑歌罢，至今鼍怒龙吟。回首江海平生，漂流容易散，佳期难寻。缥缈高城风露爽，独倚危槛重临。醉倒清尊，姮娥应笑，犹有向来心。广寒宫殿，为予聊借琼林。"此词作于绍兴十三年中秋，此时叶梦得居福州，回忆壬午年（1102年）中秋宴客于吴江长桥。根据朱长文的《吴郡图经续记》记载，吴江长桥于庆历八年（1048年）由王廷坚建，为三吴地区一绝景，文人如苏舜钦、郑獬、苏轼、米芾，皆曾游览过此地。叶梦得对山水情有独钟，故早年多次访此。再如《千秋岁》，其对松江旧游的回忆通过"拍岸浮轻浪，水阔菰蒲长。向别浦，收横网。绿蓑冲暝色，艇子摇双桨"等生动再现。可以看出，叶梦得对于山水的情感随年增长，愈显浓厚。

叶梦得的词作如果不受两宋易代之影响，可能会更专注于纯粹描绘自然美景和对景物进行审美观照。然而，由于历史背景的特殊性，即北方河山的失陷和南方领土的岌岌可危，叶梦得与同时代的许多词人一样，在面对国破家亡的沉痛场景时，不时表现出对兴亡的感愤以及收复失地的决心。对此，叶梦得创作出了《八声甘州》。此词创作于绍兴十年

(1140年），当年叶梦得在建康任职，六月期间访问寿春。八公山位于寿春东北的淮河南岸，是东晋时期淝水之战前，让前秦的苻坚有"草木皆兵"之感的恐惧之地。叶梦得以极高的爱国热情，对抗及防御金兵南侵，其词作中多次引用东晋的谢安击退前秦军队的历史。站在谢公曾以八万士兵击败苻坚九十万大军之地，叶梦得非常激动。但时代不同，人事已非，词的结尾"东山老，可堪岁晚，独听桓筝"流露出的悲壮情绪触动人心。

四、叶梦得山水词的艺术特色

叶梦得的清逸词风，受苏轼、晁补之、张耒等人影响甚深，如毛晋在《石林词跋》中评述其与苏柳并传之作，称其有"林下风，不作柔语殢人，真词家逸品也"。此类评价多基于其娴熟的山水词作。如《定风波》："渺渺空波下夕阳。睡痕初破水风凉。过雨归云留不住。何处。远村烟树半微茫。"其词风与审美情味相应，题材与意境浑然一体，表现出清远而美妙的山水意象。

有观点以南渡为界，将叶梦得词分为前后期，认为前期词风婉丽，实则不尽然。无论是前期还是后期，其山水词的风格相对一致，未见明显不同。如后期之《水调歌头》所述："今古几流转，身世两奔忙。那知一丘一壑，何处不堪藏。"该词虽无具体景物描绘，但意象清新，情调高远，展现了叶梦得词中最为显著的清逸特色，确立了其在宋代词坛的独特地位。与北宋其他人的山水词比较，梦得山水词中、长调增多，前面所引众多作品已可见出。他的中、长调写景不繁复，少作铺叙，对景物的细致刻画不多，而往往略貌取神，勾画布局，意象简淡，以咏山水情怀为主。如《水调歌头·湖光亭落成》：

修眉扫遥碧，清镜走回流。堤外柳烟深浅，碧瓦起朱楼。分付平云千里，包卷骚人遗思，春色入帘钩。桃李尽无语，波影动兰舟。

第四章 山水新韵——宋代的山水文学

念谢公,平生志,在沧洲。登临漫怀风景,佳处每难酬。却叹从来贤士,如我与公多矣,名迹竟谁留。惟有尊前醉,何必问消忧。

上片写景,下片抒情。梦得这类山水词多意象清丽、意境阔大之作,描写具体的山水场景时,往往与相关的典事结合,时空跨度大,思致深远而明晰,随意俯仰,表现了诗人通达、旷逸的襟怀。

叶梦得在咏叹山水景物方面表现出极高的技艺,其创作风格天然而不造作,追求精妙绝伦的自然美。他提出的创作理念是"诗语固忌用巧太过,然缘情体物,自有天然工妙,虽巧而不见刻削之痕"(《石林诗话》)。这一主张同样体现在他的词作中。叶梦得酷爱自然,尤其是石、山、水等元素,他的创作情感与景物浑然一体,词作因此灵动清新。如《菩萨蛮·湖光亭晚集》:"平波不尽蒹葭远。清霜半落沙痕浅。烟树晚微茫。孤鸿下夕阳。梅花消息近。试向南枝问。记得水边春。江南别后人。"《临江仙·与客湖上饮归》:"不见跳鱼翻曲港,湖边特地经过。萧萧疏雨乱风荷。微云吹尽散,明月堕平波。白酒一杯还径醉,归来散发婆娑。无人能唱采菱歌。小轩攲枕簟,檐影挂星河。"这些作品均展示了他以自然美为核心的审美追求和长韵味的诗性表达。

叶梦得的词作在艺术上具有较大的成就,影响广泛,本部分仅对其山水词的特色进行了简要分析。其山水词作在宋代词坛中占有重要地位,不仅延续了东坡以来的清逸词风,还使南宋时期山水词得以发展。这一艺术轨迹表明,宋代山水词的发展并未因两宋更替而中断,而是在梦得的创作中得到新的推动和扩展。

第四节 "四灵"及戴复古的山水情愫

一、"四灵"山水诗

《四库全书总目》卷一六五《〈云泉诗〉提要》提道:"江西一派,由北宋以逮南宋,其行最久。久而弊生,于是永嘉一派以晚唐体矫之,而四灵出焉。"在四方多警的苟安时代,君主无所作为,士人也无心入仕。此背景下,"永嘉四灵"的出现与这种创作定律之间存在必然的联系。"永嘉四灵"指的是徐照、徐玑、翁卷、赵师秀四位诗人。徐照(?—1211年),字道晖,一字灵晖,自号山民;徐玑(1162—1214年),字文渊,一字致中,号灵渊;翁卷(生卒年不详),字续古,一字灵舒;赵师秀(1170—1219年),字紫芝,号天乐,又号灵秀。四人的字号中均含"灵"字,且皆为永嘉人,故被称为"永嘉四灵"。叶适在《水心文集》卷二十九《题刘潜夫南岳诗稿》中指出:"往岁徐道晖诸人,摆落近世诗律,敛情约性,因狭出奇,合于唐人,夸所未有,皆自号'四灵'云。""四灵"现存诗作共计七百零二首,其中徐照《芳兰轩集》有诗二百五十九首,为"四灵"中存诗最多者;徐玑《二薇亭集》有诗一百六十四首;翁卷《苇碧轩集》有诗一百三十八首;赵师秀《清苑斋集》有诗一百四十一首。

戴表元在《〈洪潜甫诗〉序》中提道:"豫章黄鲁直出,又一变而为雄厚……迩来百年间,圣俞、鲁直之学皆厌,永嘉叶正则倡四灵之目,一变而为清圆。"赵师秀在《寄薛景石》中也表示:"家务贫多阙,诗篇老渐圆。"所有美的事物都必然包含真实的趣味。由于"四灵"出仕无望或官职低微,他们更多地关注自身的生存环境,沉浸在一个内向而狭

第四章 山水新韵——宋代的山水文学

小的精神世界中,其作品主要表现个人的感受与情怀,较少反映社会生活。他们避开现实关系,更专注于探求艺术的审美情趣。因此,"四灵"的作品更多地侧重于技艺而远离道义,缺乏深刻的开掘,意境创新不足,其创作缺乏真正动人的情感力量。"四灵"与宋初九僧的创作特点相似:首先,他们仅擅长五律,在创作七律上存在不足,古体诗更是无法创作;其次,他们的创作笔调轻快,以抒情笔调叙事。刘永济在《词论》卷上《风会》中指出:"文艺之事,言派别不如言风会。派别近私,风会则公也。言派别,则主于一二人,易生门户之争;言风会,则国运之隆替、人才之高下、体质之因革,皆与有关焉。盖风会之成,常因缘此三事,故其变也,亦非一二人偶尔所能为。"[1]这一观点见解深刻,可作为解读"四灵"山水诗的一把钥匙。

《四库全书总目》卷一六二《〈清苑斋集〉提要》评价赵师秀的诗:"其诗主于野逸清瘦,以矫'江西'之失,而开、宝遗风则不复沿溯也。"这可以扩展为对"四灵"诗的整体评价。"四灵"多"题诗兴欲酣"(徐玑《绝境亭》),表现出强烈的创作欲望,沉湎其中,乘时代风会,竭尽才思。徐照在《宿翁卷书斋》中提道:"君爱苦吟吾喜听,世人谁更重清才。"因此,"四灵"有较多的山水诗。然而,由于创作视域的限制,"四灵"山水诗多描写家乡永嘉一带的山水风光。如徐玑《初夏游谢公岩》:"又取纱衣换,天时起细风。清阴花落后,长日鸟啼中。水国乘舟乐,岩扉有路通。州民多到此,犹自忆髯公。"方回在《瀛奎律髓》卷十一中评价其诗:"予许其诗在'四灵'中当居丁位,学者细考之,则信予言。"

此外,徐玑在《谢步石鼓山》中写道:"谢公曾步处,石鼓尚依然。地狭川多涨,山高浦欲旋。不因诗句说,更复有谁传。怀望徘徊久,寒郊起暮烟。"翁卷在《题江心寺》中描述:"名与金山并,僧言景更幽。寺无双屿近,地占一江浮。曾是龙为宅,还疑蜃吐楼。他乡远归者,望此得停舟。""四灵"也频繁描写雁荡山。如徐玑《大龙湫》:"瀑水数千

---

[1] 刘永济. 词论[M]. 上海:上海古籍出版社,1981:49.

尺，何曾贴石流。还疑众山坼，故使半空游。雾雨初相乱，波涛忽自由。道场从建后，龙去任人游。"其风格真切自然。徐玑在《灵峰寺洞》中写道："洞在寺之右，昔存罗汉从。石峰排似笋，山势裂因龙。自有泉甘美，无愁路叠重。圣灯云照夜，宿客间曾逢。"此诗凸显出寺的超绝尘寰境界。也有描写其他地方的作品，如翁卷《寿昌道中》："清游从此起，过处必须看。背日山梅瘦，随潮海鸭寒。平途迷望阔，峻岭痴行难。听得居人语，今年冬又残。"①

（一）富有情趣

"四灵"诗歌的情感表达通常较为浅显，易于理解。尽管其作品数量众多，但缺乏深情的诗歌往往显得苍白无力。如赵师秀的《桃花寺》："旧有桃花树，人呼寺故云。石幽秋鹭上，滩远夜僧闻。汲井连黄叶，登台散白云。烧丹勾漏令，无处不逢君。"此诗虽绘形绘声，但仍不脱离幽寂之境。方回在《瀛奎律髓》卷四十七中评价此诗："'四灵'诗，赵紫芝为冠。大抵中四句锻炼磨莹为工。以题考之，首尾略如题意，而中四句者亦可他入，不必切于题也。"

赵师秀在《桐柏观》一诗中生动描绘了道观的地貌特征与神采："山深地忽平，缥缈见殊庭。瀑近春风湿，松多晓日青。石坛遗鹤羽，粉壁剥龙形。道士王灵宝，轻强满百龄。"根据徐灵府的《天台山记》，可知桐柏观是唐睿宗景云二年（711年）为司马承祯所设，"自天台山北路上桐柏观，一十二里，皆悬崖蹬道。盘折而上，皆长松狭路，至于桐柏洞门"。赵师秀的《刘隐君山居》也充满了情趣："嫌在城中住，全家入翠微。开松通月过，接竹引泉归。虑淡头无白，诗清貌不肥。必无车马至，犹掩向岩扉。"诗中描写的物象与寄寓的情感自然而和谐。再如《严州潇洒亭》，其物象描写中隐含某种意趣："高榭出禅关，人家向下看。千峰

---

① 瀛奎律髓汇评[M].方回，选评．李庆甲，集校校点．上海：上海古籍出版社，2020：407.

春隔雾,数里夜闻滩。偶至因成宿,前游亦值寒。州人多有咏,何不见方干。"

徐玑在《舟过水口作》中写道:"舟行遥指福城关,天宇开时地势宽。二百里溪平似掌,一帆风色到怀安。"他在五律中也有许多类似的作品,如《晨起》:"晨起风吹面,朝晴野雾收。高峰多远见,浅水少平流。世事非难了,尘劳独未休。今年看鬓发,已变一茎秋。"再如《春日晚望》:"楼上看春晚,烟分远近村。晓晴千树绿,新雨半池浑。柳密莺无影,泥新燕有痕。轻寒衫袖薄,杯酌更须温。"

徐照在《舟上》中描绘道:"小船停桨逐潮还,四五人家住一湾。贪看晓光侵月色,不知云气失前山。"他在《石门瀑布》一诗中写道:"一派从天落,曾经李白看。千年流不尽,六月地长寒。洒木喷微沫,冲崖激怒湍。人言深碧处,常有老龙蟠。"石门位于永嘉县北部的石门山。叶适的《宿石门》中有"好溪泻百壑,南北倾万峰"一句,描绘了这一奇妙景色。徐照诗的首联气势恢宏,提到李白曾在此题诗,楼钥在《石门洞》中也提道"谪仙曾来写胜句"。贺裳在《载酒园诗话》中称颔联"无愧作者",但结尾"却丑",这一评价非常中肯。

(二)富有理趣

翁卷的《野望》是"四灵"诗歌中具有代表性的一首:"一天秋色冷晴湾,无数峰峦远近间。闲上山来看野水,忽于水底见青山。"此诗笔法简约,摒弃了虚饰,在动人的画面中,融入禅意玄机,仅凭写作技艺本身就能传递强烈的美感。同样是翁卷,他的《处州苍岭》中,颔联和颈联情韵并重,理趣兼具,但最后一联显得乏味:"步步蹑飞云,初疑梦里身。村鸡数声远,山舍几家邻。不雨溪长急,非春树亦新。自从开此岭,便有客行人。"相对而言,徐玑的这类作品更多,如《丹青阁》:"翠霭空霏忽有无,笔端谁著此工夫。溪山本被人图画,却道溪山是画图。"此诗意新语工。再如《新秋》:"新秋一雨洗林关,晚色清澄满望间。风静白云横不断，山前又叠一重山。"他从杨万里的相关诗句中得到启发，阐扬人生理思，对光与色的感受运用得相当自然。如《过九岭》："断岸横路水潺潺，行到山根又上山。眼看别峰云雾起，不知身也在云间。"

在"四灵"中，赵师秀的成就最高。《数日》这首诗在言情方面尤为深刻，具有一定代表性："数日秋风欺病夫，尽吹黄叶下庭芜。林疏放得遥山出，又被云遮一半无。"葛天民（生卒年不详）在《简赵紫芝》中表达了对赵师秀的钦佩之情："紫芝虽漫仕，五字已专城。清坐有仙骨，苦吟无宦情。"关于翁卷，薛师石在《送翁灵舒闲游》中写道："袖有新诗如美玉，知君去意十分浓。"赵师秀在《简同行翁灵舒》中也提道："水禽多雪色，野笛忽秋声。必有新成句，溪流合让清。"翁卷在《登飞霞山作》中描绘道："局居厌纷丛，荡志寻岖嵚。拂衣出城隅，杖策循湖阴。何年彼真仙，遗宫寄幽岑。连树窈蒙密，灵洞疑虚沈。攀条承薜飙，立石弄澄深。眺睐增殊欢，超忽涓烦襟。美人逝云远，青草畴与吟。感昔兴重嗟，会意良在今。山公悦崇资，嵇氏陶清音。保真道无违，逐欲情易淫。顾乏安期资，华鬓能不侵。虽非尚子贤，倪遂毕娶心。"整首诗立足时间的变迁，构思缜密，能在结构上自由变换，焕发新意。翁卷的《送人游天台》也以山水意象为诗的基础，意境不俗："暂游行李少，几日到天台？船带落潮发，月从前浦来。花源香不断，药地绿成堆。莫学他刘阮，经年忘却回。"

叶适在《徐道晖墓志铭》中评价徐诗"上下山水，穿幽透深"。描写大景但取其小处，是"四灵"诗歌的基本特征。其作品大都流连光景，吟咏山居和田园生活，抒写羁旅情思以及应酬唱和，显示出晚宋衰飒消沉的时代风气和他们作为一个诗歌流派共同的艺术特色。

二、戴复古山水诗

戴复古（1167—约1248年），字式之，号石屏，生于黄岩（今属温岭市）。他在襁褓中时，父亲戴敏即去世。楼钥在《跋式之诗卷》中记载："（戴敏）且死，一子方襁褓中，语亲友曰：'吾之病革矣，而子甚幼，诗遂无传乎！'为之太息，语不及他，与世异好乃如此。"戴复古成年后，"或告之以遗言，式之乃笃学古志"（《嘉靖太平县志》卷六），因此，诗人对其身世颇为感慨，自然表示要牢记父亲的教诲，继承家学，并付诸实际行动。约从宁宗庆元三年（1197年）起，戴复古离开家乡，开始游历各地，先后到过今浙江、江苏、安徽、江西、湖北、湖南、福建、广东、广西等地，开阔了视野。理宗嘉熙元年（1237年），戴复古返回故里，这与其师陆游在《渔家傲·寄仲高》中的感慨"行遍天涯真老矣"颇为相似。在数十年的游历中，戴复古目睹了政治腐败和时局动荡，常常对着山水流泪叹息，但也有以诗酒自娱的时刻，因此，他在娱情山水之后获得了许多独特的感悟，作品中充满了神采。戴复古是南宋江湖诗派的代表诗人。

（一）诗情满溢

戴复古的山水诗多基于个人的审美体悟，重在探寻其中独特的意趣，内容丰富而情感深挚。例如，《会稽山中》描写了诗人情感的起伏变化："晓风吹断花梢雨，青山白云无唾处。岚光滴翠湿人衣，踏碎琼瑶溪上步。人家远近屋参差，半成图画半成诗。若使山中无杜宇，登山临水定忘归。"该诗以颈联为中心，空间和时间的维度得到极大延展，其他诗句则如众宾拱主，俊逸传神，使诗歌具有一定的力度和厚度，堪称传世之作。《题赵庶可山台二首》则描绘了绍兴风光，风格平淡素净，简洁自然。第一首："层台高几许，此即会稽图。一目空秦望，千峰压镜湖。云烟分境界，城郭限廉隅。他日传佳话，兰亭与此俱。"第二首："天造此一景，趋然阛阓间。坐分台上石，看尽越中山。松月照今古，樵风送往还。只愁轩冕出，闲却白云关。"这些作品突破了时空的界限，自由纵横，远近相谐，通过意象寄托主体情怀，增加了行文的美感。

《游天竺》展示了另一番景象，以心会景，体现出一种美学上的选择："好山看不了，遂借上方眠。酒渴倾花露，诗清泻涧泉。生无适俗韵，老欲结僧缘。睡觉钟声晓，窗腾柏子烟。"《诸侄孙登白峰观海上一景》则充满了流动感："自有此山在，无人作此游。气吞云海浪，笑撼玉峰秋。开辟几百载，登临第一筹。诸郎莫高兴，刻石记风流。"《山村二首·其二》也是诗情洋溢，趣味横生："万竹梢头云气生，西风吹雨又吹晴。题诗未了下山去，一路吟声杂水声。"

戴复古的山水诗通过运用意象，焕发出应有的神采。例如，《巾子山翠微阁》："双峰直上与天参，僧共白云栖一庵。今古诗人吟不尽，好山无数在江南。"该诗以空灵笔法创作，体现了一种充分净化的情思，情语多于景语，主观情志与客观物境契合，有一种睿智的理趣，风神飘逸，引人回味。"僧共白云栖一庵"一语，显然是受郑谷《少华甘露寺》"上楼僧踏一梯云"等诗句的启发，但有创新，画面似虚似实，较原诗更具包容性和情韵。第三句的"今古诗人吟不尽"符合杨载《诗法家数》中关于绝句结构的判断："宛转变化，工夫全在第三句，若于此转变得好，则第四句如顺流之舟矣。"由此可见作者立意之高。

王国维在《人间词话》中指出："词家多以景寓情。"[①] 如果将这个"情"字从"情爱"的范畴中解放出来，扩展为更为广泛的含义，那么非常适合用于评判山水诗的创作，即山水诗人常通过景物描写寄托自己的情怀。总体来看，戴复古的山水诗既蕴含深厚的历史内涵，又表现出对生命的真切感受，并展开了富有美学意义的拓展，时有胜义可寻，且能远离情景分离的弊端，具有独特的审美价值。

（二）笔势腾挪

戴复古经常与山水为伴，在大自然的起伏中寻求表达内在意绪的感性符号，善于在常景中发掘美，表现其真实个性，重视诗思的提炼和凝

---

① 王国维. 人间词话[M]. 墙峻峰，注析. 武汉：长江文艺出版社，2017：226.

聚,开拓了诗歌情感和意象之间的想象空间。正如他在《大龙湫》中所言:"不可形容处,无穷造化机。"戴复古少用静态描写,常以豪健潇洒的笔触,描写大景、壮景,往往简洁地勾勒一二笔,就能传出景物对象的风神气象。如《括苍石门瀑布》云:"少泊石门观瀑布,明知是水却疑非。乱抛雪玉从天下,散作云烟到地飞。夜听萧萧洗尘梦,风吹细细湿人衣。谢公蜡屐经行处,闻有留题在翠微。"诗中既有"少泊石门观瀑布"之类的纪实描写,又有"夜听""闻有"等虚笔,想象奇特,动静结合,通过虚化叙事的艺术剪裁,展现出明显的灵动感。汤显祖在《石门泉》中也有清新流畅的描写:"春虚寒雨石门泉,远似虹蜺近若烟。独洗苍苔注云壑,悬飞白鹤绕青田。"戴复古《江村晚眺二首·其一》:"数点归鸦过别村,隔滩渔笛远相闻。菰蒲断岸潮痕湿,日落空江生白云。"诗中寥寥几笔,便描绘出一个寂静而充满生机的海滨世界,散发着浓郁的江南气息。想象飞扬,虚实相生,具有出其不意之妙,情韵悠扬。诗歌抓取了典型意象,巧妙化用前人语句,结构上也颇为成功,可能寄托着深意。正如包恢在《和戴石屏见寄韵二首》中所言,"海上诗翁间世奇"。《江村晚眺二首·其二》则更为出色,以精练的笔触将人与自然、情与景完美融合,达到了化境,韵味悠远:"江头落日照平沙,潮退渔舠阁岸斜。白鸟一双临水立,见人惊起入芦花。"

(三)气势壮阔

《灵峰灵岩有天柱石屏之胜自昔号二灵》追求诗歌的纯粹性,气势壮阔:"骇见二灵景,山林体势豪。插空天柱壮,障日石屏高。揽胜苦不足,登危不惮劳。白云飞动处,绝壁有猿猱。"通过五律这种短小的篇幅展现大场面和大气象,浑然天成且没有溢美夸饰,充分显示了诗人笔法的完美与技艺的成熟。张表臣在《珊瑚钩诗话》卷一中指出:"诗以意为主,又须篇中炼句,句中炼字,乃得工耳。以气韵清高深眇者绝,以格力雅健雄豪者胜。"戴复古的这些作品畅述山光水色之乐,展现山水相映之美，字斟句酌，笔力纵横，可谓"得工"之诗。《高九万见示落星长句赋此答之》是一首歌行体的巨制，行文如神龙摆尾，左旋右突，婀娜多姿："天星堕地化为石，老佛古作青莲宫。东来海若献秋水，环以碧波千万重。云根直下数百丈，时吐光焰惊鱼龙。凤凰群飞拥其后，对面庐阜之诸峰。阴晴风雨多态度，日日举目看不同。高髯能诗复能画，自说此景难形容，且好收拾藏胸中。养成笔力可扛鼎，然后一发妙夺造化功。高髯高髯须貌取，万物升沉元有数。君闻此石三千年，复化为星上天去。"此诗描绘壮美景色，所描述的一切皆从诗人敏锐的心灵窗口透视而出，时空阔大。"东来海若献秋水"一句奇思妙想，想象奇幻，非凡人所能道。"千万重"极显境界之空廓。

《乌聊山登览》情调轻松愉悦："抖擞嚣尘上翠微，旁溪寺上坐题诗。忽闻啼鸟不知处，细看好山无厌时。风扫云烟开远景，人携香火谒丛祠。客来千里登临意，说与时人未必知。"该诗中，戴复古通过丰富的生活经验，结合艺术想象和意象重构，使一些常景也能呈现出优美意境，显得淡远而开阔。虽然戴复古在《长沙呈赵东岩运使并简幕中杨唯叔通判诸丈》中感叹"吟边万象写不得"，但他实际上非常注重中国传统审美经验的积累，在写景中常借物兴感，注入浓厚的主观情感，既有全景式的鸟瞰，以疏朗的笔触勾勒山水气势，偶尔也有一些细景的勾描，展现浓墨重彩之美，开拓出新的诗歌意境。

第五章 笔墨纵横——元代的山水文学

第一节 戴表元与赵孟頫的诗意山水

一、戴表元

戴表元（1244—1310 年），字帅初，号剡源，别字曾伯，是奉化人。其自幼便表现出过人的智慧和学识，五岁便能读书，六岁开始作诗，七岁学习古文。他曾师从大儒王应麟和舒岳祥。1271 年，他考中进士，初任迪功郎，后转任建康府教授。1275 年，他被调至临安府任教授，但其并未就任，而是选择返回家乡。宋朝灭亡后，戴表元隐居剡源，以教书和卖文为生。1304 年前后，他被任命为信州儒学教授，任满调至婺州，后因病辞官。他在《送陈养晦赴松阳校官》中感叹："书生不用世，什九隐儒官。抱璞岂不佳，居贫良独难。"他在《己卯岁初葺剡居》中写道："休言声迹转沉沦，百折江湖乱后身。"他的作品集为《剡源集》。

戴表元的诗学美学内容丰富，他在《〈张仲实文编〉序》中强调诗

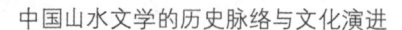

歌创作应"缘于人情时务","诵诗如流日千纸，更出清言洗纨绮"(《少年行赠袁养直》)。尤其在《〈洪潜甫诗〉序》中提出的"宗唐得古"论，影响深远，他用动态的视角理解历史变迁，与陈孚、赵孟頫等的理论相呼应。在《〈汤子文诗〉序》中，戴表元提道："余自学诗来，见作诗人讳寒语，兼不喜用书，云二者能累诗是矣。然古诗人作寒语，无如渊明；最多用书，无如太白、子美，而三人诗传至今，不见累之也。"《〈紫阳方使君文集〉序》进一步阐述："人之精气，蕴之为道德，发之为事业，而达之于言语词章，亦若是而已矣。"他在《〈方使君诗〉序》中评论当时的文学创作："当是时，诸贤高谈性命，其次不过驰骛于竿牍俳谐、场屋破碎之文，以随时悦俗，无有肯以诗为事者。惟夫山林之退士，江湖之羁客，乃仅或能攻，而馆阁名成艺达者，亦往往以余力及之。""莫怪诗翁不出山，诗多那得是山间。"(《正仲今年鄞城之约不就因次韵慰悦之》)戴表元自幼生活于浙东，晚年则隐居剡源，他一生热爱自然，常游历山水，不知劳顿，随心所欲。如《陈氏不碍云山堂记》中所言："功名富贵之人，一日而无所为，则其心不乐，日无以预乎烟云邱壑之事，而其力尝足以兼之。层台叠馆，翠被朱连，土石疲乎锹凿，林垣夺乎绮縠，以至禽虫草木之情，震撼于歌钟舆隶之役，而皆失其素。故云山在前，日不得舒，心不暇领，则物有以碍之也。"《松风阁记》亦指出："余惟山林风物耳目情态之殊，樵夫野客能深知而不足以为乐，江湖市朝涉于世态者，忽然得之足以为乐而不能深知。"以此观点为导向，戴表元创作了大量描绘山水的诗文，展示他对美的追求。如《清茂轩记》：

剡源在云山，与四明洞天相为犬牙。异时避世幽栖之士，盖多有之。而故家荒芜，遗牒散落，余尝恨之久矣。独所谓大雷山者，尝为唐贤谢遗尘所居，其名著于骚人墨客之赋咏，踪迹宜可考见。然剡源有两大雷，东西相望百里，皆在万山之中，人迹罕到之处，余亦无从深核其何以也。两大雷之下，皆有石门。铁壁平立，湍流贯之，因而谓之门。而在东之门，适去吾家不远。余既来为农，时时以贱事往来其间。门傍有龙祠，

间随父老祷谒水旱，颇爱其土狭不枯，山穷不悍，云泉蔽深，竹树荟密。私以为谢公之居，庶其在此。访历其聚，则梯高以飞宇，夷凹以展圃，青檐垩垣，断续隐见，讴谣之声，忽出林莽。嘻乎异哉！

宋濂在《题剡源〈清茂轩记〉后》中评价其作品："发明山水之胜，分明如画。"

戴表元的代表作《四明山中十绝》精妙地描绘了四明山区四季的景致与变化，展示了情感的丰富层次与自然景观的和谐统一。例如《大小横山》："小横欲尽大横来，万壑千岩汹涌开。闻道洞天深几许，紫云深处有楼台。"诗中先描写了自然景象的壮阔，随后引出深邃的意境，体现了诗人与自然的交融。另一首《白水》则透过自然揭示人生的哲理："刘郎一去杳无踪，水白山青只故宫。欲问岩前老松树，人间禁得几秋风。"此诗借秋风的再起，寓意人生的无常与脆弱。《西兴马上》："去时风雨客匆匆，归路霜晴水树红。一抹淡山天上下，马蹄新出浪花中。"通过精练的语言和独特的意象，展现了旅途中的景致变化，淡雅而富有情致。胡应麟在《诗薮·外编》中对元代诗歌的评价："宋五言律胜元，元七言律胜宋。歌行绝句，皆元人胜。"尽管这一观点并非绝对，但戴表元的诗作确实展现了深厚的艺术功底，既有唐代的气势，也融入了宋代的风格。他在《湖州》中表达了对湖州美景的赞美："山从天目成群出，水傍太湖分港流。行遍江南清丽地，人生只合住湖州。"施补华在《岘佣说诗》中提道，七言绝句的创作应聚焦于第三句，以第四句作为延展或点睛，这一点戴表元做得尤为出色。

戴表元的生平经历同样影响了他的创作，如他自述："余之狷愚，生于穷海之滨，长于忧患，而渐老于贫贱。其足迹之所经，远不逾荆，近不跨越。"这种生活背景在一定程度上限制了他的创作空间，但也赋予了他作品独特的深刻性与真挚感。尽管戴表元的诗作在当时并未被广泛认可，如《元诗选》初集中只选录了他九十五首诗，而刘因和赵孟頫分别有二百三十四首和二百首入选。在《元诗别裁集》中，赵孟頫有四十首诗被收录,而戴表元只有四首。但他在文学史上的地位并未因此而减弱。

二、赵孟頫

(一)赵孟頫生平

赵孟頫(1254—1322年),字子昂,号松雪道人,是宋太祖赵匡胤的十一世孙。赵孟頫自幼居于湖州,14岁时依靠父亲的影响补得官职,担任真州司户参军。宋朝灭亡后,他曾短暂隐居。1287年,在元世祖统治期间,被程钜夫推荐进入朝廷,次年被任命为兵部郎中。1292年,赴任同知济南路总管府事。元成宗即位后,他被任命为江浙等地儒学提举。1310年,赵孟頫成为翰林侍读学士。元仁宗即位后,他被任命为集贤侍讲学士,并在1314年改任翰林侍讲学士。1316年,他晋升为翰林学士承旨,1319年辞官返回南方。晚年被追封为魏国公,谥号文敏。其著作《松雪斋集》共十卷。

赵孟頫在绘画和书法领域都有非凡成就,同时是一位才华横溢的诗人与文学家。杨载在《赵公行状》中提道:"公之才名颇为书画所掩,人知其书画而不知其文章,知其文章而不知其经济之学也。"他的诗作《岳鄂王墓》表达了其对历史英雄的深切景仰和感慨:"鄂王坟上草离离,秋日荒凉石兽危。南渡君臣轻社稷,中原父老望旌旗。英雄已死嗟何及,天下中分遂不支。莫向西湖歌此曲,水光山色不胜悲。"此诗深情而哀婉,表达了诗人对过往岁月的无尽感伤,成为文学领域长久传颂的作品。

(二)赵孟頫的山水情意与历史地位

赵孟頫在《题先天观》中表达了对自然的深情赞美,写道"对此山水咏,使人尘虑销",显示了他对自然的热爱能洗净心灵的尘垢。在《送缪秀才教授真州》中,他又写道:"东园草木因人胜,北固江山隔岸看。"

这种审美理念虽受传统影响，但更深刻地反映了那一时期文人的心理状态。赵孟頫在《松雪斋集》卷三《赠张彦古》中表露了他深厚的诗感："我今素发飒以白，宦途久矣思归耕。吴兴山水况清绝，白云满领堪怡情。老仙何当从我去，小筑茅屋依峥嵘。还丹已就蓬岛近，笑指尘海寻方平。"赵孟頫的山水诗常带有一种孤高、清闲的气质，展现出他高远雅致的风格。例如，《题苕溪绝句》中的"自有天地有此溪，泓渟百折净无泥。我居溪上尘不到，只疑家在青玻璨"，以及《游普陀》中的"缥缈云飞海上山，挂帆三日上潺湲。两宫福德齐千佛，一道恩光照百蛮。涧草岩花多瑞气，石林水府隔尘寰。鲰生小技真荣遇，何幸凡身到此间"。其显示了他的高洁和对世外桃源的向往。《早春》则体现了他的闲适生活："溪上春无赖，清晨坐水亭。草芽随意绿，柳眼向人青。初日收浓雾，微波乱小星。谁歌采蘋曲，愁绝不堪听。"此诗中，精美的对偶和诗人的闲适心态相得益彰。

赵孟頫的诗作常将古今时空融合，创造出深邃的意境。如在《桐庐道中》中，他巧妙地结合了山水描绘与情感表达："历历山水郡，行行襟抱清。两崖束沧江，扁舟此宵征。卧闻滩声壮，起见渚烟横。西风林木净，落日沙水明。高旻众星出，东岭素月生。舟子棹歌发，含词感人情。人情苦不远，东山有遗声……"这不仅展示了他的绘画与书法技艺，也彰显了他的诗歌才华。在《〈南山樵吟〉序》中，赵孟頫评价了吴仲仁的诗："吴君年盛资敏，不以家世废学，故其为诗清新华婉，有唐人之余风，此余所以深嗟累叹，爱之不能已也。"通过这种评价，赵孟頫表达了自己在创作中偏爱唐代诗风的倾向，这种风格不仅受到当时人的赞赏，也影响了后世。

顾嗣立在《寒厅诗话》中分析了宋、金、元三代诗歌的关系，并高度肯定了赵孟頫的诗学地位："元诗承宋、金之际，西北倡自元遗山，而郝陵川、刘静修之徒继之，至中统、至元而大盛。然粗豪之习，时所不免。东南倡自赵松雪，而袁清容、邓善之、贡云林辈从而和之，时际承平，尽洗宋、金余习，而诗学为之一变。延祐、天历之间，风气日开，赫然鸣其治平者，有虞、杨、范、揭……"这段话揭示了赵孟頫在诗学发展中扮演的重要角色和产生的影响，特别是他在推动诗歌风格变革中的贡献。

赵孟頫的山水词《虞美人·浙江舟中作》同样体现了其独特的风格，利用虚实交织的手法细致地描绘了钱江潮的美态，词中情意绵延，流露出超脱尘世的意趣："潮生潮落何时了？断送行人老。消沉万古意无穷，尽在长空澹澹鸟飞中。海门几点青山小，望极烟波渺。何当驾我以长风，便欲乘桴浮到日华东。"

赵孟頫在《吴兴山水清远图记》中描绘了吴兴的山水，突出其"清远"之致，展现出鲜明的个性："昔人有言：'吴兴山水清远。非夫悠然独往，有会于心者，不以为知言。南来之水，出自天目之阳，至城南三里而近，汇为玉湖，汪汪且百顷。玉湖之上，有山童童状若车盖者，曰车盖山。由车盖而西，山益高，曰道场。自此以往，奔腾相属，弗可胜图矣。其北小山坦迤，曰岘山，山多石，草木疏瘦如牛毛。诸山皆与水际，路绕其麓，远望唯见草树缘之而已。中湖巨石如积，坡陀磊魄，葭苇蘩焉，不以水盈缩为高卑，故曰浮玉。浮玉之南，两小峰参差，曰上下钓鱼山。又南长山，曰长超。越湖而东，与车盖对峙者，曰上下河口山。又东四小山，横视则散布不属，纵视则联若鳞比，曰沈长，曰西余，曰蜀山，曰乌山。又东北，曰毗山，远树微茫中，突若覆釜。玉湖之水北流入于城中，合苕水于城东北，又北东入于震泽。春秋佳日，小舟溯流城南，众山环周，如翠玉琢削，空浮水上，与船低昂。洞庭诸山，苍然可见，是其最清远处耶！"他的描写自然生动，充满了对吴兴山水的赞美之情。

第五章 笔墨纵横——元代的山水文学

第二节 陈孚与黄庚的山水诗情

一、陈孚

陈孚，字刚中，号勿庵，临海的知名人士。根据《元史·陈孚传》，可知陈孚于大德七年（1303年）逝世，享年六十四岁。据此推算，陈孚出生于宋理宗嘉熙四年（1240年）。但这种记载与史实有误。临海市博物馆收藏的《陈孚圹志》提供了更准确的信息，记载他于宋开庆元年己未七月二十六日出生，并于至大二年己酉六月初四去世。圹志由他的儿子陈遘撰写，因此具有较高的可信度。从他在《交州使还感事二首》中提到的年龄来看，陈孚的实际生年应为开庆元年（1259年）。陈孚以布衣之身在元世祖至元时期献上《大一统赋》，因此被任命为上蔡书院山长。至元二十九年（1292年），他以梁曾副使身份出使安南（今越南），经历了漫长而艰苦的旅程。他成功完成使命后，在《燕山除夜简唐静卿待制张胜非张幼度编修》中表达了"自知报国无他技，赖有诗书可策勋"的自我认知。在完成任务返回时，他在《泊安庆府呈贡父》中写道"旧梦未迷天禄阁，新愁犹忆鬼门关"，这反映了他的深刻体验和感慨。

在元朝，南方文人在政治上常被边缘化，陈孚的政治生涯也反映了这一点。他在朝中以正直著称，但身为"南人"，这使他受到了其他官员的嫉妒。他后来被任命为建德路总管府治中，历任衢州官职，最终被特授为台州路治中，显示了他在政治上的起伏和经历。

陈孚的《陈刚中集》分为三卷，《观光稿》《交州稿》《玉堂稿》各一卷，总共收录了二百八十九首诗。其中有一首诗在《交州稿》与《观光稿》中重复出现，虽然名字不同，但诗的内容几乎相同，实际有效的诗作为二百八十八首。如果考虑到顾嗣立在《元诗选》附录中收录的三首诗，那么陈孚的诗作总数为二百九十一首。在顾嗣立编纂的《元诗选·二集》中，收录了陈孚二百零八首诗作，大约占到了全部作品的三分之二。陈孚的创作主要以山水诗和咏史诗为主。

顾嗣立在《元诗选·二集》中的陈孚小传中提道："于安南道途往返纪行诸诗，山川草木虫鱼人物诡异之状，靡不具载，又若图经前陈，险易远近，按之可悉数也"。陈孚自己在《黄州黄陂驿》一诗中表达："平生一两屐，若有山水淫。天台雁荡路，坐对清猿吟。"在《飞来峰》中，他又写道："平生山水癖，如人嗜昌歜。"这些诗句反映出陈孚将自然美景与个人情感紧密结合，通过对山水的描绘，表达他的思想感情。在他现存的二百九十一首作品中，有九十七首是山水诗，占到了总数的三分之一。如果加上含有山水元素的行旅诗六十五首，这一比例就超过了总数的一半，这一比例远高于当时的其他诗人，如戴表元、赵孟頫及袁桷等。《四库全书总目》卷一六六的《〈观光稿〉、〈交州稿〉、〈玉堂稿〉提要》对陈孚与范成大进行比较，认为二人的作品在表现山川古迹方面颇有相似之处，而《玉堂稿》更加寓意深远："(陈孚)《观光》《交州》二稿，皆纪道路所经山川古迹，盖仿范成大使北诸诗，而大致亦复相埒。《玉堂稿》多舂容谐雅，讽枫乎治世之音。其上都纪行之作，与前二稿工力相敌，盖摹绘土风，最所留意矣。"

陈孚的诗作表达的情感常与时空环境密切相关，并呈现出不同的审美特色。他一生游历广泛，曾至京师，又出使安南，正如他在《七星山玄元楼栖霞之洞》中所言，"南穷衡岳北医闾"，足迹遍布南北。这种经历为他提供了深入社会、开阔视野的机会，使他的诗歌展现出南北的不同，南方的妍丽与北方的朴实相互映衬，增添了诗歌的美学魅力。陈孚在生活中注重提炼和凝聚诗意，追求一种类似唐代的诗歌美学。他的《江天暮雪》《赤城驿》等作品以自然之美为归依，充满唐代诗歌的风采。《元史》记载陈孚"天才过人，性任侠不羁，其为诗文，大抵援笔即成

喊，不事雕斫"，这显示了他的文学才华。正如他在《弹琴峡》中所赞美的天然之声："月作金徽风作弦，清声岂待指中传。伯牙别有高山调，写在疏松乱石边。"他对唐风美学的追求主要体现在两方面：首先是意境的浑然天成。例如《烟寺晚钟》：

深山隐约无寺影，修竹藤阴交错中。
远钟疏敲云谷响，白云漫卷古寺空。
汲水老僧归径远，松露湿衣清冷浓。
钟声渐息门掩后，山鸟争栖夜幕中。

诗中首先描绘了一个难以找到的古寺，寺中只有修竹和青藤，这构成了"烟寺"的幽深背景。继而通过描写寺周围的环境和僧侣的日常生活，如钟声指引、松露的清冷，展现了一个动静结合、远近交错的画面，完美契合题意。全诗在审美构思和表达上都极具匠心，洋溢着自然逍遥的风格，体现了唐代诗人的情趣。

《赤城驿》是陈孚一首富有感染力的诗作，展现了纯粹而流动的艺术之美："一溪流水绕千峰，宛与天台景物同。魂梦不知家万里，却疑只在赤城中。"当诗人抵达名为赤城的驿站时，由于地名与故乡赤城山相同，激发了他对故乡的深切思念之情，从而呈现了一种特殊的生活感受。这首诗可能是诗人在某一瞬间的即兴之作，情感自发而真挚，语言亲切自然。通过诗人的巧妙描绘，这简短的七言绝句显得意味深长。

陈孚是一个才华横溢的诗人，生活在宋末元初这样一个多变的时代。他的部分作品在继承唐代诗风的同时，融入了宋代的诗歌风格，显示了他的诗句在命意和炼句上受宋代诗人影响，体现了其多元的美学追求。

二、黄庚

黄庚，字星甫，号天台山人，来自天台，撰有《月屋漫稿》。在《月屋漫稿》的自序中，黄庚回顾了自己早年勤奋学习八股文写作的经历，感到生活缺乏趣味。元代科举制度改革后，他得以摆脱枯燥的学习生活，开始自由地游历湖海，表达自己的豪放之气。张晶在《元代诗歌概述》中提到，黄庚的诗作（《晚春即事》《孤雁》）深刻体现了遗民的情感，常在清新独特的意境中表达对亡国的哀怨。《题东山玩月图》用细腻的笔触描绘自然之美，并通过诗的结构和节奏来展现诗人的情感和思想，表露了一位平凡文人的真实心声。诗中技巧纯熟，情感丰富，层层推进：

斜阳红尽暮云碧，一片天光涵水色。海涛拥出烂银盘，千里婵娟共今夕。

主人邻客登东山，踏碎寒光看秋液。星河倒景浸空明，露华溥玉夜气清。

冯夷激水水欲立，海若辟易天吴惊。孤舟卷帆泊烟屿，古木撼壑生秋声。

恁高人在金鳌背，间看潮生烟渚外。老龙翻海云气寒，长鲸卷雪浪花碎。

茫茫万顷沧浪中，屹立孤峰锁苍翠。山巅扫石罗樽罍，宾主传杯不放杯。

骚客掀髯赋诗去，山童踏月携琴来。剧谈浩饮不知醉，仰天大笑欢颜开。

倒著接䍦欲起舞，乾坤清气入肺腑。天边风月空四时，眼底江山自千古。

谢安蹑屐游东山，袁宏登舟宴牛渚。庾亮南楼今在不，坡仙赤壁知何许。

满眼往事转头空，千年人物俱尘土。人生光影若湍流，霜痕易点双鬓秋。

胸中勿着尘俗事，眉间休锁名利愁。我辈适意在行乐，古人所以秉烛游。

月山追忆旧游地，尽写风烟入缣素。我来见画如见景，想像高唐犹

可赋。

诸君后会应可期，云萍合散今何之。安得扁舟溯川去，日与杖履相追随。

登山把酒醉明月，共看此画歌此诗。

黄庚的生活天地总体较为狭窄，长期客居越中王英孙、任月山家，《夏日陪王君泛舟鉴湖》就叙写了这样的生活情趣："波光万顷接天光，画舫归来载夕阳。一棹湖心天不暑，万荷风里满身香。"这首自我人生的写真之作，诗情奔放，给人以流畅自然的美感。在《临平泊舟》中，他写道："客舟系缆柳阴旁，湖影侵篷夜气凉。万顷波光摇月碎，一天风露藕花香。"意象的选择与词语的锤炼都极见功力。《暮景》中描绘："浮云开合晚风轻，白鸟飞边落照明。一曲彩虹横界断，南山雷雨北山晴。"文字雅洁，以形传神，情理交融，含蓄而有韵味。黄庚在《石门》中抒发了对故土的思念之情，语言真挚，情感沉挚："羸马东山路，骎骎抵石门。落花春雨夜，流水暮烟村。久客悲行役，清愁搅梦魂。劳生多感慨，馀恨付乾坤。"

在《四库全书总目》卷一六六的《〈月屋漫稿〉提要》中，对黄庚的诗作进行了评述，认为他的诗歌风格沿袭了江湖诗派，虽然在格调上略显平常，但其诗中不乏深刻的观察和警世之言。在五言诗中，有"斜阳明晚浦，落叶瘦秋山""柳色独青眼，梅花同素心""鸣榔舟叶聚，撒网浪花圆"等句子。在七言诗中，有"钟带夕阳来远寺，碑和春雨卧平芜""细柳雨中垂绿重，残花风里乱红轻""清夜梦分千里月，故乡人各一方天""风月满怀诗可写，雪霜侵鬓镜先知"等句子。这些诗句体现了黄庚的婉约风格，具有晚唐时期的特色。

第三节　杨维桢的山水诗歌探幽

一、杨维桢与"铁崖体"

杨维桢（1296—1370年），字廉夫，诸暨人。他的父亲在铁崖山为他建造了一座读书楼，因此他自称铁崖，又有铁笛道人和东维子的称号。1327年，他中了进士，担任过天台县尹，因直言敢谏而长期未被提拔。其后来成为江西儒学提举，但因战乱未曾赴任，后迁居至钱塘。在张士诚控制浙西期间，他拒绝应召，选择在浙西的山中遨游，这段经历使他对现实和人生有了新的思考。杨维桢的生活足迹遍及两浙地区，特别是吴中地区，他曾在《苕山水歌》中表达过愿景："愿住吴依山水国，不入中朝鸾鹄群。"郑天鹏在《过铁崖故居》中写道："铁崖高万丈，立马看嵯峨。此老文章少，为官坎坷多。列星还碧汉，废宅隐山阿。桃柳啼黄鸟，凄凉怨旧歌。"该诗表达了对杨维桢一生坎坷与不得志的哀怨。他的作品包括《东维子文集》三十卷和《铁崖先生古乐府》十六卷，顾嗣立在《元诗选》初集中收录了其三百六十七首诗。

杨维桢在元末诗坛是一位杰出的领军人物，他坚持自己的文艺观点，不随波逐流，力求诗歌的纯粹性和独创性，创立了"铁崖体"，增强了诗歌的独特美感。他的山水诗作为"铁崖体"的重要组成部分，充分展现了山水的真实美态。历经官场风波后，他的人生体验更深，产生了隐居思想。正如蔡松年在《晚夏驿骑再之凉陉，观猎山间，往来十有五日，因书成诗》中所言："一行作吏岂得已，归意久在西山岑。"杨维桢在艺术追求上也是如此，他以自己的方式表现自然。

杨维桢在七言古诗领域尤为出色，并且不断深化其艺术风格。他

第五章 笔墨纵横——元代的山水文学

在《双阙》一诗中,以高昂的情感赞颂了山水,展示了独特的审美追求:"巨灵霹雳手,劈开双石阙。中有万丈奇崪嵂,铁锁高垂不可蹑。洪崖后人挟高掘,引我台端立高绝。仙人跗迹一一存,翩若飞虹印轻雪。柏梁柏山隔吴越,琼台不受东巡辙。周郎紫凤高可呼,待我一声吹铁笛。卿云五彩相蔽亏,琪树精光互明灭。山花山鸟自春秋,天气长清光日月……"在将自然美转化为艺术美的过程中,杨维桢充分发挥了想象力,情感充沛地描绘了景象,采用多变的角度和从五言转换至七言的方式,推进和深化表达,呈现节奏之美。尽管结构复杂,但其内在逻辑清晰,展现了深厚的艺术造诣,令人赞叹不已。

袁枚在《随园诗话》卷一三中提道:"凡咏险峻山川,不宜近体。"[①]这一评价大体上是准确的。七言古诗作为中国诗歌中的一个基本体裁,需要详尽叙述。杨载在《诗法家数》中指出:"七言古诗,要铺叙,要有开合,有风度,要迢递险怪,雄俊铿锵,忌庸俗软腐。须波澜开合,如江海之波,一波未平,一波复起。又如兵家之阵,方以为正,又复为奇,方以为奇,忽复是正。出入变化,不可纪极。"沈德潜在《说诗晬语》中描述歌行起步时应高昂进入,有"黄河落天走东海"的气势,之后变化多端,令人眼花缭乱,但仍能感受到其严谨。结尾部分,如果是徐缓的,则需用有力的语句加以收束;如果是急促的,则应以悠扬的语调进行延续,不应仅仅局限于一种风格。

杨维桢在近体诗方面同样具有显著成就,如他的七律《玉京洞》展现了高超的艺术技巧:"上界谿来足宫府,玉京移得在人间。赤城飞动霞当户,银汉下垂星满坛。响石忽闻人语答,凤笙时逐鹤声还。宰官喜在神仙窟,何必更寻勾漏丹。"玉京洞作为道教十大洞天之一,位于神圣的赤城山,被视为太上玉清之天。这首诗将自然景观与超凡脱俗的意境融合,展现了其直接而深远的表达,不落俗套,全诗语言如同烟霞,流畅而美丽。《钱塘湖上作》则体现了他对江南春天的细腻观察和深邃思考,

---

① 袁枚.随园诗话[M].王英志,校点.南京:江苏古籍出版社,2000:340.

通过具体景物表达深层意义:"西子湖头春色浓,望湖楼下水连空。柳条千树僧眼碧,桃花一株人面红。天气浑如曲江节,野客正是杜陵翁。得钱沽酒勿复较,如此好怀谁与同。"诗中不仅仅写景,还通过景观反映了诗人的生活感受和心境。

黄仁生对杨维桢的诗歌评价极高,认为他的作品深刻表达了情感和人性,完整地保留了诗人的主观精神世界和其心理活动的痕迹,形象而深刻地揭示了作者的身心矛盾。[①]确实,杨维桢的诗歌捕捉了那个时代的思潮和心理,他擅长在日常生活中寻找诗意,从而扩展了表达的空间。他的诗既不空谈遁世,也不仅仅局限于叙事。

二、"铁崖体"的独特贡献

"铁崖体"在中国诗歌史上展示了诗道的无穷魅力,成为一种独特的诗歌风格。然而,这种风格一度未被广泛理解。《四库全书总目》卷一九〇《〈御定四朝诗〉提要》中提到,元代众诗人中,虞、杨、范、揭等人才华横溢,然而末期诸诗人却趋向绮丽,近似小词。杨维桢凭借其非凡的才气,突破旧有框架,创造出新颖的风格。《四库全书总目》卷一六八《〈铁崖古乐府〉提要》也认为,元末诸多诗人模仿温庭筠的风格,作品柔美细腻,近似小词。维桢以其卓越才华,力图纠正这一弊端,他的诗歌既有扎根于古代的青莲、昌谷之风,又有自成一格的创新,高处甚至超越古人,低处也颇具魔趣。这种评价比较准确。张豫章等人奉康熙帝之命编纂的《御选元诗》中收录了杨维桢二百一十首诗作,仅次于虞集(三百五十三首)和萨都剌(二百四十六首)。

文学创作并非孤立的社会行为,而是与所处时代的社会思潮、创作集体等有着复杂的联系。在杨维桢的诗歌中,复古与创新、雄浑豪放与绮丽柔美、刚健高昂与奇异怪诞的元素交织在一起,体现在他所创立的

---

① 黄仁生.杨维桢与元末明初文学思潮[M].上海:东方出版中心,2005:239.

"铁崖体"中。

宋濂在《元故奉训大夫江西等处儒学提举杨君墓志铭》中写道:"元之中世,有文章巨公,起于浙河之间,曰铁崖君。声光殷殷,摩戛霄汉,吴越诸生多归之。殆犹山之宗岱、河之走海,如是者四十余年乃终。"杨维桢名重一代,追随者众多。一时间,"承学之徒,流传沿袭,槎牙钩棘,号为铁体,靡靡成风,久而未艾"(《列朝诗集小传》)。杨维桢在《〈可传集〉序》中曾自豪地谈起:"吾铁门能称诗者,南北凡百余人。"

第四节　张养浩散曲中的自然与生命

一、张养浩生平

张养浩,字希孟,其生平载于《元史》。他曾任东平学正、监察御史、翰林直学士、礼部尚书等官职。在历经多次官场风波后,他选择辞官返回故乡历城(现属山东济南),在那里,他拥有一座名为云庄的别墅。云庄坐落在历城西北郊,拥有优美的自然风光,其中包括华鹊山和泺水等自然景观,以及绰然亭、遂闲堂和园池等人文景观。张养浩非常钟爱云庄,甚至以此为别号。他的散曲集名为《云庄休闲自适小乐府》,主要描绘隐居生活的乐趣和山水主题。他的诗文集名为《归田类稿》。张养浩是元代首位积极创作山水散曲的诗人。他的山水散曲体现了他对山水美的深刻感悟。

二、张养浩的山水散曲

张养浩的生活紧密与山水结合,散曲作品中频繁描写如"四面云山""四周水云""白云深处""水和山有异香""园林翠红相间""泉石之兴""对山水忘名利""每日乐陶陶辋川图画里"等自然美景，显示出他与自然的亲密无间和内心的从容自得，体现了他高雅的情志和审美。这种深厚的情感背景有着丰富的文化底蕴。

尽管过往有散曲评论家从元代知识分子的社会地位低来解读他们的山水情怀，将之视作政治挫败后的避难所，但山水的审美价值远不止于此。山水文化及其精神内涵自六朝及唐宋时期便已深植人心，即便在非异族统治或知识分子地位较高的时期，他们对山水的崇尚程度也丝毫不减。人与自然的关系基于多种因素，当前的研究应全面考虑，不应简单将山水视为生活不如意时的退避之选。真正的山水情怀，是一种经历官场、洞察世事后的深刻体悟，一种超越功名的淡泊人生态度，非勉强而为之。张养浩的山水情怀是深刻而真实的，不是因官场不顺而选择的逃避路径，也不是为了附庸风雅。他的散曲作品洋溢着自然美，如朱权在《太和正音谱》中所说，"张云庄之词，如玉树临风"，形象地描述了他散曲的风格。虽然张养浩的散曲涉及多种题材，包括时事、叹世、咏史等，但其作品的核心风格与山水主题紧密相连，展示了他与自然和谐共生的艺术境界。

张养浩曾表达，"平生原自喜山林"（《水仙子》）、"一生开口爱谈山"（《云庄遣兴自和七首》）、"久寨清泉白石之思"（《绰然亭上梁文》）、"余性雅嗜山水"（《云庄记》），显示出他对山水的热爱并非始于晚年隐居，而是贯穿其一生的深刻情趣。他的深厚文化涵养源自传统山水文化，这些文化已经渗透进他的灵魂深处。从他的山水散曲和诗文中，人们可以看到他对历代隐逸山水生活的崇敬和模仿，如巢父山居、范蠡扁舟、庄周濠梁、四皓的商山隐居、子真的谷口、子陵的钓滩、庞公的鹿门、陶渊明的斜川、慧远的虎溪、王维的辋川、李愿的盘谷、陆龟蒙的江湖散诞、陈抟的高卧烟云等。此外，张养浩也深受王维、关仝、范宽、郭熙等山水画家的画作影响，其画中所蕴含的意境和生活境界成为他追求的目标。"坐洞屋中，出舣更酌，咏古人闲适之诗，如陶谢韦柳者数篇，其清欢雅思，悠悠而集，若世若形，两忘其所恃。加以烟岚坌涌，相与冥合，窅乎不知余之为山，而山之为余也"，这些行为和情感表达充满了陶渊明和谢灵运等古代文人的风范。这种深入骨髓的山水情怀和对传统文化的继承，不仅仅体现在张养浩的散曲和诗文作品中，更是其日常生活和精神追求的真实反映，展示了他与自然和谐共处、忘我交融的生活状态。

这种生活状态在他的多首诗歌和散曲中有所体现。例如，在〔越调·寨儿令〕中，他描述了返回故乡后与朋友享受的悠闲生活；而在《秋日村居》中，他表达了退休后想游历各地的愿望。他在《大明湖泛舟》中描述了画船启航，超脱尘世的景象。在《普天乐·辞参议还家》中的归隐表达，"昨日尚书，今朝参议。荣华休恋，归去来兮"，展示了他对官场的厌倦和对自然的深厚爱恋。张养浩的生活和创作充分体现了他与山水的深刻联系，以及他对隐居生活的向往。

张养浩的别墅"云庄"位于历城西北十里，其名称和地理位置可从其诗文及明彭大翼的《山堂肆考》卷二十六中得知。他之所以以"云"命名其庄园，是因为对云特别钟爱，这可以从其散曲中看出，如在散曲中多次提到与山水交织的云景，如〔双调·雁儿落兼得胜令〕中的"俺住云水屋三间""共白云往来山水间"等。云的纯洁、自由和轻灵属性，仿佛成了他人格的象征。他对云与山的描绘生动而美丽，如在〔双调·雁儿落兼得胜令〕中描述："云来山更佳，云去山如画。"这首短短的散曲充满了云与山的意象，展现了他对这两者的热爱。张养浩的云庄不仅仅是一个简单的住所，还是一个完整的山水园林，反映了他深厚的山水审美观念。云庄内部有云锦池、雪香林、挂月峰、待凤石、遂闲堂等多个景点，每一处都充满了意境和诗意。

张养浩通过他的诗歌和散曲，细致地记录了云庄的山水美景。他的作品不仅展现了他对自然美景的热爱和深刻理解，也反映了他如何将这些景观融入日常生活中，创造出一个既是居住地也是灵感源泉的空间。

这些散曲和诗歌展示了张养浩如何在云庄中实践他的山水理念，把诗意生活化为现实，使得他的园林成为一个真正的诗中之境。

在外旅行期间，张养浩创作了多首歌咏外地山水的散曲。其中，《双调·水仙子》描述了以下景象："一江烟水照晴岚，两岸人家接画檐，芰荷丛一段秋光淡。看沙鸥舞再三，卷香风十里珠帘。画船儿天边至，酒旗儿风外颭。爱杀江南。"此外，《双调·折桂令》描述了这样的场景："长江浩浩西来，水面云山，山上楼台。山水相连，楼台相对，天与安排。诗句成风烟动色，酒杯倾天地忘怀。醉眼睁开，遥望蓬莱，一半儿云遮，一半儿烟霾。"张养浩曾赴江南，并以词赞颂江南景色。刘敏中在《江湖长短句引》中提到，张养浩作为使者前往江南，停留不足半年，期间创作了超过一百首的乐府诗，汇编成《江湖长短句》。可惜，《江湖长短句》现已失传，仅存的这两首散曲便是其歌咏江南的代表作，体现了刘敏中所说的"出入于三家"之风神，一方面清逸，另一方面豪放。

三、张养浩的山水情怀和审美意识

张养浩在经营绰然亭时表达了这样的山水情怀和审美意识："或天游于汗漫，或云卧于荒寒，或散发以弄扁舟，或披襟而坐茂树，或投辖以留饮，或临池以学书，或倚笻而听猿啼，或投芥以命鹤舞，或弦诵以教子，或吐纳以学仙，或酣歌宾客之前，或长啸烟霞之表，惟日不足，其乐无涯。"同时，他接受了唐宋以来园林营造和审美赏会中的"以小观大""壶中天地"的美学观念。他的散曲中多处用到"壶中天"等语。云庄诸景先后建成，他陶乐其间，兴高采烈，欢赏不疲。春夏秋冬，四时风物变换；良辰美景，莫非赏心乐事。他在《中吕·朝天曲》中咏四景，在《越调·寨儿令》中分咏春夏秋冬之景。他在《双调·落梅引》中展示了对这些景色的独特感受，"野鹤才鸣罢，山猿又复啼，压松梢月轮将坠。响金钟洞天人睡起，拂不散满衣云气"，"入室琴书伴，出门山水

围,别人不能够尽皆如意。每日乐陶陶辋川图画里,与安期羡门何异"。他的散曲中出现的云庄,是一座极优美的山水园林,可游可居,四时优赏,无所不宜;而他的赏会活动,极有唐代大诗人王维在辋川的情致、风仪,难怪他将云庄比作王维的辋川!在中国的山水文化史上,山水园林是山水审美活动的结晶,亦是山水文学成长的摇篮之一。诸家的山水文学汇成了一条清澈的溪流,谢灵运、王维等人贡献以诗文,张养浩除了诗文,还贡献以散曲。所以说,张养浩经营了云庄,同时创作了独特的山水散曲,在中国山水文学园地中放射出耀眼的光辉。

张养浩在这种环境中度过了八九年,期间虽有七次朝廷征召,但其均未赴命。《中吕·十二月兼尧民歌》中表达了他的心声:"从跳出功名火坑,来到这花月蓬瀛。"《南吕·西番经》亦记载:"屈指归来后,山中八九年,七见征书下日边。"《中吕·喜春来》描述了他的隐居生活:"一溪烟水夐开镜,四面云山锦簇屏,客来沉醉绰然亭。对着这无限景,因此上不肯就功名。"在他看来,山水与功名是完全相反的两端。他因山水之美而放弃功名,这透露了他内心的选择——自然美景胜过一切。三十年的仕途生涯更坚定了他在自然中寻求安身立命之地的信念,如《中吕·朝天曲》中的"玩水游山,身无拘系,这的是三十年落的"。"游"与"玩"反映出他对自由的向往和审美活动的享受,自然山水满足了他对自由和美的追求。从他的诗句中可以看出他与自然界的融合,如《标山记》中的"窅乎不知余之为山,而山之为余也","云霞,我爱山无价。看时,行踏,云山也爱咱","有青山劝酒,白云伴睡,明月催诗"等。他更进一步有"对青山适意忘怀"。"适意忘怀"不仅意味着他在山水中找到了真正的自我,名利欲望已被彻底抛弃,还意味着他在自然观照中达到了"静照忘求"的境界,体现了超脱尘世欲念,心灵得以超然的精神状态。庄子在《庄子·大宗师》中曾言:"其嗜欲深者,其天机浅。"张养浩的"适意忘怀"让他的天机得以淋漓尽致的发挥,深刻理解自然之妙。

张养浩的山水散曲不仅记录了云庄园林之美，更展现了他的审美趣味。他的生活与写作都在这片山水中展开，如同《双调·沉醉东风》所言："俺这里花发的疾，溪流的慢，绰然亭别是人间。对着这万顷风烟四面山，因此上功名意懒。"他的散曲在表达山水美学时，显得更为清新自然，物我交融，字字生辉。

张养浩与自然界的深度交融体现在他的诗歌和思想中。他在《中吕·普天乐》中所说的"神游八表，眼高四海"，彰显出他对自然的深刻洞察和精神的自由漫游。在云庄的经营和山水游览中，他的精神得以自由展现，审美境界不断提升。他在《中吕·朝天曲》中感叹："一段幽奇，将何酬应？吐新诗字字清。"在张养浩的作品中，物与我之间的关系密不可分，他通过自己的感受和体验，将心境转化为文字，歌咏山水之美。他在《云庄记》中所言，"言之中度，音发中节，彼此相得，心手相随，文而能曲尽其所以乐也"，表达了他对文学创作的深刻理解。艾俊在《云庄乐府引》中赞扬他："言真理到，和而不流。依腔按歌，使人名利之心都尽。"

张养浩是一位精于通过散曲表现山水之美的文学大师，能够将多样的审美风格融入山水景致的描述中。他的作品展现了一种独特的文体融合，使散曲、诗、词及散文元素交织在一起，带给人一种风格上的趋同感。

真正的山水作家与自然界的山水有着深厚的联系，他们长期吟咏山水，心性因之变得纯净与善良，具备无私与无畏的精神。正如张养浩在《重修会波楼记》中所言："非直咏景述事，又足廉顽立懦，振耸人之善心。"张养浩本人对功名持轻视态度，晚年即便重返官场，也是因为陕西大旱，民众生活困苦。他在陕西赈灾期间，不辞辛劳，最终因劳累成疾而逝于任上。他的人格在与山水的交往中得到升华，展现了其内心的高洁与崇高。

第六章　文海风华——明代的山水文学

第一节　刘基的山水诗文境界

一、刘基的生平与创作

刘基，字伯温，号犁眉，青田（今温州市文成县）人。他在二十二岁中举，至顺四年（1333年）中进士，两年后担任江西高安县的县丞。刘基不仅渴望在仕途上有所进展，也是一位具有经济头脑的人，他怀着改革社会的意图而投身政坛。他在《题陆放翁晚兴诗后》中写道："雄剑閟宝匣，中夜蛟龙吼。男儿抱志气，宁肯甘衰朽。"这反映出他的政治抱负与身处动荡时代的矛盾。随着王朝的衰退，刘基感到自己的才华未能充分施展，产生了深切的失落感，只能利用文字来自我安慰。至正八年（1348年），他被任命为江浙行省儒学副提举，至正二十年（1360年）成为朱元璋的太史令。生活在王朝更迭的重大历史时期，刘基经历了复杂的政治风波，这加深了他对生命价值的理解。洪武四年（1371年），因与左丞相胡惟庸交恶，被胡所谮，赐归故里。洪武八年（1375年），忧愤而死。武宗正德九年（1514年），刘基被追赠太师，谥号文成。陆以湉在《冷庐杂识》中对刘基的评价极高，认为他堪与历史上的贤者相提并论。

刘基在《照玄上人诗集序》中阐述了自己的诗学观点："夫诗何为而作哉？情发于中而形于言。《国风》、二《雅》列于六经，美刺风戒，莫不有裨于世教。"刘基从时代的潮流中汲取灵感，使作品具有一定的文学历史价值。叶蕃在《写情集序》中提道："先生于元季蚤蕴伊吕之志，遭时变更，命世之才，沉于下僚，浩然之气，厄于不用，因著书立言，以俟知者。其经济之大，则垂诸《郁离子》，其诗文之盛，则播为《覆瓿集》……"

王世贞在《艺苑卮言》中赞扬刘基："迨于明兴，虞氏多助，大约立赤帜者二家而已。才情之美，无过季迪；声气之雄，次及伯温。"他在另一章中提道："当是时，诗名家者，无过刘诚意伯温、高太史季迪、袁侍御可师。"沈德潜和周准编纂的《明诗别裁集》中收录了刘基二十首诗，仅次于高启的二十一首。沈德替在《明诗别裁集》中说："元代诗都尚辞华，文成独标高格，时欲追逐杜韩，故超然独胜，允为一代之冠。"《明史·文苑传序》同样强调了刘基诗歌的历史地位："明初文学之士，承元季虞、柳、黄、吴之俊，师友讲贯，学有本原。宋濂、王祎、方孝孺以文雄，高、杨、张、徐、刘基、袁凯以诗著。其他代胜遗逸，风流标映，不可指数，盖蔚然称盛矣。"

二、刘基山水诗文的思想情怀

（一）屈骚精神的深刻体现

刘基作为一位深受屈原与杜甫影响的诗人，有进取精神和济世救人的志向。他满怀仁者之心，并由于现实的严酷环境而产生了强烈的忧患意识，其文学创作强调情感真挚且形式端正。在《送道士张玄中归桐柏观诗序》中，刘基感慨道："天下之为民者不易矣，怀才抱志之士，遗其身于方外，以远害而离尤，岂得已哉？"这反映出他始终关注着现实中的人和事。

刘基的诗学观念强调文学与社会环境的紧密关联，认为诗歌与现实生活息息相关。他在《苏平仲文集序》和《王师鲁尚书文集序》中提出"文之盛衰实关时之泰否"和"言生于心而发于气，气之盛衰系乎时"，强调文学作品应反映国家政治和社会状况。同时，他的作品融入了《离骚》的审美精神，展现了传统在新的历史背景下的延续与发展，进而丰富了寄托艺术的内涵。《明诗别裁集》卷一对刘基的《梁甫吟》进行了评价："拉杂成文，极烦冤聩乱之致，此《离骚》遗音也。"

《二月七日夜泊许村遇雨》中的"鱼龙浩漫沧溟阔，泽畔谁招楚客魂"映射出刘基的文学追求。在《苕溪皇甫秀才幽居二首·其二》中，"天目山前苕水流，野华啼鸟自春秋。沧浪清浊吾何预，坐听松风笑许由"深刻体现了刘基对屈原精神的理解与共鸣。《述志赋》中的"乌鸢号以成群兮，凤孤栖而无所。楚屈原之独醒兮，众皆以之为咎"，以及《次韵张德平见寄》中的"贾谊奏书哀自哭，屈原心事苦难论"，进一步揭示了他与屈原在人生观和审美趣味上的深刻契合。此外，《云门寺作》与《自衢州至兰溪》等作品显示出，刘基与屈原尽管所处时代迥异，但在许多层面上仍然保持着精神上的紧密联系。

刘基对于那些无实际意义的抱怨之作持反对态度，在《照玄上人诗集序》中指出："今之天下闻有禁言之律，而目见耳闻之习未变，故为诗者莫不以哦风月、弄花鸟为能事。取则于达官显贵人而不师古，定轻重于众人而不辨其为玉为石，惛惛恢恢，此唱彼和，更相朋附，转相诋訾，而诗之道无有能知者矣。"他在《题王右军兰亭帖》中亦表达了自我心声："王右军抱济世之才而不用，观其与桓温戒谢万之语，可以知其人矣。放浪山水，抑岂其本心哉！临文感痛，良有以也，而独以能书称于后世，悲夫！"在《项伯高诗序》中，刘基进一步阐释了杜甫诗歌动人心魄的深层原因："予少时读杜少陵诗，颇怪其多忧愁怨抑之气，而说者谓其遭时之乱，而以其怨恨悲愁发为言辞，乌得而和且乐也！然而闻见异情，犹未能尽喻焉。比五六年来，兵戈迭起，民物凋耗，伤心满目，每一形言，则不能觉其凄怆愤惋，虽欲止之而不可，然后知少陵之发于性情，真不得已，而予所怪者，不异夏虫之疑冰矣。"《题陆放翁湖上诗后》一诗也赞赏陆游"甚欲赋诗追杜子，也能纵酒学陶公"。

在《二月二日登楼作》中，刘基以自然界的山水象征时势的衰微，展现了自己对该时代的深刻感受。例如，《感兴》中描述的"赤城霞气接天台，上界仙宫此地开。沧海有波容蜃鳄，石梁无路入莓苔。当时玉帐耽罗绮，今日丝纶到草莱。传语疲氓聊忍待，王师早晚日边来"显示出他对现实的深切关注和强烈的救国情怀。《春兴七首·其四》中的诗句"会稽南镇夏王封，蔽日腾空紫翠重。阴涧烟霞辉草木，古祠风雨出蛟龙。玄夷此日归何处，玉简他年岂再逢？安得普天休战伐，不令竹箭困输供"进一步表现了诗人对战乱的厌倦与对和平的向往。《观钱塘江潮时教化平章大宴江上》通过具体景象的描写转入对历史与现实的深沉思考，体现出诗人的真性情。此外，刘基在诗歌创作中也反映了身处乱世的直接体验，如《游仙诗》中"何不学神仙，缥缈凌虚游？雷霆以为舆，虹霓以为舟"等句，既展示了逃离现实的愿望，也表达了忠诚与爱国的情感。

刘基的山水诗作深刻体现了其对民众苦难生活的关注与同情。例如，在《铅山龙泉》中，他并非仅仅堆砌意象，而是通过对景物的描绘表达了对动乱时期的忧虑，从而让自然景观也显现出他的情感。诗中写道："兹山近南服，胜迹冠朱方。石骨入海眼，地脉通混茫。金精孕清淑，水德融嘉祥。寒含六月冰，润浃九里长。鲸腮狎猎起，虎口呿呀张。发窦既窈窕，流渠遂汪洋。洞彻莹玉鉴，锵鸣合宫商。静含玄机妙，动见大智藏。养德君子类，膏物农夫望。"刘基在这首诗中展现的是对百姓疾苦的深切同情。在另一首诗《七月四日自深谷之灵峰作》中,他对农民的困境表示感同身受:"山盘涧萦纡,谷深岩错重。竹露滴皎皎,林霞散溶溶。度石苔藓滑,披萝烟霭浓。颇喜禾黍成,可以慰老农。"

在《壬辰岁八月自台州之永嘉度苍岭》中,诗人由"昨暮辞赤城,今朝度苍岭。山峻路屈盘,峡束迷暑景"的景致,产生"盗贼遭天诛,平人遭灾眚。伫立盼崟岑,心乱难为整"的感慨。又如在《发嵊县至上虞道中作》中,他的心情沉郁:"磴滑泥深去马迟,残云青嶂不多时。荒烟蔓草中郎宅,素石清溪烈妇祠。日落风生临水树,野寒雪湿渡红旗。宣光事业存青史,北望凄凉有所思。"通过这些诗句,可以看出刘基对时事和民众生活的深切关心。叶蕃在《写情集序》中评价刘基的诗,"或愤其言之不听,或郁乎志之拂舒,感四时景物,托风月情怀,皆所以写其忧世拯民之心",确实切中了要害。《感兴三首·其三》中"景物关情悲自老,江山满目惜时危"便是刘基自我表达的典型。

(二)人生理思的全面展现

刘基的山水诗作不仅深刻体现了屈原精神,还融入了更为复杂丰富的情感与对社会生活的广泛反映。正如他在《绍兴崇福寺记》中所述:"因登其皆山之楼,眺于群山,悠然而怀古焉。"山水之美不仅为他提供了心灵的慰藉,也成为传达其高远情怀的媒介。在《九日舟行至桐庐》一诗中,刘基展现了复杂而微妙的心灵世界:"杪秋天气佳,九日更可喜。众人竞登山,而我独泛水。江明野色来,风淡汲鳞起。苍翠观远峰,沉寥度清沘。沙禽泛悠飏,岸竹摇萝靡。溯湍怀谢公,临濑思严子。紫萸空俗佩,黄菊漫妖蕊。落帽非我达,虚垒非我耻。扣舷月娟娟,濯足石齿齿。澄心以逍遥,牴流任行止。"他以秋天九日的背景,描绘了自己与众不同的选择——独自泛舟,通过与历史人物产生情感共鸣,来强化诗句的意义和展现深刻的情感。

在《发安仁驿》中,刘基多角度地描绘了天气、景色和声音,表达了自己内心的复杂情感："鸡鸣发山驿，天黑路弥险。烟树出猿声，风枝落萤点。江秋气转炎，嶂湿云难敛。伫立山雨来，客愁纷冉冉。"通过这样详细的描绘，诗人的情感状态仿佛触手可及。在《题紫虚道士晚翠楼》中，刘基偶尔表达了超脱世俗的想法，这主要是为了适应主题的需要，属于一时应景之作："晚翠楼子好溪南，溪山四围开蔚蓝。微阴草色尽平地，落日木杪生浮岚。岩畔竹柏密先暝，池中菱荷香欲酣。闻说仙人徐泰定，骑鸾到此每停骖。"《晚同方舟上人登师子岩作》中通过对自然景观的细致描绘，呈现出诗人的愁思："落日下前峰，轻烟生远林。云霞媚余姿，松柏澹清阴。振策纵幽步，披榛陟层岑。槿花篱上明，莎鸡草间吟。凉风自西来，飂飂吹我襟。荣华能几时？摇落方自今。逝川无停波，急弦有哀音。顾瞻望四方，怅焉愁思深。"这首诗以"荣华能几时"的发问加重了议论语气，最终以"怅焉愁思深"结束，表现了诗人对社会的深刻反思和情感的广泛投射。

刘基的生活环境和学术背景为他的诗作注入了深刻的山水情怀。如吴捧日在《刘文成故里诗》中描述："一岭摩天上，风云拥古村。高疑通上界，俯可数中原。地峻群山小，林疏老树尊"，描绘了刘基生活的环境。王冕也在《题青田山房》中称赞刘基："青田刘处士，潇洒好山房。夜月移花磴，春云动石床。"他的求学之地石门书院，被誉为"石门洞天"，这些环境无疑深化了他对自然的审美感受。

在长期的游历中，刘基表现出对故乡的向往和思念。因此，他的部分山水诗作流露出对自然的陶醉之情。在元顺帝至正十三年（1353年）因政治因素被革职后，刘基避居绍兴王原实家，这一时期他有了许多闲暇时间，"兹邦控吴越，名胜闻自昔。湖山竞奇丽，物产亦充斥"（《丙申二月别绍兴诸公》）。在这一环境中，他创作了《遣兴六首》等诗篇，充分展示了旖旎的山水风光。这些诗句描绘了自然景色的和谐美，如《遣兴六首·其一》中写道："避地适他乡，息肩谢羁束。生事未有涯，暂止聊自足。南园实清旷，可以永幽独。层楼面群山，俯见湖水绿。杂英被郊甸，鱼鸟得栖宿。登临且慰意，未暇计远蹰。圣贤有遗训，知命夫何卜。"这些诗句表达了他"暂止聊自足"的心情，同时显露了其高旷的情怀。在《宗上人溪山亭》中，刘基的情感与自然的美景相交融，他用敏感的心灵感受自然美带给自己的愉悦："湖上清溪溪上山，山亭结构俯人寰。窗中树色宜晴雨，门外滩声自往还。炼药井寒玄鹤逝，采莲舟去碧波闲。春兰秋桂年年好，憔悴风尘漫厚颜。"通过这样的创作，刘基展示了他的审美感受。

刘基的其他山水散文，如《松风阁记》《游云门记》《出越城至平水记》《活水源记》《白云山舍记》等，主要创作于其在绍兴生活期间，通过这些作品，他充分展现了自己的性灵。在《横碧楼记》中，通过对物象的描绘，刘基深入地反思了人生："天下之佳山水，所在有之，自有天地以迄于今，地不改作也，或久晦而始彰，有其数乎，抑或系于人也。故兰亭显于晋，盘谷显于唐，乃与右军之记，昌黎之序，相为不朽，物之遇也，果有待于人哉。"刘基的山水词作也展示了他对自然景观的深切感情。在《菩萨蛮·越城晚眺》中，他描绘了自然景观的壮美与变化："西风吹散云头雨，斜阳却照天边树。树色荡湖波，波光艳绮罗。征鸿何处起，点点残霞里。月上海门山，山河莽苍间。"这些词句不仅描述了美丽的风景，还传达了诗人对这些美景的喜爱之情。在《蝶恋花》中，刘基的表达则更加情感化，透露出一种无奈和忧伤的情绪，这种情感在他的诗词中得到了深刻的体现："白水茫茫烟渺渺，原野高低，触处生芳草。草绿花红人自老，有情争似无情好。丧乱余身欢意少，肠断江山，不肯留残照。门掩黄昏寒料峭，角声吹起双栖鸟。"这一作品不仅表现了刘基对自然美景的赞美，也表达了他对人生无常的感慨和对时局动荡的担忧。

三、刘基山水诗文的艺术呈现与美学风格

刘基在《项伯高诗序》中提出了诗歌产生的本质观点，认为诗歌的

语言起源于内心的感受,并通过声音表达出来,进而形成结构化的章节;他指出,诗歌的情感响应与自然界的变化相似,都是自然而然的表达,无法被强行控制。他通过描述春天鸟儿的叫声和秋天虫子的声音,来说明即使是无情的事物也能表达出如此丰富的情感,何况是人呢。这种观点深刻体现了他作品中对情感细腻而有节制的描绘,以及通过避免情感倾泻来达到艺术表达的深度。在散文《横碧楼记》中,他广泛使用比喻来增强文本的艺术效果:"凭之而觊,山之峙者翕然;俯之而瞩,水之流者渊然。或挺而隆,或靡而弛,如龙如虎,如蛟如蛇,如烟如云,如兰如苔,如带如屏,远近高低,紫纤蔽亏,举不逃于一览,于其地遂为甲观。"这些比喻深化了读者对景象动态与情感状态的理解。通过这种方法,刘基有效地将自然景观与诗意表达结合起来,展示了其深厚的文学造诣和独特的审美观。

在《自衢州至兰溪》中,诗人通过细腻的自然描写来表达复杂的情感。诗中通过对秋日郊外细细腻的描绘——"秋郊敛微雨,霁色澄人心。振策率广路,逍遥散烦襟。疏烟带平原,薄云去高岑。湛湛水凝碧,离离稻垂金。荠麦霜始秀,玄蝉寒更吟。幽怀耿虚寂,好景自相寻。心契清川流,目玩嘉树林。歌传沧浪调,曲继白雪音。仙山在咫尺,早晚期登临"——展现了诗人内心的宁静与期待。诗歌从前到后布局严谨,情感表达委婉而含蓄,通过连贯的景物描写和情感的相互映照,取得良好的艺术效果。《稽句岭》则体现了诗人情感的自由表达,通过对自然景象的细致观察,诗人把个人感情寄托于外部世界,使读者能够感性地理解诗人的内心世界。情景交融,景物与情感相互渗透,增强了作品的感染力。此外,刘基在其作品中也注重审美和艺术上的创新,如在《题沙溪驿》中,他通过连贯的情感表达和对比与对仗的运用,使作品在情感和艺术形式上都呈现出高度的统一与和谐:"涧水弯弯绕郡城,老蝉嘶作车轮声。西风吹客上马去,夕照满川红叶明。"在《望孤山作》中,刘基通过对自然景象的深刻洞察和情感的含蓄表达,使诗歌的情感和意境达到了平衡:"晓日千山赤,寒烟一岛青。羁心霜下草,生态水中萍。黄屋迷襄野,苍梧隔洞庭。空将垂老泪,洒恨到沧溟。"这些作品不仅展示了诗人深邃的情感世界,也体现了其在诗歌表达和审美追求上的成就。

在刘基的诗歌创作中,山水诗并不占据主导地位,这种现象可能与他的生活境遇有关。在早年当官期间,他难以有足够的精力专注于山水诗的创作。到了元末明初,他更多地投身于军政活动,这样的状况使得他难以抽身从事山水诗的创作。进入明朝后,他全心辅佐朱元璋,忙于国事,也没有时间进行山水诗创作。这些情况说明了刘基的文学创作受到时代背景和历史文化的深刻制约。

关于刘基的诗歌风格,常被概括为古朴雄健,这在他的五言古诗中表现得较为明显。即便是在少数的山水诗如《若耶溪杳郭深居精舍》中,这一风格依然显著。该诗中的景色宁静而深远,显示出诗人对于自然美景的深刻感悟和崇高追求。然而,在近体诗《古戍》中,人们也可以看到这种风格:"古戍连山火,新城殷地笳。九州犹虎豹,四海未桑麻。天迥云垂草,江空雪覆沙。野梅烧不尽,时见两三花。"诗风虽一致,但刘基的诗歌并不局限于单一风格,如在《萧山山行》中,其清丽的笔触展现了诗人对自然的细腻观察和情感的自然流露:"积雨今朝天气佳,山亭晓色上林花。未须汗漫思身世,且可逍遥玩物华。偶值断桥妨去路,却随修竹到邻家。篱边鸭惊野人过,拨剌飞鸣落远沙。"

第二节 谢铎、王守仁、徐渭的山水诗韵

一、谢铎

谢铎(1435—1510年),字鸣治,号方石,太平(今浙江省温岭市)人。英宗天顺三年(1459年)考中举人,天顺八年(1464年)考中进士,

随后与李东阳同被选入翰林院，担任庶吉士，并在京城集结讨论诗歌与文章。宪宗成化十六年（1480年），谢铎因丧事回乡。其去世后被追赠礼部尚书，谥号文肃。谢铎受其家学的影响，毕生致力推广儒学。作为"茶陵派"的重要成员，他将诗歌当成其忠实的伴侣。他在创作中遵从茶陵派的观点，即尊崇古典而不拘泥于模仿古人。沈德潜与周准在《明诗别裁集》卷三中评述，"永乐以后诗，茶陵起而振之，如老鹤一鸣，喧啾俱废。后李何继起，廓而大之，骏骏乎称一代之盛矣"[1]。这一评价较为符合实际，没有过多的夸张。在相对宽松的政治和文化背景下，茶陵派摆脱了程朱理学的束缚，勇于探索诗歌的审美特质，这成为其与台阁体的显著区别。谢铎在脱离台阁体的束缚中做出了许多努力。孝宗弘治十七年（1504年），李东阳创作了《和方石先生留别韵诗二首》，其中云："客心乡路转依微，回首风尘袂一挥。已起谢安还复卧，未秋张翰忽先归。桃源再入花应在，赤壁重游事恐非。试向画图占寿考，老来诗骨更崔嵬。"[2]强调诗歌非个人情感的简单表达。"茶陵派中尚有别具一格的诗人，如谢铎有相当一部分关心民生疾苦、关心国家命运、忧虑时政的诗歌，沉着坚定，颇有老杜遗风。"[3]胡应麟在《诗薮·续编》卷一中梳理了明代诗歌的发展历程，指出："国朝诗流显达，无若孝庙以还，李文正东阳，杨文襄一清，石文隐瑶，谢文肃铎，吴文定宽，程学士敏政，凡所制作，务为和平畅达，演绎有余，覃研不足。自时厥后，李、何并作，宇宙一新矣。"[4]这些作品的出现体现了明代诗歌风格的转变。

谢铎在《谢公岭》中通过山水描绘蕴藏的情理："极目诸峰杳霭间，兴来聊复此跻攀。声名一代谢公岭，形胜千年雁荡山。峭壁似争诗句险，荒苔谁认履痕斑。不知终古行人在，白发无情任往还。"诗歌开篇引题，

---

[1] 沈德潜，周准. 明诗别裁集[M]. 上海：上海古籍出版社，1979：75.
[2] 廖可斌. 明代文学复古运动研究[M]. 北京：商务印书馆，2008：46.
[3] 傅璇琮，蒋寅总，郭英德. 中国古代文学通论：明代卷[M]. 沈阳：辽宁人民出版社，2005：28.
[4] 胡应麟. 诗薮[M]. 北京：中华书局，1962：345.

起得平稳，进行全景式构图，接着描绘谢公岭的具体景致，意境开阔，最后发出慨叹，表现出对社会的清醒认识，袒露出诗人的真实心声，这也是当时社会心理的真实写照。《方岩》则描写了家乡风貌："绝壁峭莫攀，一方剜不得。屹尔海东头，障此天西极。"诗歌表面写景，实际上抒怀。东西对举手法的运用，使其意义得以延展，深蕴理趣，个体人格也得到充分表现。主题的开掘之深，少有人能比。意象的营造使诗作既有深邃的哲理，又具有丰富生动的艺术感性。《游江心寺》描写道："地拥中川胜，天留半日谈。人谁是宾主，境已绝东南。旧雨山僧识，秋风海味甘。独怜乡思苦，丛杂可谁戡。"尾联强烈抒发了诗人的情思。《白云深处》则表达了另一种情怀，清新可喜："岸海东行路若封，白云堆里草茸茸。一声鸡犬斜阳暮，知在青山第几重。"

二、王守仁

（一）王守仁的人生与心学

王守仁（1472—1528年），字伯安，号阳明子，世称阳明先生，余姚（隶属于浙江省宁波市）人。他在孝宗弘治十二年（1499年）中进士，并于次年被任命为刑部云南清吏司主事。正德元年（1506年），因与太监刘瑾不合，受杖责并被贬至龙场（现贵阳修文县）当驿丞。尽管遭受此打击，王阳明的志向未曾改变，他仍致力儒学的弘扬。正德五年（1510年）刘瑾被处死后，王阳明重返仕途，担任南京鸿胪寺丞。正德十一年（1516年），他被提升为都察院右佥都御史，巡抚赣南。正德十四年（1519年），他参与平息宁王朱宸濠的叛乱。武宗驾崩后，世宗继位，王阳明于1521年被封为新建伯。嘉靖元年（1522年），他上疏请辞封爵，不久丁父忧，后来任南京太仆寺少卿及兵部尚书等职。穆宗隆庆元年（1567年）赠封新建侯，谥号文成。万历十二年（1584年），从祀孔庙。王守仁不仅在政治上有显著的成就，也是一位杰出的哲学家。

他在陆九渊的基础上发展了以"致良知"和"知行合一"为核心的心学，对后世产生了深远的影响。他的思想被广泛传播，如《传习录》中提道："犹一两之金比之万镒，分两虽悬绝，而其到足色处，可以无愧。"王守仁的代表作品有《王文成公全书》。

王守仁是中国文化史上极少数达到顶峰精神境界的人物。他忧国忧民，对国家未来的危机能够敏锐的感知。即使在多变的世界和逆境中，他依然坚持自己的信念。郑敏在《诗人与矛盾》中提道："凡是诗，都是诗人的感性和知性的经历的记载。诗又总是围绕着一个或数个矛盾来展开的。"王守仁的诗作通常表达对民众的关怀。尽管他认为"词章艺能不足以通至道"（《年谱一》），但他在生活中并不拘泥于旧规，而是在文学与道德上都有所建树，深谙美学。

（二）王守仁的山水情怀

王守仁一生游历四方，热爱探索自然美景，对山水有着深厚的情感和深刻的理解。即使在平叛的艰难时期，他依然自诩："从来野性只山林，翠壁丹梯处处寻。"（《即事漫述四首·其一》）他赞赏的门生方豪（1482—1530年）也从这个视角观察："方子岩廊器，兼负云霞姿。每逢泉石处，必刻棠陵诗。"（《过常山别方棠陵》）王守仁的山水诗多表达对自然的热爱，并逐渐形成一种深邃而丰富的意境，实际上都以广阔的历史时空为背景。如《舍利寺》便是较为纯粹的情感表达，简洁而不平凡，笔触清新："经行舍利寺，登眺几徘徊。峡转滩声急，雨晴江雾开。颠危知往事，漂泊长诗才。一段沧州兴，沙鸥莫浪猜。"《芙蓉阁》第二首展示了世界的原始状态："长风扫浮云，天开翠万重。玉钩挂新月，露出金芙蓉。"看似描写实景，实则描述诗人心中构造的景致，语气平和且舒缓。《寻春》则用有限的笔墨描绘无限的精神世界，情调活泼流畅："十里湖光放小舟，漫寻春事及西畴。江鸥意到忽飞去，野老情深只自留。日暮草香含雨气，九峰晴色散溪流。吾侪是处皆行乐，何必兰亭说

第六章　文海风华——明代的山水文学

旧游。"

　　王守仁在其山水诗作中，不仅描绘自然景观，更通过这些景象深入反思人生，并挖掘出山水意象的多重含义。人与自然的和谐共生不仅孕育出深厚的情感，也触发了一种理性层面的自然意识。在《龙潭夜坐》中，王守仁写道："何处花香入夜清？石林茅屋隔溪声。幽人月出每孤往，栖鸟山空时一鸣。草露不辞芒屦湿，松风偏与葛衣轻。临流欲写猗兰意，江北江南无限情。"在这首诗中，诗人在经历精神上的打击之后，通过禅理的体悟，洞察古今，感受到大自然的无限温情，并以动态形式描绘静态景象，赋予诗歌独特的意境。同样体现这种情感的还有《岩头闲坐漫成》："尽日岩头坐落花，不知何处是吾家。静听谷鸟迁乔木，闲看林蜂散午衙。翠壁泉声穿乱石，碧潭云影透晴沙。痴儿公事真难了，须信吾生自有涯。"这首诗融合了复杂的情感和生活体验，虽有沉重的人生感慨，却不失苍郁坚韧之风。《江边阻风散步至灵山寺》亦展现了相似的情感，富有生活情趣："归船不遇打头风，行脚何缘到此中。幽谷余寒春雪在，虚檐斜日暮江空。林间古塔无僧住，花外仙源有路通。随处看山随处乐，莫将踪迹叹萍逢。"《溪水》则以悠闲的情调起笔，而后展现诗人情感的丰富性和深刻的思辨："溪石何落落，溪水何泠泠。坐石弄溪水，欣然濯我缨。溪水清见底，照我白发生。年华若流水，一去无回停。悠悠百年内，吾道终何成。"吴承学在《晚明小品研究》一书中指出："袁中郎与山水之间的关系，似乎不是人对自然的品赏，而是一种与自然感情平等交流的过程。"[①]这一观点同样适用于论述王守仁与山水之间的密切联系。

　　王守仁的山水诗突破了传统的束缚，力图在艺术上创新，体现了"气炼则句自炼"的美学理念。他的作品《泛海》具有真挚的情感和广阔的视野，通过扩展画面至视觉所及的无限空间，展现出瑰丽的色彩和创意，体现出其诗作的独特性："险夷原不滞胸中，何异浮云过太空？

---

① 吴承学. 晚明小品研究[M]. 南京：江苏古籍出版社，1998：116.

夜静海涛三万里,月明飞锡下天风!"这不仅是对自然景物的描绘,还通过诗歌探讨深刻的哲理。另一作品《夜宿天池二首》利用连贯的意象描写景物的动态美,显示了诗歌的神韵,"昨夜月明峰顶宿,隐隐雷声在山麓。晓来却问山下人,风雨三更卷茅屋"(其一),"天池之水近无主,木魅山妖竞偷取。公然又盗山头云,去向人间作风雨"(其二)。王守仁的诗作以精简的笔墨、精工的构图和动静结合的手法,展示了这一美学原则。《香山次韵》表现了超然的韵致和清远的美学境界,反映了作者多样的诗风:"寻山到山寺,得意却忘山。岩树坐来静,壁萝春自闲。楼台星斗上,钟磬翠微间。顿息尘寰念,清溪踏月还。"而《游牛峰寺四首·其三》增加了诗歌的曲折度,并进一步拓展了画面意境,展示了其描绘自然的高超技巧:"偶寻春寺入层峰,曾到浑疑是梦中。飞鸟去边悬栈道,冯夷宿处有幽宫。溪云晚度千岩雨,海月凉飘万里风。夜拥苍崖卧丹洞,山中亦自有王公。"此外,《重游无相寺次旧韵》通过形式与意象的结合,展现了清新脱俗的神韵:"旧识仙源路未差,也从谷口问桃花。屡攀绝栈经残雪,几度清溪踏月华。虎穴相邻多异境,鸟飞不到有僧家。频来休下仙翁榻,只借峰头一片霞。"这些作品不仅展示了王守仁高超的艺术技巧,也体现了其深刻的诗意美学。

三、徐渭

(一)徐渭的奇特人生与山水意趣

徐渭,字文清,后改字文长,别号天池山人、青藤道士、田水月等,山阴(今浙江省绍兴市)人。徐渭自幼才华横溢,少年时期就已声名远扬,自视甚高。然而,他多次科举落榜,未能在科举中得志,因而感到人生失意,难以实现抱负。他性格狂放不羁,傲视群伦,常因此被当权者排斥。可以说,徐渭是怀才不遇的典型,其经历与当时的政治环境密切相关。37岁那年,徐渭应浙江总督胡宗宪之邀,担任幕僚,参与机要

事务。后因胡宗宪案牵连，徐渭精神失常，自杀未遂，又因杀妻事件被监禁七年。释放后，他周游齐鲁与燕赵地区，以写诗和作画为生。徐渭一生放荡不羁，体现了中国传统文人中豪放而落魄的典型形象。他涉猎广泛，无论是诗歌、戏曲还是书画，都表现出深厚的艺术功底，但其一生都饱受贫困之苦。徐渭的生平充分反映了当时社会的阴暗面。他的著作包括《徐文长集》等。

袁宏道在《徐文长传》中精确描述了徐文长因未能在官场得志，而选择放纵自我，沉浸于自然与艺术的生活态度："文长既已不得志于有司，遂乃放浪曲蘖，恣情山水，走齐、鲁、燕、赵之地，穷览朔漠。其所见山奔海立，沙起云行，风鸣树偃，幽谷大都，人物鱼鸟，一切可惊可愕之状，一一皆达之于诗。"徐渭在《书〈石梁雁宕图〉后》中表达了对自然景观的强烈渴望："台、宕之间，自有知以来，便驰神与彼，苦不得往，得见于图谱中，如说梅子，一边生津，一边生渴，不如直啜一瓯苦茗，乃始沁然。今日观此卷画图，斧削刀裁，描青抹绿，几若真物，比于往日图谱仿佛依稀者，大相悬绝，虽比苦茗，尚觉不同，亦如掬水到口，略降心火。老夫看取世间，远近真假，有许多种别，不知他日支杖大小龙湫，更作何观。"王思任在《〈徐文长逸稿〉叙》中对徐渭的艺术成就作出高度评价："见激韵险目，走笔千言，气如风雨之集。虽有时荣不择茅，金常夹砾，而百琲之珠，连贯沓来，无畏之石，针坚立破，英雄气大，未有敢当文长之横者。"在对待山水的态度上，徐渭将其视为精神寄托而非外在装饰。

（二）徐渭山水诗的美学追求

徐渭天资卓绝，性情狂放，《书〈田生诗文〉后》中描述了他的创作风格："师心横纵，不傍门户，故了无痕凿可指。诗亦无不可模者，而亦无一模也。"这体现了徐渭在山水诗创作中追求个性解放的审美倾向，其文字自心灵流露，充分发挥了他在山水美学上的才情与能力，展现了真挚自然的艺术风貌。徐渭在《天目山》一诗中写道:"天目高高八百寻,夜来一榻抱千岑。长萝片月何妨挂? 削石寒潭几度深。芋子故烧残叶火,莲花卑视大江心。明朝欲借横空锡,飞渡西山再一临。"诗中天目山的壮观景色与诗人的豪放情怀完美融合,笔力遒劲。《早发仙霞岭》则展示了空间的广阔与时间的永恒,"披衣陟崇冈,日中下未已。雄伟奠两都,喷薄走千里。百折翠随人,一望寒生眦。高卑互无穷,参差错难理。蔓草结层冰,乔木悬秀蕊。昼餐就村肆,小结依崖址。去壑知几重,剡竿引涧水。回视高峡巅,鸟飞不得比"。这些描述不仅表现了景色的层次分明和立体感,而且揭示了作者对自然的深刻感受与哲学思考。《江郎山》一诗描述了江郎山的自然美景与神奇,"危蹬发闽甸,孤壁矗江浦。日如云外升,天从隙中度。标映翠逾莹,赭错苍微护。不爱山人樵,自山水沉树。高顶澄方地,遥夜足春雨。蝌蚪自依苔,鲜鳞倏飞雾。何以致兹奇,鸟攫涧流鲋。清夕听啼猿,白日接仙驭。仰止莫能攀,搔首徒延伫"。这些作品不仅展示了徐渭对自然界深切的感知和表现,还体现了其对审美独立性的坚持和创新精神。

当人们在体验自然之美时,应将情感投入自然现象之中。从内在的审美感受出发,通过感性的物象来凸现心灵,传达真挚的内心感受。相比那些缺乏内在感染力的作品,有感染力的作品呈现出一种独特的美学境界。徐渭的山水诗便频繁展现了这一特色。其《将至兰溪夜宿沙浦》体现了深情铸就文字的美学特质,显示出深沉而隐微的美:"中夜依水泽,羁愁不可控。远水澹冥壁,月与江波动。寂野闻籁微,单衾觉寒重。托踪蒲稗根,身共鸥凫梦。"《南明篇》描绘了如画的新昌风光,文如其景:"天姥迢迢入太清,更分一壁作南明。为龙学凤看俱是,削障裁屏望即成。别有双峡中天起,青云不度高无比。岁岁花开似画中,年年度月如窗里。含奇吐秀无穷极,出云入雨随能得。叠岫许可作莲花,远峰翻借蛾眉色。"在《五泄五首》中,徐渭仅用几笔便生动地描绘了景色,提供了一种高度的视觉美感,"紫阆村中一线微,穿厨入灶浣裙衣。无端流出高岩上，解与游人作雪飞""银球缟带簇花琼，百片冰帘织不成。莫依长风乱飘洒，旱时一滴一珠倾""斗崖紧接大槽平，长练难倾怒愈生。绝似海门潮正急，白头翻点黑沙行""欲看直捣隔遥岚，此是蛟龙第四潭。急过对山尖顶望，始知项羽破章邯""轰雷千尺破银河，铁障阴寒夏转多。我已看来无此景，大龙湫比此如何"。

徐渭在《浣溪沙·鉴湖曲》中也展示了丰富的山水描写，体现了诗人敏锐的感受力和华丽的文笔："浅碧平铺万顷罗，越台南去水天多。幽人爱占白鸥莎。十里荷花迷水镜，一行游女怯舟梭。看谁钗子落清波。"黄宗羲在《青藤歌》中强调了文学作品真实价值的历史检验："岂知文章有定价，未及百年见真伪。光芒夜半惊鬼神，即无中郎岂肯坠？"这些观点反映了文学创作中对情感真实性和审美价值的长期认可。

第三节　王士性的山水诗文篇章

一、王士性生平

王士性（1547—1598年），字恒叔，别号太初，又号元白道人、滇西吏隐，临海人。王士性于万历元年（1573年）中举，次年落第。不甘寻常仕途，他自北京归途中游历金华双龙洞及缙云仙都，耗时近一年。万历五年（1577年）成进士，任确山令，后于万历九年（1581年）卸任。王士性自南阳起始，途经洛阳，至登封县，登嵩山，开启了遍游五岳的旅程。他在《嵩游记》中自豪宣称："盖余少怀尚子平之志，足迹欲遍五岳，乃今斯得自嵩始云。"他在少林寺前留下赞叹，"桓楹碍日，龙象如山，长夏无暑"，并题写"六祖手植柏"。王士性继而赴河南省遍览名胜，作《游梁记》以记之。1585年，因丁母忧暂离官场，随后游历包括普陀山、衡山在内的多地，并于1589年任广西参议。王士性官至南京鸿胪寺正卿，晚年回归故里，于临海城东山宫溪边筑有清溪小隐，其中开辟众多景观，如"紫芝山房""小山丛桂"等，并作《清溪小隐十六首》以记之。根据《临海县志》记载，王士性曾在临海市括苍镇张家渡象鼻岩一带修建白象书院，后改清溪小隐名为白鸥庄。王士性一生遍游名胜，其游记作品丰富，对后世有一定影响。

　　王士性生平追寻山水之美，探索奇观，其足迹遍布明代统治下的疆域。当时的政区划分为两京（南直隶、北直隶）与十三省，王士性曾涉足两京及十二省，除福建外，实现了对神州大地的广泛游历，其遍游的广度能与徐霞客相媲美。这一经历显著加深了他对自然界的了解，并极大地拓展了其审美视野。虽然王士性偶有"登山临水为谁留"（《昆明池泛舟夜宿太华山缥缈楼二首·其二》）之感慨，但从整体上看，他以一种纯粹的审美态度欣赏自然风光，显示出强烈的审美实践能力，真可谓"青山绿水恣行游"（《赋得大江行》）。面对"三山浮海外，五岳蠢天表"（《赠黄说仲游云间》）的壮阔景象，王士性在世俗工作之余能够暂时摒弃尘世烦扰，与自然景致进行深入的对话，体验超越常人的审美境界，从而使其日常生活充满了诗意。正如王直在《会景亭记》中所言："予谓山川景物所在有之，然志于富贵者往往不知其乐，而驰志于利达之途。高明特达之士志其乐矣，则又率勤于所务，而有不可及之。虽人之心迹不同，岂亦天之所靳而不使之兼得耶？然则有能兼之者，其为幸岂细哉？"王士性便是中国文化史上极少数能够兼得此幸的人。在山水之游中，王士性撰有《五岳游草》《广游志》《广志绎》等多部作品，记录与反思其游历经验及所感所思。

二、王士性的山水散文

　　王士性倡导从大自然中提取生命的创造力，并在其作品中突出抒情性，但避免将个人生活情绪直接照搬至文本。在山水文学创作中，他强调在简约之中透露深邃，通过朴素的表达达到精致的艺术效果。因此，

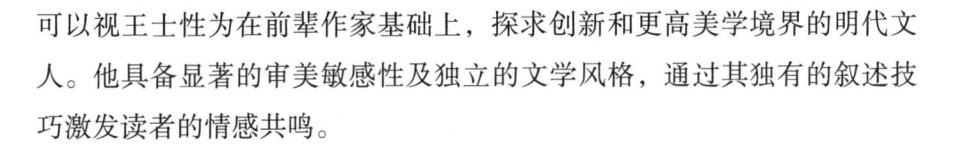

可以视王士性为在前辈作家基础上，探求创新和更高美学境界的明代文人。他具备显著的审美敏感性及独立的文学风格，通过其独有的叙述技巧激发读者的情感共鸣。

(一)《五岳游草》

《五岳游草》是王士性一生中最为重要的文学作品。潘耒在《重刻〈五岳游草〉序》中提道："名利之毒中于人心，争锥刀而竞尺寸，如鼠入牛角，如蝇钻纸窗，正由不知宇宙之广、日月之大，使能置身物外，旷观远览，则诸累可以冰释。太初为言官而不阿权贵，历方面而清白著声，擢开府而坚辞，卧丘园而自得，非唯天情旷达，盖亦山水之助为多焉。今《游草》一编具在，人于尘劳鞅鞴之际，试一展卷披寻，未有不豁然心开，悠然神往者。天机深而嗜欲自浅，以是为解热之清风，疗烦之良药，不亦可乎！"

王士性在其山水散文中，深情表达了自我真实感受，常以高远的境界作为追求，使主观与客观在文中有机融合，达到了物我同一和物我两忘的审美境界。如在《入天台山志》中，他描述了寒、明二岩的神奇美景与传说："二岩洞一山，以脊相背而倚。明岩道不容轨，两石岿如门夹之，岩窦嵌空，飞阁重橑，半在岩间，不复覆以茨瓦，即石成檐，如赤城也。洞口有帽影马迹，俗称为闾丘太守胤遗云。胤谒寒山、拾得于国清灶中，追及之，二仙拍手，笑入岩去，岩阖，闾丘蜕焉。崖上飞泉百丈，以铁索斜接之。又北行，转五里余，始至寒岩。马首望岩，真如天上芙蓉十二城，亦仿佛行黄牛峡也。寒岩石壁高百丈如屏，洞敞容数百人，夏至不见日影。一石方正，则寒山子宴坐处也。西临绝壑为天桥，堂宇皆置岩下。时有翠色入户牖，堪挹。"通过描绘山中景色与传奇故事，强调了寒山与拾得二人的超然高洁。

在《游烟雨楼》中，王士性描绘了一幅生动的水乡景象："环嘉禾郡城皆水也，其高阜面城而起者，拓架其上为烟雨楼。楼之胜，琐窗飞阁，

151

四面临湖水，如坐镜中，春花秋月，无不宜者。若其轻烟拂渚，山雨欲来，夹岸亭台，乍明乍灭，渔舫酒舸，茫茫然遥载白云，第闻橹声，咿轧睐眕，而不得其处，则视霁色为尤胜。郡本泽国，妇人女子有白首不知山者。鼎食之家，或辇石于太湖为之，次则为楼台临水以当之，登高眺远，如斯而已。"此段文字生动描绘了水域周围环境和建筑的美丽景致，反映了当地的地理特色与文化生活。

（二）《广志绎》

宋世荦在《重刻广志绎序》中评价道："（王士性）三生慧业，一代名流，百氏畅其咀含，五岳恣其游览，胸罗丘壑，唾落烟云，莫不卓卓垂今，骎骎入古，而以《广志绎》一书为最。"该作品的主要成就表现在以下几个方面：

第一，该书的体系极为完备。第一卷《方舆崖略》概述了全国的总体情况，随后各卷按区域详细记载，如第二卷《两都（北都、南都）》，第三卷《江北四省（河南、陕西、山东、山西）》，第四卷《江南诸省（浙江、江西、湖广、广东）》，第五卷《西南诸省（四川、广西、云南、贵州）》，体现了既有总体又有分部的条理清晰的结构。

第二，学风严谨。在《广志绎》卷四中，王士性对"赤壁"这一地点进行了详尽的考证，并提出了科学的结论，表现出其学术研究的严谨性："赤壁山，《一统志》云在江夏东南九十里。唐《元和志》亦称在蒲圻县西一百二十里，北岸乌林与赤壁相对，即周瑜焚曹操处。《图经》乃谓在嘉鱼县西七十里。至宋苏轼又指黄州赤鼻山为赤壁。盖刘备居樊口进兵逆操遇于赤壁，则赤壁当在樊口之上，又赤壁初战，操军不利，引次江北，则赤壁当在江南，今江、汉间言赤壁者五，汉阳、汉川、黄州、嘉鱼、江夏，惟江夏之说合于史。"此外，王士性在《广志绎》中对浙江地区的风俗差异进行了细致分析，将浙江分为浙东和浙西两大文化区，并指出两者之间的显著差异。他详述："浙东浙西两个地区以浙江（钱塘

江)为界,风俗差别很大。浙西的风俗趣尚繁华,人性纤巧,豪富人家比较多,这些人常常身穿艳丽的衣装,骑着高头大马而招摇过市,家中豢养的僮仆动辄成百上千;而浙东的风俗则讲求敦厚朴实,人们一般都注意节俭,崇尚上古的淳朴风气,很少有那些显山露水的超级富商。"

第三,叙写精美。在《广志绎》卷四中,王士性详细描述了台州难以攻克的自然防御,指出:"(两浙)十一郡城池惟吾台最据险,西、南二面临大江,西北巉岩篸箌插天,虽鸟道亦无。止东南面平夷,又有大湖深濠,故不易取。倭虽数至城下,无能为也。"其进一步阐述了台州的地理位置和自然景观的独特性:"浙中惟台一郡连山,围在海外,另一乾坤。其地东负海,西括苍山高三十里,浙北则为天姥、天台诸山,去四明入海,南则为永嘉诸山,去雁荡入海。"此外,在《台中山水可游者记》中,王士性还赞叹了台州的山水美景,并引用其个人体验来增强描述的生动性:"台郡上应台星,汉时曾迁江、淮,空其地,后复城于章安之回浦。回浦山川亡它奇,至唐武德徙治于大固山下,近佳山水,则今城也,盖千余年矣。余生长于斯,颠毛种种,即身所钓游,与乡先民遗踪古迹所尝留焉者,咸得而言其概。"他对巾山的描绘尤为细腻:"巾子山一名恰帻,当城内巽维,云皇华仙人上升落帻于兹山也。两峰古木虬结,秀色可餐,各以浮图镇之,山腰窅处一穴,为华胥洞,其趾有皇华丹井焉。前对三台山,半山为玉辉堂。登堂见灵江来自西北,环抱于前,流东北以去。江上浮梁卧波,人往来行树影中。海潮或浮白而上,百艘齐发,呼声动地,则星明月黑之夕共之。"通过详尽的叙述,王士性不仅展现了他对地理环境的深刻理解,也体现了其文笔的精确和生动。

(三)《广游志》

《广游志》是王士性杰出的游记作品,其中展现了丰富的描述和强烈的气势,尤其是卷下的《胜概》部分,王士性成功地表达了自然美的境界:"天下名山,太华险绝,峨眉神奇,武当伟丽,天台幽邃,雁宕、武夷工巧，桂林崆峒，衡岳挺拔，终南旷荡，太行逶迤，三峡峭削，金山孤绝。武林、西山，借土木之助；泰岱、匡庐，在日仲之间。北岳不及嵩高，五台胜于王屋。雁岩无水，武夷可舟。远望则峨眉，登高则太华。水则长江汹涌，黄河迅急，两洞庭浩淼，巴江险峭，钱塘激怒，西湖妩媚，严陵清俊，漓江巧幻。至若朝日如轮，晚霞若锦，长风巨浪，海舟万斛，观斯至矣，胜斯尽矣，余皆身试，思之跃然。"他在《矶岛》中继续使用这种描述方法，对比各地的矶岛："大江水中，石山突出，枕水为矶，如燕子、三山、慈母、采石、黄鹄、城陵、赤壁俱佳。采石四周皆水，江流有声，月夜有余景；赤壁三面临水，汪洋瑛抱洲渚浅处，芳草时立鸥鹭，晴日为宜；燕子仅水绕一方，然巚崿奇峭，怪石欲飞，晴雨雪月，无所不可人意。"

在《广游志》的《楼阁》中，王士性展示了其广阔的视野："自古有名者仲宣楼，在荆州城上，所见惟平楚，亦非其旧址也。太白楼在济宁州城上，济汶、泗水横络其前，帆樯千百，过酒楼下，时有胜致。及登南昌滕王阁，章、贡大水西来注北，阁与水称，杰然大观。然不若武昌黄鹤楼，虽水与滕王来去不殊，而楼制工巧奇丽，立黄鹄矶上，且三面临水，又西对晴川楼、汉阳城为佳。总之又不若岳州岳阳楼，君山一发，洞庭万顷，水天一色，杳无际涯，非若滕王、黄鹤眼界可指，故其胜为最。三楼皆西向，岳阳更雄。"

王士性的《广游志》等著作，文章不落俗套，用词精确，文笔优美，有效地推动了明末游记文学的发展。

三、王士性的山水诗

（一）王士性山水诗的理性精神

与山水散文相比，山水诗显著倾向于表达诗人的个人情感。诗人通过对日常生活和普通景物的描绘，使之充满诗意与画意。如李彭所言，

第六章 文海风华——明代的山水文学

"每逢胜绝处，赋诗要难忘"（《次九弟阻雪不得游云居》），大自然的生动变化为诗人提供了丰富的创作土壤。诗人在与自然的交融中，通过审美心灵的感悟，捕捉自然界的生动素材和变化规律。通过内心的感受，诗人能够提炼出优美的诗句，用诗的语言形式传递景象。诗歌通常是由兴趣激发的产物，寄托了诗人的情感和心灵追求，是生命节律颤动的结晶。例如，王士性在《七夕宿江心寺》中描述道："巨鳌忽断双龙起，屿立寒涛薄太清。沧海无津烟屿远，青天不动暮潮平。星槎此夕通银汉，月色千山满玉京。灯火城南才咫尺，恍疑身世隔蓬瀛。"此诗展现了瓯江江心寺一带的壮丽景色，使诗人产生了身处蓬瀛仙境的错觉。

在那些善于发现美、品赏美的人眼里，大自然充满了情韵与灵性，仿佛不是欣赏主体靠近欣赏的对象，而是对象主动亲近欣赏主体，向欣赏主体展示自己蕴含的美与魅力，如王士性在《宿石梁》中所写："独跨幽崖划鬼工，何来神物蜕崆峒。转疑白日填乌鹊，忽谩青天驾彩虹。飞瀑倒垂双涧合，惊涛怒起万山空。西楼月色终宵在，风雨无端满梵宫。"面对生动多彩的自然景象，即便是语言也可能显得苍白无力。然而，通过对自然美的审美投入，诗人能将尘世的不快转化为自然之美与静的体验。以此为出发点，诗人表达了对高雅山水的热爱，避免了语言的堆砌，从而真正追求诗歌的纯粹性，构建出完美的诗意境界。

王士性在《嘉禾烟雨楼》中表现出对自然景观深刻的感受力，诗中细腻地描绘了诗人的审美心灵历程，诗作在平淡中显现其深邃："理棹入南湖，孤帆向空没。高楼起浮屿，差可望溟渤。吴山百余里，天际渺一发。何当名斯楼，烟雨莽超忽。我行瞑烟收，因之弄明月。菰芦拍岸长，丛林间清樾。倒影逐流光，深夜惊栖鹘。临湖扉半掩，万籁静不发。对此神逾清，徘徊兴靡竭。"此诗描写了嘉兴南湖的烟雨楼，成功地捕捉了自然美的瞬间，为读者提供了强烈的现场感。通过全诗的意境构建，诗歌呈现了深厚的审美趣味。《西湖》中的"水云三万斛，人在镜中迷"同样采用了优美的语言，将生活中的审美体验转化为诗句，展现了丰富的画意。这种表达不仅是对自然美的再现，也是对诗人审美思维模式的体现。

王士性在其作品中自称天台"桃源主人"，表现了他对天台地区深厚的情感和归属感。在《与刘元承登华山入自桃林洞因宿玉女峰冒雨上三峰绝顶》中，王士性通过引用"桃源有路忆天台，曾是刘郎旧到来"，展示了地名带来的情感联想和深层记忆。类似地，《雪后忆刘子玄紫芝楼》中的"刘郎爱人天台路，万树桃花百尺深"也通过姓氏的提及来引发对特定地理情境的思念，从而触发诗性自然流露。这种地名和个人情感的结合，使得自然景观不仅仅是被动的背景，还是情感表达的积极媒介。在《归天台》中，王士性以深厚的情感描述了自然的美和灵性，并通过"一万八千丈，白日行为斜。群山若塍埒，孤标隐豁谽。仿佛天中垂，一朵青连华。四望周千里，莽苍瀛海涯"的描写，表现了一种超越日常生活的精神状态和对自然的深刻感受。这些诗句不仅描绘了景色的壮丽，还反映了诗人心中的宁静和对自然界深切的赞美。在《上华顶》中，通过"群山培嵝列儿孙，万八峰头此独尊。咫尺一嘘通帝座，东南半壁拥天门"等诗句，展现了诗人对于自然界的敬畏和美的追求。这些描述不仅仅是对自然美的记录，也是对心灵状态的一种投射。《两登巾山雨憩景高亭》则是一首即兴之作，展示了诗人对自然景象的直接反应和深刻体验，体现了"纷纷冶游子，此景不足给。有诗在此境，佳句待人拾"（沈周《雨中看山》）的美学理念。王士性的诗歌不仅仅是对外部世界的反映，更是对内心世界的深入探索，使读者能够感受到一种情景交融的美学体验。

王士性的山水诗，虽然大部分作品聚焦于对自然美景的赞赏，但其中不乏融合社会人事的深刻内涵，从而展现了独特的审美体验和情感深度。特别是《登金鳌山》，展现了其作品的深刻寓意和情感表达："巨鳌不戴蓬瀛去，独向江门枕浊流。曲磴眠云芳草湿，洪涛浴日曙光浮。山城埤堄黄沙碛，水国兼葭白露秋。极目西风伤往事，谁家君相屡维舟。"

第六章 文海风华——明代的山水文学

该诗不仅反映了当时的历史背景，也体现了王士性对过往时代的深刻感慨和审美情怀。在南宋时期，国势衰落，诸多忠臣如文天祥虽想力挽狂澜，但最终未能改变国家命运，诗中通过历史与自然的叠加，形成了一种苍凉而广远的审美风范。《钓台》进一步展示了作者通过山水意象表达超凡脱俗的精神境界和深远的情感："推蓬开晓霁，烟云四顾收。长江抱叠嶂，悬崖俯中流。山奇水亦绝，万木垂清幽。伊昔严先生，于焉披羊裘。垂纶有深意，世事非吾求。青天钓明月，沧波随白鸥。不知有天子，焉论公与侯。嶷然汉九鼎，诧谓一丝留。千秋方谢邻，清风两悠悠。"这首诗通过精细的描写和情感的深化，展现了作者在自然景观中追求精神自由和审美理想的态度。

（二）王士性山水诗的美学风味

王士性的诗歌展示了其宽广的视野和深刻的体验。在山水诗中，王士性不仅追求词句的新颖，还通过诗歌来表达对自然之美的感受和思考，借助于自然景观，寻找诗意与思想的融合点，进而表达自己对于美的向往和对生活的感悟。正如贯休所言："草媚莲塘资逸步，云生松壑有新诗。"王士性的山水诗作便是其游历自然景观的艺术结晶。他以审美的敏感性去感知和描绘自然，通过创造美的意境而非单纯的物象描写，唤起观者对美的向往和情感的共鸣，展现了一种唐代风格的审美情怀。在王士性的诗作中，情感和生命的全面投入构成了其独特的艺术风格。他在不同的诗歌体裁中均有所建树，注重诗的结构和语言的精致表达。对于七律，胡应麟在《诗薮·续编》中评述："嘉、隆一振，七言律大畅，迩来稍稍厌弃，下沉着而上轻浮，出宏丽而入肤浅；巧媚则托之清新，纤细则借名工雅。不知七言非五言比，格少贬则卑，气少谕则弱，词少淡则单薄，句稍缓则沓拖。"[1]王士性在此领域亦力图创新，如《春日游北泉寺》就是一首精彩的作品："读罢残碑倚夕阳，白云深处一僧房。远山积

---

[1] 胡应麟.诗薮[M].上海：上海古籍出版社，1979：356.

翠迷烟渚，暗水浮花出草堂。白日几堪消客梦，清樽未卜是他乡。凭高极目川原老，岁岁春风百和香。"该诗通过对景物的层次性描绘，加深了韵味，提升了审美体验。从晚唐开始，诗画艺术的理论逐渐偏向崇尚写意、韵味和情趣，明代更将此作为文士追求的理想艺术境界，王士性的《舟次海口》也是以情感为动力的艺术作品："兼葭秋水木兰桡，挟客来观海上潮。万里苍茫空碧落，三山缥缈接青霄。西风木落惊帆影，南极星明射斗杓。目断扶桑天外尽，何烦鞭石驾危桥。"此诗不仅展示了整体和谐的艺术境界，还体现了超越传统画作的艺术张力。

　　不同的诗歌形式有着不同的美学功能。沈德潜在《古诗源》中对《西洲曲》的分析揭示了组诗的独特魅力与美学价值。他指出，《西洲曲》虽"似绝句数首，攒簇而成"，却体现了诗歌在结构上的"续续相生，连跗接萼，摇曳无穷，情味愈出"，从而展示了组诗在美学上的深刻内涵。①组诗的美学特点在于其结构的灵活性：单个诗篇可以独立成章，依据传统诗体规范灵活运用；而当这些诗篇结合时，可以巧妙地串联，形成宏伟的气势与丰富的景象。这种结构不仅避免了单个诗篇可能出现的单薄，还可以避免排律可能出现的排比声韵的笨重，创造了一个既灵便又综合的诗学体制。例如，五绝组诗《甘征甫先生江楼十六景》展现了此种形式的潜力，特别是在《文笔晴尖》中，通过精细的景物描绘，捕捉并表达了画面无法呈现的意境："暖风开曙色，百里献新晴。缥缈群山顶，惟余一点青。"这不仅体现了诗人的审美瞬间，也展现了诗歌语言的力量，其简洁的表达中蕴含深刻的意义。

　　王世贞在《弇州山人续稿》中对王恒叔的评价，也体现了诗歌作为艺术表达的复杂性和深度："恒叔于诗无所不精丽，而歌行古风尤自出人意表，其索之也，若深而甚玄。既成而读之，则天然无蹊径痕迹矣。"此评价强调了诗歌中自然与深邃的艺术追求，以及其在表达历史、哲学思考中的能力。潘耒在《重刻〈五岳游草〉序》中对先生的称赞同样突出

---

① 沈德潜.古诗源[M].长春：吉林出版集团股份有限公司，2017：290.

了诗歌在意象刻画与情感表达上的卓越能力:"先生夙植灵根,下笔言语妙天下,兴寄高远,超然埃壒之外……发为诗歌,刻画意象,能使万里如在目前。"这些评论均凸显了诗歌作为一种艺术形式,通过其独特的结构和表达,能够触及并呈现人类情感与思维的深层次。

王士性的诗歌体现了真挚性,其诗笔宽广,从某种意义上讲,扩展了传统诗歌的表现范畴。在山水诗领域中,尽管王士性未必占据时代先锋的地位,但他的创作显然超越了平庸,达到了时代的一个高点。正如"每个诗人有自己的诗的指纹,他不能是任何别的诗人"①。王士性在中国山水诗史,乃至中国诗歌史上留下了独特的"诗的指纹"。清代对明代诗人的评价往往带有轻视的色彩,认为他们空疏无学,然而王士性却以其深厚的学识和传世的诗篇证明了自己的不凡。虽然他未必达到陈尧佐在《题华清宫》中所描述的"百首新诗百意精"的水平,也不是每首诗都能展现出深远的意境和强烈的美感,但其文学成就不应被轻视。传统的思维方式常常使人们错误地认为明代是中国诗歌史上的一个平庸时期,实际上并非如此。如陶文鹏在其与韦凤娟合编的《灵境诗心:中国古代山水诗史》的《导言》中所述,"明代山水诗既有复古,又有新变;不乏佳作,却缺少大家"②,精准地表达了历史和时代对山水诗的评价,显示了其洞察的深度和广度。

---

① 郑敏. 诗歌与哲学是近邻:结构—解构诗论 [M]. 北京:北京大学出版社,1999:301.

② 陶文鹏,韦凤娟. 灵境诗心:中国古代山水诗史 [M]. 南京:凤凰出版社, 2004:39.

第四节　袁宏道的游心墨迹

一、山水中的谐趣美学

所谓山水的谐趣美学，是指文学创作中，作者通过幽默和诙谐的个性化审美视角，将人的思想情趣赋予自然界的山水之中。这种表达并非源自个人负面情绪的释放，而是展现了创作者积极向上的内心态度。赵伯陶先生在《明清小品：个性天趣的显现》中指出："趣是主、客观两者结合的产物，这种结合是能动而非被动的。"[1]这表明谐趣美学并不是被动的情感投射，而是主动的创作选择。晚明出现了公安派，袁宏道作为该派别的杰出代表，其文学创作始终贯彻了"独抒性灵"的理念，特别是在他的山水游记中，这一理念得到了充分体现。他的游记作品频繁展现出"谐趣"的艺术特色，表现了对个性解放的追求。袁宏道的山水游记中的"谐趣美"主要体现在以下三个方面：首先，他通过诙谐幽默的语言来构建山水的内在情趣。例如，在《雨后游六桥记》中，他以生动的笔触和幽默的语气描绘了雨后景色，使得自然景观充满了生机和趣味。这样的语言风格不仅使作品更加生动，也让读者感受到作者轻松愉悦的心境。其次，袁宏道运用拟人化手法，赋予山水自然界活泼的个性。他在描写山水景物时，经常使用拟人化的手法，使景物仿佛具有了生命和情感。例如，他会将山水拟作知己，与之对话，展现出一种人与自然和谐相处的美好意境。这种手法不仅增强了作品的趣味性，也使得自然景观更加鲜活生动。最后，袁宏道将个人的文学创作主张与山水景观的描

---

[1] 赵伯陶. 明清小品：个性天趣的显现[M]. 桂林：广西师范大学出版社，1999：123.

第六章　文海风华——明代的山水文学

绘融为一体。在他的游记中，山水不仅是美的对象，更是其思想和情感的载体。他在描绘山水景观时，常常融入自己的思想和感悟，使得作品不仅具有观赏价值，还蕴含深刻的哲理意义。

（一）通过诙谐幽默的语言营造山水的内在趣味

中国古代文学对自然山水的描写有着悠久的传统。从早期《诗经》中的《国风·邶风·谷风》利用风雨意象来渲染氛围，"习习谷风，以阴以雨"[1]，到魏晋时期陶渊明、谢灵运等文人通过山水诗歌表达他们的自在潇洒，再到唐宋时期以山水田园为主题的诗词创作，山水田园题材在主题和表现形式上都日臻成熟。到了晚明时期，受阳明心学等哲学思想的影响，文学创作展现出与前代明显不同的理论主张。

袁宏道倡导反对文风复古，他在文学创作中独树一帜，特别是在自然山水题材的游记散文中，将诙谐幽默的个性魅力与独立思想完美融合。例如，在《西施山》中，袁宏道写道："余戏谓石篑：'此诗当注明，不然累尔他时谥文恪公不得也。'石篑大笑，因曰：'尔昔为馆娃主人，鞭箠叱喝，唐突西子，何颜复行浣溪道上？'余曰：'不妨，浣溪道上，近日皆东施娘子矣。'"[2]通过这种戏谑的对话，袁宏道讽刺了文学界不合时宜的复古主义，并用幽默的语言将他追求创作自由和真率的情感价值观融入对自然山水的理解中。从表面上看，他在描写山景，但实际上，通过幽默的表达，他为西施山增添了深层的社会文化含义。袁宏道通过个性化的诙谐幽默表达，赋予了山水景观以人的特质。这种对游迹与心迹的融合，使得情感与景观、意境与趣味和谐统一。

袁宏道的"独抒性灵"理念不仅体现在他对自然山水的描绘中，还通过个性化的表达方式，展示了他对自由和真率的追求。他与自然山水

---

[1] 李学勤. 十三经注疏·毛诗正义[M]. 北京：北京大学出版社，1999：145.
[2] 袁宏道. 袁宏道集笺校[M]. 钱伯城，笺校. 2版. 上海：上海古籍出版社，2008：446.

产生情感共鸣,并通过诙谐幽默的语言将这种共鸣传达给读者,使得作品在展现自然之美的同时,传递了他独特的思想和情感。这种创作方式,不仅使他的作品具有独特的艺术魅力,也为后世的文学创作提供了宝贵的借鉴。

(二)拟人化手法赋予山水自然之魅

周振甫指出:"自然是对做作说的,指的是不做作,不涂饰,不堆砌。文学作品的语言要求精炼,反对陈词滥调,也要写得自然。"[①]这强调了在文学创作中,语言风格应保持自然,不加修饰,并对客观景物进行真实、简洁的描写。袁宏道在追求谐趣美学的过程中,运用了拟人化的修辞手法,将山水描绘得简洁而富有魅力。在《西湖一》中,他这样描绘:"山色如娥,花光如颊,温风如酒,波纹如绫,才一举头,已不觉目酣神醉。"[②]袁宏道通过将西湖比作美人,生动地展示了西湖的迷人风光,使读者感受到一种亲切和自然的美感。在《上方》中,他写道:"虎丘如冶女艳妆,掩映帘箔;上方如披褐道士,丰神特秀。"[③]这种拟人化的描述,不仅凸显了山水景观的独特魅力,也通过比拟的方式强调了景色的非凡和独特。袁宏道的山水赏析不仅仅是传统文人对自然山水的客观评论,还将自己的情感和思想融入其中,以一种人性化的视角来欣赏山水。他通过拟人的手法,不仅展现了山水的自然魅力,还使自己的内在情感与山水景观相交融,从而实现了情景交融、物我合一的艺术效果。

袁宏道他追求语言的自然和简洁,反对陈词滥调,通过生动的比喻和拟人化的描写,使得作品既具艺术性,又充满情感。他在创作中,将自我与自然融合,通过幽默诙谐的语言表达,打破了传统的文学束缚,

---

[①] 周振甫. 诗词例话全编:上[M]. 重庆:重庆大学出版社,2011:342.
[②] 袁宏道. 袁宏道集笺校[M]. 钱伯城,笺校. 2版. 上海:上海古籍出版社,2008:422.
[③] 袁宏道. 袁宏道集笺校[M]. 钱伯城,笺校. 2版. 上海:上海古籍出版社,2008:160.

形成了独特的艺术风格。这种独特的创作方法，不仅使他的作品充满魅力，也为后世的文学创作提供了宝贵的借鉴和启示。

（三）个人主观情思与客观景观的融合

卓越的文学创作者常将个人主观情思与客观景观融为一体，这正契合了中国古典诗词所追求的意境。在这种意境中，"意"指的是创作者的主观情思，而"境"指的是外在的客观景观。在文学创作中，如何将抽象的主观情感转化为读者可感知的具体景物是首要考虑的因素，尤其是在小品文的撰写中。

袁宏道的小品文经常利用山水景观来表达个人的主观情思。在《叙小修诗》中，他阐述："大都独抒性灵，不拘格套，非从自己胸臆流出，不肯下笔。有时情与境会，顷刻千言，如水东注，令人夺魄。其间有佳处，亦有疵处，佳处自不必言，即疵处亦多本色独造语。然予则极喜其疵处；而所谓佳者，尚不能不以粉饰蹈袭为恨，以为未能尽脱近代文人气习故也。"[1]这一观点明确表示，文学创作应当基于个人真实的情感，遵循自然的法则，随物赋形，而非模仿古人。

袁宏道的山水游记注重将个人的主观情感与自然山水相结合，通过内心感受来观察景物，再用笔墨将这种感受表达出来。"少焉云缕缕出石下，缭松而过，若茶烟之在枝，已乃为人物鸟兽状，忽然匝地，大地皆澎湃。抚松坐石，上碧落而下白云，是亦幽奇变幻之极也。"[2]在这里，云被描绘得若悠游自在的茶烟，形成了与晋朝傅玄所述"浮云含愁气，悲风坐自叹"[3]截然不同的情感表达。袁宏道之所以能如此生动地表现云的独特风韵，是因为他将自身的情感和个性投射于自然景观中。

---

[1] 袁宏道. 袁宏道集笺校［M］. 钱伯城，笺校. 2版. 上海：上海古籍出版社，2008：187.

[2] 袁宏道. 袁宏道集笺校［M］. 钱伯城，笺校. 2版. 上海：上海古籍出版社，2008：1138.

[3] 逯钦立. 先秦汉魏晋南北朝诗［M］. 北京：中华书局，1983：576.

袁宏道笔下的虎丘如冶女艳妆般鲜艳，上方则如披褐的道士般高洁，山的形态多变，这些独具特色的山水景观正是作者思想和人格的直接体现。这种将个人主观情感与自然景观相结合的表达，在他的山水小品文中得到了充分的展示。

二、山水中寓性格

在文学创作领域，作者的个性特征往往深刻影响其行文方式和表达风格，同时，作品的内容常常反映出创作者的个性特征。作为晚明公安派的重要代表人物，袁宏道的创作主张突出强调独抒性灵和不拘一格，这在当时的文坛上形成了一种独特的风格。他在以山水为核心题材的散文作品中，通过深入探索个人的内外形象及性格特征，进行深刻的文学化表达。这种创作方式不仅仅是为了摹写山水，也不仅仅是为了将情感融入景物，而是通过将山水美与人情美结合起来，从而充分展现出作为审美主体的人在山水之中的审美感受。正如熊礼汇所言："中郎记山水，既不是刻板的摹山范水，也不是简单的融情于景，或淡化景物描写、强化议论色彩以显露作者的生活感受，而是把写山水美与人情美结合起来，充分地无所顾忌地写出作为审美主体的人身处山水之中的审美感受。"[1]在袁宏道的作品中，这种表现主要体现在两个方面：

首先，袁宏道通过山水意境的塑造来突出人物的个性。他在描写山水时，不拘泥于传统的刻板模式，而是以一种独特的方式，将山水景物与人物的内心世界紧密结合。这种写作手法不仅展现了自然山水的美丽，更通过山水意境的渲染，揭示了人物的内心情感和性格特征。例如，他在描写一片山水风光时，往往通过细腻的笔触，描绘出景物的神韵，从而反映出人物的心境变化和内在情感。这种手法，使得读者在欣赏山水美景的同时，感受到作者的内心世界和情感波动。其次，袁宏道通过对

---

[1] 熊礼汇. 论袁中郎游记的表现艺术［J］. 绥化师专学报，1988（1）：24-29.

自然山水内涵的阐释来反映其独树一帜的文化人格。在他的作品中,自然山水不仅是审美对象,更是文化象征。他通过对山水的描绘,表达了自己对生活、对自然的独特理解和深刻感悟。这种文化人格的体现,使得他的作品不仅具有文学价值,更具有深刻的哲理意义。例如,他在描绘山水时,常常通过对景物的细致观察和深刻思考,将个人的思想感情融入其中,从而形成一种独特的文化表达方式。这种方式,使得他的作品既有形象生动的描绘,又有深刻的思想内涵,充分展现了他的文化修养和独特人格。

从整体来看,袁宏道在山水散文中体现的个性特征主要包括以下三个方面内容:

(一)从童心童趣到独抒性灵

中国古代的文学观念在历史的演进中不断发展,形成了一个螺旋上升的过程。袁宏道提倡的"独抒性灵"的文学创作主张,虽然带有鲜明的个人特色,但并非完全出自其独创,而是在儒家"修齐治平"思想影响下产生的结果。这一思想对文学创作施加了不同程度的约束。至明代,李贽提出了"童心说",主张文学应表达个人真实的感受,这为当时的文坛带来了新的活力。袁宏道在"童心说"的基础上进一步拓展了这一创作理念,他认为"文章新奇,无定格式,只要发人所不能发,句法字法调法,一一从自己胸中流出,此真新奇也"[1]。这一理论不仅深化了"童心说"的内涵,对他山水散文的创作提供了理论支撑。袁宏道的山水散文中对童心童趣与个人真实感受的表达随处可见。例如,在《雨后游六桥记》中,他写道:"寒食后雨,予曰此雨为西湖洗红,当急与桃花作别,勿滞也。"[2] 这段描写中,雨后的落红满地,反映了作者惜春爱花的

---

[1] 袁宏道. 袁宏道集笺校[M]. 钱伯城,笺校. 2版. 上海:上海古籍出版社,2008:786.

[2] 袁宏道. 袁宏道集笺校[M]. 钱伯城,笺校. 2版. 上海:上海古籍出版社,2008:426.

情感。他继续描写道:"诸友白其内者皆去表。少倦,卧地上饮,以面受花,多者浮,少者歌,以为乐。"①这里,袁宏道不是以感伤的心态对待春天,而是展现了一种顺应自然、享受人与自然和谐共处的乐趣。袁宏道在反对传统"文以载道"的同时,在实际创作中积极实践其文学理念。他在自然山水中,自然而然地将"独抒性灵"的创作主张融入笔下,自由地展现了轻松、任性、悠然的生活情调,力图使作品贴近真实的生活与个人的情感世界。这种创作理念,不仅使他的作品在当时的文坛上独树一帜,更为后世文学创作提供了宝贵的借鉴。

(二)从打破常规到率性所行

受封建体制观念和社会政治制度等多重社会因素的影响,中国古代的知识分子在创作和表达上通常受到限制。这些知识分子或是成为统治阶级的发声工具,或是在个人理想与社会现实的冲突中选择隐退山林,将情感寄托于自然景观和交际应酬中。存在于这两者之间的是一群特殊的知识分子,他们在个人抱负与现实冲突的矛盾中徘徊,通过山水的描绘来表达个人情感。不同于古代前期的诗词歌赋,散文在结构和语式上展现出更大的灵活性,更能充分表达作者的内心情感。散文上承诗歌的精炼语言和句式之美,下启小说和戏剧等叙事文学形式的思想表达。在袁宏道的山水散文中,显著的是其文风的非传统性和思想表达的自由率性。例如,在《游惠山记》中,袁宏道坦言:"余性疏脱,不耐羁锁,不幸犯东坡、半山之癖,每杜门一日,举身如坐热炉。以故虽霜天黑月,纷庞冗杂,意未尝一刻不在宾客山水。"②因此,袁宏道将大部分时间投入自然山水之中。这些山水描绘不仅是对自然景观的表现,也融入了超越常规的思想情怀和自由的语言表达。如《灵岩》中的"余笑谓僧曰:'此

---

① 袁宏道. 袁宏道集笺校[M]. 钱伯城,笺校. 2版. 上海:上海古籍出版社,2008:426.
② 袁宏道. 袁宏道集笺校[M]. 钱伯城,笺校. 2版. 上海:上海古籍出版社,2008:419.

第六章 文海风华——明代的山水文学

美人环佩钗钏声，若受具戒乎？'宜避去"[1]，将自然声响比作足以让僧人破戒的美人，这种创新的表达展示了他的非传统审美和自由表达的风格。

小品文的形式多样，包括书信、游记、序跋、杂文和随笔等，内容既可叙事、抒情、描物也可画人。与要求严格的句式和和谐的格律的诗歌以及讲究庄重典雅风格的古文不同，小品文更加自由灵活，不受固定文法和礼法的束缚，允许作者随心所欲的表达。袁宏道在其山水游记小品文中打破了唐宋以及前后七子的传统文学规范，追求一种平易自然且富有情趣的风格，表现出一种自由和率性的创作态度。

（三）从一吐心胸到一心摄境

在中国古代，文人即便乐观开放，也不免抒发细腻的个人情感。但创作者不会直接表现情绪，而是将内心情思投射到外在的客观景物之上。袁宏道的散文创作便展现了这一特点，将独特的个人情感通过"移情"的技巧融入山水描绘中，从内心的情感表达转化为外在景物的客观描绘。这种从"一吐心胸"到"一心摄境"的转变体现了作者将个人心境与环境描述相融合的创作特点，达到了"景中见人"的艺术效果。

袁宏道的山水散文中频繁体现出他对于表达内心情感的迫切需求，并通过自然景象来映射个人心性。"山水不仅是袁宏道人生乐趣的源泉，也是他自由展现独立自我的舞台。"[2]在月夜泛舟的场景显得凄凉，作者借助李白的形象来表达对人生的感慨以及对知己的渴望："醉中谓石篑：'尔狂不如季真，饮酒不如季真，独两眼差同耳。'石篑问故。余曰：'季真

---

[1] 袁宏道. 袁宏道集笺校[M]. 钱伯城，笺校. 2版. 上海：上海古籍出版社，2008：165.
[2] 岑玉. 论袁宏道的自然观与自我意识[J]. 信阳师范学院学报（哲学社会科学版），2001（3）：79-82.

识谪仙人，尔识袁中郎，眼讵不高与？'四坐嘿然，心诽其颠。"[1]这不仅反映了作者对人生和交游的思考，而且展现了深切的孤独感。

在袁宏道的笔下，"一切景语皆情语"，这一点在他的山水游记中得到了完整体现。他的山水描写不仅美轮美奂，多姿多彩，也展示了作者鲜明的个性和情感倾向。如在《雨后游六桥记》中，作者自然地表达了顺应自身性情的创作态度，这种表达既自然又充满了情感的力量。

三、山水中现理性

在中国古典文学的创作过程中，创作者不仅展现了语言的巧妙运用和个人性格的抒写，还经常在文本中或结尾处表达自己对所述内容或故事的看法与观点，这些评论往往带有辩证的特征。这种艺术写作手法是中国古典文学的一大特色。从先秦时期的《左传》通过"君子曰""君子是以知"等表达方式进行道德伦理的评价，到汉代司马迁在《史记》中通过论赞结构表达个人情感倾向，再到魏晋时期玄学辨析的风气，创作者的文学自觉与理性思辨逐渐成熟。唐宋时期，这一传统在诗歌和小说中得以继承，如唐代白居易的《秦中吟》和《新乐府》，通过卒章显志的手法，用讽刺的语言引发深思。唐代传奇作品的作者也常在故事结尾附加个人评价，以表达他们的观点和思考。到晚明时期，小品文的发展达到顶峰，文中不乏作者的客观判断。公安三袁中的袁宏道的散文突出地体现了这种理性思辨的特点，尤其是在其游记作品中。这种特点主要表现在三个方面：

（一）清楚明晰的游记条序

古今中外的文学作品均显示出对作品结构和内在逻辑关系的深思熟

---

[1] 袁宏道. 袁宏道集笺校[M]. 钱伯城，笺校. 2版. 上海：上海古籍出版社，2008：445.

第六章 文海风华——明代的山水文学

虑。这种写作手法广泛应用于各个时代的文学作品中，袁宏道的山水游记亦不例外。袁宏道在游记中展示了他对自然景观的细致观察和空间布局的巧妙安排。在他的作品中，人们看到"吼山石壁，悉由斧凿成……山下石骨为匠者搜去，积水为潭……每相去数丈，留石柱一以支之。上宇下渊，门闼洞穴……呼小舟游其中，潭深无所用篙，每一转折，则震荡数四，舟人皆股慄"[1]。这一段描写从鬼斧神工的峭壁开始，到深不可测的黑潭，再到沿途的石柱和洞穴，直至游历瀑布后的幽深潭水，展示了一种随着观察者行进路线而逐渐变化的空间布局。袁宏道通过细腻的描写，引领读者随着他的目光，观赏石壁、深潭、石柱和洞穴等景观。这种写作手法不仅使得读者能够身临其境地感受自然景观的壮丽与奇异，也通过空间序列的动态变化，表现了自然景观的独特美感。最后，以吼山的幽奇和荒芜作结，增强了作品的整体感染力和艺术效果。

同样，在《华山记》中，袁宏道采用了总序与分序相结合的结构，首先概述华山以石为主体的山体特征，随后将沿途的石阶天栈细分为"壁有罅"和"悬道巨峦"两类，再对这两类景象作"横亘者"与"长亘者"之区分，进而详细描述，使得华山的险峻之美得以充分展示。此种叙述手法清晰而富有条理，在众多华山游记中格外引人注目。陆云龙在《翠娱阁评选十六名家小品》中评价道，"折折出奇，具水穷云起之致"，准确捕捉了文章的艺术效果。

袁宏道的散文继承了古代条清缕析的传统。袁宏道的《吼山》以精细的组织结构，简洁而有序地展开叙述，景物丰富而不显杂乱，文章随着步骤和环境生动地展开。他的作品以其结构的清晰和内容的连贯，有效地融合了山水描述、旅行经历和个人感受，展现了一种流畅而不呆板的叙述风格。

---

[1] 袁宏道. 袁宏道集笺校[M]. 钱伯城，笺校. 2版. 上海：上海古籍出版社，2008：447.

（二）人生哲思的游记议论

散文的哲学化和议论化特质在宋代的文学作品中已突出，如王安石的《游褒禅山记》、苏轼的《石钟山记》以及《赤壁赋》均深刻体现了这一特点。袁宏道，作为同时通晓儒、释、道三家教义的文学家，其游记小品文显著展现了哲学化倾向。例如，在《兰亭记》中，袁宏道深入探讨了王羲之在《兰亭集序》中提及的人生存在问题，"古今文士爱念光景，未尝不感叹于死生之际。故或登高临水，悲陵谷之不长……高者或托为文章声歌，以求不朽；或究心仙佛与夫飞升坐化之术"[1]。文章围绕"死生"议题，探讨"生"的各种形态。从对短暂生命的感叹，到享乐主义的生活态度，再到通过文学或仙术寻求永生，展示了对生命价值的多维度哲思。此外，袁宏道在《华山别记》中描述华山之旅时，更多的是回忆已故亲友，还表达了对人生无常的深刻感慨，体现了一种几近老庄哲学的生活禅意。

袁宏道在《游骊山记》中以一种对话的形式探讨山水与文人、山水之灵与朝代兴亡的关系，通过骊山的自然美景引发对历史和文化的哲学思考。在《灵岩》一文中，袁宏道通过对景物的深入描写和个人情感的抒发，对"红颜祸水"的传统观念进行反思和重新评价。这些游记通过巧妙的笔触将个人的心理状态和哲学思考融入自然景观之中，显示了袁宏道以游记表达人生和社会哲学思考的独特手段。

（三）古今参照的游记考辨

古代文人深受"读万卷书，不如行万里路"这一观念的影响，许多文人因此留下了大量的游记作品，记录了他们亲历的山水人情。这种直接体验的性质促使创作者经常对历史文献中的记载与自己眼前的现实景象进行对照和考辨。例如，南北朝的《水经注》中便包含了众多此类文

---

[1] 袁宏道. 袁宏道集笺校[M]. 钱伯城，笺校. 2版. 上海：上海古籍出版社，2008：443-444.

本。唐宋时期的王安石，以及明清之交的张岱，都会用史学家的眼光对所游地点的历史与现状进行考辨，表达对兴亡更替的感慨。

袁宏道的游记中也频繁出现对古今对比和考辨的内容。例如，在《灵岩》一文的开头，他便引用《越绝书》中的记载："吴人于砚石山作馆娃宫。"[①]由此看出，灵岩是春秋时期吴国的遗址。他还对吴王囚范蠡及与西施泛舟的历史事件进行了详细考证，引用《砚史》中的"村石理粗，发墨不糁"[②]来验证砚石的特性。在《灵隐》一文中，他通过宋之问《灵隐寺》一诗与自己眼见的"冷泉亭"景象进行了对比和考辨。

袁宏道在描摹山水中，不仅捕捉了景色的美丽，还通过与古代文献中的描述对比，展现了古今的空间交错和时间变迁。这种方式不仅揭示了历史的深层次变化，也使得读者能够透过历史的镜头感受古人的思想与情怀。袁宏道的这种实录方式表现了其行文的严谨性。

总的来说，袁宏道山水游记散文中"谐趣美""性格美""理性美"的自然山水观，折射出其文学创作理论和个人思想情怀。这种创作方式对后世桐城派产生了深刻影响，这也证明了其散文的成就与独特魅力。

第五节　徐霞客的山水游记

徐霞客（1586—1641年），江阴（现属江苏）人，本名弘祖，字振之。明末学者陈继儒评价其"墨颧云齿，长六尺，望之如枯道人，有寝处山泽间仪，而实内腴，多胆骨。与之谈，磊落嵯峨，皆奇游险绝事，其足迹半错天下矣"（《寿江阴徐太君王孺人八十叙》），故赠号霞客，后以号行世。

---

① 袁宏道. 袁宏道集笺校[M]. 钱伯城, 笺校. 2版. 上海: 上海古籍出版社, 2008: 164.
② 袁宏道. 袁宏道集笺校[M]. 钱伯城, 笺校. 2版. 上海: 上海古籍出版社, 2008: 164.

徐霞客出身于江阴的显赫家族，其先辈多为才俊，而他本人却不求科举仕途。自十七岁应试未果后，便远离世俗，致力探索自然。在随后的三十余年，徐霞客行遍天下，最终成为地理学家与游记作家。

徐霞客的生平探险被凝练于《徐霞客游记》一书。可惜此书在徐霞客生前未曾整理成册，且清兵入关后多有散失，后经过多次编辑，于乾隆四十一年（1776年）正式刊行，距其逝世已逾一百三十五年。《徐霞客游记》记录了从明神宗万历四十一年（1613年）至崇祯十二年（1639年）的旅行经历，涉及十九省区，全书超二十万字，被后世誉为"千古奇书"和"天地间鸿宝"。然而，尽管《徐霞客游记》被誉为"千古奇书"，其在中国文学史上的地位仍未得到充分的肯定。《四库全书》将其归类于史部地理类，认为："此书于山川脉络，剖析详明，尤为有资考证；是亦山经之别乘，舆地之外篇矣。存兹一体，于地理之学，未尝无补也。"[①]

《中国文学史》多论及郦道元的《水经注》，却往往忽略徐氏及其著作。就文学价值而言，《徐霞客游记》在主体精神、审美境界与艺术感染力等方面均超越了《水经注》。从历史的视角审视两千余年山水散文的发展，不难看出，徐霞客身兼郦道元、柳宗元等人之所长，是集大成者。

山水散文，是指以山水为主题的散文，其外延有广狭之分。狭义的山水散文主要指具有浓郁文学色彩的游记，广义则包括记录地理、物产和交通的地舆记。山水散文的起源可追溯至《尚书·禹贡》，其发展大致经历四个阶段：先秦两汉、魏晋南北朝、唐宋以及元明清。这一体裁的发展方向体现在三个层面：从客观记叙转向主观抒怀，从景中无我转向景中有我，主体意识愈发明显；从文意单纯到笔致丰富，从单一描写风物到兼写天人境界、家国命运、文化血脉，审美趣味愈发深邃；从模仿自然到如画般描绘景物，写作技巧日益精炼。《徐霞客游记》在这些方面均展现了独到的造诣和创新，是山水散文史上一部里程碑式的杰作。接下来，本节将依据这三个方面来探讨徐霞客的文学贡献。

[①] 纪昀，林少华. 四库全书 [M]. 桂林：漓江出版社，2017：235.

第六章　文海风华——明代的山水文学

一、身许山水的主体风范

《徐霞客游记》是在徐霞客远游过程中匆忙记录所得，有时甚至是"夜就破壁枯树下，即然脂拾穗记之"，因此语言简短，有的仅三言两语，较长的也不过千百字。初读可能觉得内容零散，缺乏连贯性，仔细品读则可以发现其魅力。杨名时在《杨序一》中描述其初读体验："既终卷，念其平生胼胝竭蹶历数万里，冲风雨，触寒暑垂三十余年，其所记游迹，计日按程，凿凿有稽，文词繁委，要为道所亲历，不失质实详密之体，而形容物态，摹绘情景，时复雅丽自赏，足移人情，既可自怡悦，复堪供持赠者也。因手录而存之，凡两阅月而毕。"《徐霞客游记》通过独特的视角和翔实的记录，凸显了作者的人格和情感，体现了山水散文中"景中有人"的特点。

山水散文从先秦两汉的史家记事风格到魏晋南北朝的情景交融，再到唐宋时期的情感表达和个人抒怀，逐渐强调景与人的关联，突出主观情感的表达。例如，《山海经》中虽描述壮丽的景观，但缺乏创作者的情感色彩；而在柳宗元、苏轼等人的作品中，可以明显看到作者情感与景观的融合，体现了文学表达中人与自然的和谐共生。《徐霞客游记》在这一传统上实现了创新，结合了魏晋南北朝的景主人次和唐宋的人主景次，形成了一种"写景即写人"的新风格。徐霞客在《徐霞客游记》中不仅记录了自己的旅程，更展示了他对自然的深厚感情和对探险的热情，使其文学作品具有了深刻的人文价值和情感力量。《徐霞客游记》通过对徐霞客三十年游历的连续性记述，展现了徐霞客对自然界的深入探究和个人志趣的坚持，这在短篇游记中难以见到的文学深度和广度，体现了长篇游记的独特优势和文学价值。

在地理探险领域，徐霞客可谓无出其右者。徐霞客的地理探险初衷并非出于修订图志之宏愿，而是在实际考察中发现"山川面目多为图经志籍所蒙"，因而他决心深入考察，通过亲历亲见来纠正和补充现有的地理记录，其成果集结于《徐霞客游记》及诸多专题论文如《盘江考》《溯江纪源》等，逐步形成了一种独特的地理见解。徐霞客在其旅行中历经无数艰险，如四次绝粮、多次遇盗、五次重病，以及坠岩落水、同伴病死、随从逃散等，但他始终保持着高昂的斗志和勇往直前的精神："不惜捐躯命，多方竭虑以赴之，期于必造其域，必穷其奥而后止。"他的这种坚定决心最终帮助他实现了探明长江源头、考察西南熔岩、登览鸡足山巅等多项探险目标。为展示他的探险精神，徐霞客描述了攀登云南一无名峰的经历："其上甚削，半里之后，土削不能受足，以指攀草根而登。已而草根亦不能受指，幸而及石，然石亦不坚，践之辄陨，攀之亦陨，间得一少粘者，绷足挂指，如平帖于壁，不容移一步，欲上既无援，欲下亦无地，生平所履险境，无以愈此……久之，先试得其两手两足四处不摧之石，然后悬空移一手，随悬空移一足，一手足牢，然后又移一手足，幸石不坠；又手足无力欲自坠，久之，幸攀而上。"徐霞客在《徐霞客游记》中通过这样生动、细致的动作描写，使读者能直观地体会到探险者在面对自然界极端挑战时的无畏和坚持。这种将个人形象与具体场景相结合的叙述，是《徐霞客游记》中展现主体风范的关键艺术手段。这不仅增强了文本的表现力，也使得徐霞客的探险故事具有深刻的感染力和广泛的影响力。

徐霞客在广泛的旅行中，展现出其对文化的热情，他不仅考察自然地理，也深入研究历史文化，尤其注重对古迹的考察与古籍、古物的搜集。当其游历至民族地区，如湘、黔、粤、滇等地，会研究当地的政治、社会习俗及经济产业。通过与当地精英的交流，他积极传播中原的文化。例如，他在留宿云南丽江纳西族土知府木增府期间，通过编纂木公的文集、撰写赞辞，促进了文化交流和理解。此外，他还承担了《鸡山志》的编修工作，这进一步证明了他在文化传承和档案保存方面的贡献。

二、好奇求真的审美精神

徐霞客在《徐霞客游记》中表现出一种深入的山水旅游审美,这种审美主要以探索真理和满足好奇心为目的,这使他在文学和科学领域都显示出独特的个性,明显区别于传统诗人通过山水来寄托情感或寻求哲理的常规方式。

自古以来,好奇心是人类共有的情感,许多文学家也因对奇特山水的追求而知名,如李白、岑参、苏轼等。然而,徐霞客的探索精神尤为突出,他对于奇景的追求几乎到了"闻奇必往"的地步,即便是在千里之遥,亦视若咫尺。陈函辉在《徐霞客墓志铭》中描述徐霞客游历雁荡山的情景时表现出其探险精神:"予席间问霞客:'君曾一造雁山绝顶否?'霞客听而色动。次日,天未晓,携双不借叩予卧榻外曰:'予且再往,归当语卿。'过十日而霞客来,言:'吾已取间道,扪萝上。上龙湫三十里,有宕焉,雁所家也……又复二十里许而立其巅,罡风逼人,有麋鹿数百群,夜绕予宿。予三宿而始下山。'其果敢直前如此。"徐霞客的旅行不仅是对自然奇观的探索,更是一种对真理的追求。以雁荡山为例,他通过实地考察,纠正了《大明一统志》中关于雁湖的水源描述的误区,显现了他追求事实真相的学术精神。

《徐霞客游记》较以往作品,有三个方面的重大突破:首先,它拓宽了山水散文的审美视野,将广西、贵州、云南等地区,即所谓的"百蛮荒徼之区"纳入其笔下,刷新了世人对这些地区的认知。其次,徐霞客在追求真实与独特的景观中不遗余力,不论是远游、深游、专游还是独游,他都力求深入本质,如《鸡山志略》中所述:"山中之景,以人遇之而景成。"徐霞客的记录使得许多鲜为人知的美景得以广为传播,成为后人赞颂和探访的对象。最后,他的作品不仅提升了探险旅游的地位,也激励了后来者进一步探索和欣赏自然美景,扩展了山水散文的审美空间。

在《徐霞客游记》中,徐霞客丰富了中国古代山水散文的审美层次,表现出其综合性与深度。传统山水散文有多种形式，如《汉书·地理志》和《水经注》主要侧重于地理的翔实记录，《永州八记》和《游褒禅山记》则通过景物引发深层思考，小品文如《兰亭集序》和《与元思书》则在简短的篇幅中表达深情，日记体如《入蜀记》和《吴船录》则记录旅行中的所见所闻。各种文体均有其特定的审美取向和文学价值，通常文人依据个人的才学和写作目的选择适合的表达方式。徐霞客的《徐霞客游记》则展示了一种"通才式"的写作手法，其作品涵盖广泛的自然美景，从著名的五岳、黄山、庐山到不为人知的小景点，徐霞客都以丰富的笔触进行了描述。这不仅扩大了山水散文的审美视野，也提升了其文学深度和专业性。例如，他对云南洱源的"灵海耀珠"进行了细致的描述："海子中央，底深数丈，水色澄莹，有琉璃光，穴从水底喷起，如贯珠联璧，结为柱帏，上跃水面者尺许，从旁遥觑，水中之影，千花万蕊，喷成珠树，粒粒分明，丝丝不乱，所谓灵海耀珠也。"这段描写不仅展现了徐霞客对自然现象的敏锐观察，还体现了其文笔的精致和生动，使得其作品在文学表现和科学记录上均具有较高的价值。

在《徐霞客游记》中，徐霞客不仅对自然景观进行了细致的描述，还深入探讨了沿途的人文景观，包括名城古镇、历史遗迹、寺庙道观以及摩崖碑刻等，使得其作品富于人文美。除此之外，徐霞客还记录了他在旅途中的人文活动，如与高僧达士交流、品茗、醉酒、赏花、下棋和禅谈等，这些描述不仅具有丰富的文化气息，也体现了文人之间的雅致趣味。例如，徐霞客在湖南浯溪的经历，这一段描述不仅仅是对自然景观的记录，更是对人文景观的深入探讨："浯溪由东而西入于湘，其流甚细，溪北三崖骈峙，西临湘江，而中崖最高，颜鲁公所书《中兴颂》高镌崖壁，其侧则石镜嵌焉。石长二尺，阔尺五，一面光黑如漆，以水喷之，近而崖边亭石，远而隔江村树，历历俱照彻其间，不知以何处来，从何时置此，岂亦元次山所遗，遂与颜书媲胜耶！……崖之东麓，为元颜祠，祠空而隘……浯语溪而东，有寺北向，是为中宫寺，即漫宅旧址也,倾颓已甚,不胜吊古之感。时余病怯行,卧崖边石上,待舟久之,恨磨崖碑拓架未彻而无拓者,为之怅怅。"这段描述不仅记录了浯溪及其周边的自然与人文景观,还表达了徐霞客对文化遗产的敬仰和个人在文化探索过程中的情感体验。徐霞客通过这样的描述,把读者带入一个既有自然美又有人文深度的旅行情境中,展现了他对古代文化的尊重和对历史的深刻感悟。此外,通过抱病探访的记述,徐霞客展示了他对知识与文化传承的执着追求,以及未能完成拓碑活动时的遗憾。这些翔实的记载不仅丰富了山水散文的内容,也提升了该文体的文化和审美层次,显示出徐霞客对人文精神的深刻理解与推崇。

在《徐霞客游记》中,徐霞客详尽地描述了西南民族地区的社会与文化生活,这一部分不仅展示了该地区的民俗风情美,还展现了作者对当地社会的深刻理解和尊重。他特别注重记录政治状况、民情风俗、建筑风格、传统服饰、农牧活动等方面,这些翔实的描述不仅丰富了文化地理的记录,还体现了徐霞客对多元文化的欣赏。特别是在描述崇祯十二年(1639年)大理三月街的盛况时,徐霞客提供了一个生动的社会画面:"是日(十五日)为街子之始,盖榆城有观音街子之聚,设于城西演武场中,其来甚久;自此日始,抵十九日而散,十三省物无不至,滇中诸彝物亦无不至,闻数年来道路多阻,亦减大半矣……入演武场,俱结棚为市,环错纷纭。其北为马场,千骑交集;数人骑而驰于中,更致以觇高下焉。时男女杂沓,交臂不辨,乃遍行场市……遇觉宗,为饮于市。"这段描写不仅展示了当地市集的繁忙与多样性,还揭示了地区间的经济与文化交流。市集的描述生动具体,展现了一个充满活力的社会生活场景,其中混杂的人群和热闹的交易活动充分体现了当地的社会风貌和人民的生活状态。

徐霞客以唯实求真的科学精神指导旅游考察,特别在文学、历史、地理、生物学和气象学等领域表现出深刻的见解。徐霞客在探察岩溶(喀斯特)地貌上成为世界先驱。《徐霞客游记》中关于岩溶地貌的描述超过十万字,通过广泛的野外考察,他不仅明确了各种岩溶地貌的名称,还探讨了其成因,并对这些地貌的地理分布及区域差异进行了详尽的研究。例如,他对广西、云南、贵州的山水有精确的描述和分析:"粤西之山,有纯石者,有间石者,各自分行独挺,不相混杂;滇南之山,皆土峰缭绕,间有缀石,亦十不一二,故环洼为多;黔南之山,则界于二者之间,独以逼耸见奇。滇山惟多土,故多壅流成海,而流多浑浊……粤山堆石,故多穿穴之流,而悉澄清,而黔流亦界于二者之间。"这一段描述不仅体现了徐霞客对地貌的细致观察,还展示了他如何通过观察明确不同地区的地理特征和水文条件,为后来的地理学和地质学研究提供了宝贵的实地数据和科学解释。

三、直叙情景的写作风格

(一)直接描写景物与情感,不借助修饰或夸张手法

在《徐霞客游记》中,徐霞客展现了一种独特的写作风格,直接描写景物与情感,不借助修饰或夸张手法,这种风格符合"记文排目编次,直叙情景,未尝刻画为文,而天趣旁流,自然奇警"(《潘序》)的原则。此种风格体现了学术研究中追求真实的品格,因为"文字质直,不事雕饰"是展现真实最有效的方式。钱谦益曾称赞《徐霞客游记》为"世间真文字、大文字、奇文字",说明徐霞客的文字具有真实性,同时具备深刻与奇特之美。这种直接叙述景物与情感的方式,虽难于曲折隐晦的表达,但徐霞客却以高超的技巧,自如地描绘出真实而又富有情感的景象。

在取材和构思上,《徐霞客游记》突出了新奇与特殊的自然景观,尤其是西南地区的山水,这些内容占据了书中约九成的篇幅。徐霞客偏爱记录那些鲜为人知的自然奇观,如云南硫塘的描述:"溯小溪而上,半里,坡间烟势更大,见石坡平突,东北开一穴,如仰口而张其上颚,其

中下绾如喉，水与气从中喷出，如有炉橐鼓风煽焰于下，水一沸跃，一停伏，作呼吸状；跃出之势，风水交迫，喷若发机，声如吼虎，其高数尺，坠涧下流，犹热若探汤；或跃时，风从中卷，水辄旁射，揽人于数尺外，飞沫犹烁人面也。"这些详尽的记录不仅增加了文学作品的艺术性，也体现了其科学性，使《徐霞客游记》在艺术与科学方面得以统一。

（二）继承写实主义风格，使用白描技法

在《徐霞客游记》中，徐霞客继承并发扬了自魏晋南北朝以来的写实主义风格，使白描技法得以充分展现。魏晋南北朝时期，文人追求的写作原则为"文贵形似"，强调"巧言切状"和"曲写毫芥"，以精确描绘景物的真实细节。这种写作风格体现了文人对新发现的自然景观的浓厚兴趣以及对通过文字重现自然美的自我欣赏。到了唐宋时期，文人的山水审美重心由对客观景物的描述转向了主观情感的表达，景物描写不再以客观再现为主，而是趋向于情景交融的意境美。这一转变导致景物描写中人为美化和抒情意味的增加，如柳宗元对钴𬭎潭的描述，尽管美丽绝伦，但徐霞客实地考察后发现，实景与文中所述大相径庭，反映出柳宗元的创作更多的是情感先行，而非严格的写实。

徐霞客虽然继承了魏晋南北朝的写实主义风格，但也融入了唐宋"景中有情"的写作经验，使得其探险经历和审美情感能够自然地融入景物描写中。其虽多用白描手法，却无魏晋南北朝时期的烦琐与呆板，读者仿佛置身于描绘的场景中，感受自然的奇妙与美好。例如，徐霞客对云南龙潭水流向的描写："仰睇洞顶，上层复裂通于门外。门之上，若桥之横于前，其上复流光内映，第高穹之极，下层石影氤氲，若浮云之上承明旭也。洞中流初平散而不深，随之深入数大，忽有突石中踞，浮于水面。其内则渊然深汇，旁薄崖根，不能溯入矣。……入其内（上层洞），为龛为窝，为台为榭，俱浮空内向。内俯洞底，波涛破峡，如玉龙负舟，与洞顶之垂幄悬帔，昔仰望之而隐隐者，兹如缨络随身，幢幡覆影矣，

与蹑云驾鹤又何异乎？"通过详细的描述和比喻，徐霞客巧妙地将读者引入场景，展示了景物的层次和动态变化。

徐霞客的创作不仅展现了细致的描述，还巧妙地运用了比喻、拟人、排比、想象和通感等多种修辞手法，增强了文字的表现力。此外，他在描述壮观景象时特别注重构图的层次感，通过调整远景、近景和特景，展示了名胜的全景之美，如其对于黄山光明顶的描述："余如言登顶，则天都、莲花并肩其前，翠微、三海门环绕于后；下瞰绝壁峭岬，罗列坞中，即丞报原也。顶前一石，伏而复起，势若中断，独悬坞中。上有怪松盘盖。余侧身攀踞其上，而浔阳踞大顶相对，各夸胜绝。"这样的描写不仅清晰地呈现了景观的细节，也使得整体的视觉效果更为生动和立体。这种高超的写景技巧得到了《四库全书总目提要》的高度评价："既锐于搜寻，尤工于摹写。"

（三）即景抒情

在《徐霞客游记》中，徐霞客融合了丰富的情感表达，体现了"即景抒情"这一核心理念。其情感表述并非追求深邃或多言，而是简洁直接，真挚自然，由具体景象直接激发。这种方式有效地使景物充满活力，通过情感的点缀来增强景物的表现力，塑造了一种自然美与个人情感共鸣的山水美境。例如，在游历广西融县真仙洞时，徐霞客描述道："从澄澜回涌中，破空濛而入，诵谪仙（李白）'流水杳然，别有天地'句，洵若为余此日而亲道之也。既入重门，崆峒上涵，渊黛下潴，两旁俱有层窦盘空上嵌，荡映幌漾，回睇身之所入，与前之所向，明光皎然，彼此照耀。人耶仙耶？何以至此耶？俱不自知之矣！"通过借用李白的《山中问答》中的诗句，徐霞客展现了对美景的陶醉和对超凡脱俗状态的向往。

徐霞客在描述不同的自然景观时，均以其独特的情感体验来强化景观的审美价值。这些情感体验广泛而多变，从静谧的反思到激动的赞叹。

在他的笔下，有的景色令人思动，如"是日午后霁，至晚而碧空如洗，冰轮东上，神思耀然"；有的景色令人思静，如"夜同巢阿出寺，徘徊塔下，踞桥而坐，松阴塔影，隐现于雪痕月色之间，令人神思悄然"；有的景色能令人感到身心寒冷，如"回护洞门，门在山坳间，不甚轩豁，而森碧上交，清流出其下，不觉神骨俱冷"；还有的景色令人狂叫欲舞，如"四面岩壁环耸，遇朝阳霁色，鲜映层发，令人狂叫欲舞"。徐霞客的创作不仅生动描绘了景物，还通过情感的交织，使景致带有更深层的意义，从而增强了作品的艺术和情感深度。这种深刻的情感与景象的交融，不仅展现了徐霞客对美的独到理解和体验，也体现了他对自然界深刻的认识和赞叹。他的山水散文因此不只是对自然美的记录，更是一种情感和哲学的探索，使读者能够在他的文字中感受到山水的生命力和灵感的相互作用，从而深化了对景观的审美感受，达到了情景融合的艺术效果。

（四）自创描述自然景观的词汇系统

徐霞客在《徐霞客游记》中展示了卓越的语言运用能力，这在一定程度上缓解了叙述山水难题中的词汇约束问题。他通过广泛借鉴古典文献，吸纳民间俗语，并自创新词，形成了一个既准确又生动的描述自然景观的词汇系统。这使他能够以极少的笔触生动地描绘景物，展现出峻洁、沉雄与丰润的语言风格。

徐霞客的地质和地理知识十分丰富，这在他对自然景观的分类与描述中表现得尤为明显。在《鸡山志目》第二卷中，他按照"胜概本乎天，故随其发脉，自顶而下分"的原则，系统地分述了峰、岩、洞、台、石、岭、梯、谷、峡、箐、坪、林、泉、瀑、潭、涧、温泉等十七种不同的自然景观。其分述不仅全面而精确，还展示了内容的广博和条理的清晰。

在描述岩溶地貌时，由于地形的多样性和古代缺乏统一命名，常常使描述者难以精确表达。徐霞客应对这一挑战的方式是创造了一系列形象生动的地貌名词，如独秀峰、天生桥、透顶洞、落水坑、伏流、石珠、石尊、笋乳、玉柱等，这些词汇不仅形象具体，而且易于理解和使用。此外，徐霞客擅长使用动词来描述攀登或穿越险峻地形的动态场景，他用词精确而富有动感，使静态的景物仿佛获得了生命。例如，其对于黄山天都峰的描述："至天都侧，从流石蛇行而上，拳草牵棘，石块丛起则历块，石崖侧削则援崖。……日渐暮，遂前其足，手向后据地，坐而下脱；至险绝处，澄源并肩手相接。"这种描述不仅展示了徐霞客对动作细节的敏锐捕捉，也体现了其将静态景观转化为动态体验的能力。

在使用语言描述自然美景时，徐霞客展现了多样化的技巧，如使用鲜明的色彩词汇、拟声词和比喻来增强文本的表现力。这些语言技巧丰富了读者的视觉和听觉感受，加深了其对景观的感知和欣赏，如他描述的："其下喷雪奔雷，腾空震荡，耳目为之狂喜！坐久之，听洞底波声，忽如宏钟，忽如细响，令我神移志易。"这种生动的语言不仅描绘了壮丽的景观，还展现了作者当时的情感体验和哲理思考。

总的来说，《徐霞客游记》对生动如画的山川景致的描述是前所未有的。该作品的独到之处不仅体现在对山水景观形态的精准描绘上，如"其状山也，峰峦起伏，隐跃毫端；其状山也，源流曲折，轩腾纸上"，还体现在作者对山水的深刻鉴赏力、对自然的热情投入以及其创新的艺术表达上。《徐霞客游记》充分利用长篇日记体和游记体，展现了作者独特的个人风格，丰富了审美体验，并成功塑造了一种山水奇境。因此，《徐霞客游记》可谓集山水散文之大成，正如钱谦益在《徐霞客传》中所评价的那样，它可以称为"古今游记之最"。

第七章 清韵悠长——清代的山水文学

第一节 张煌言与黄宗羲的山水诗

一、张煌言

张煌言（1620—1664年），字玄著，号苍水，是鄞县（今宁波）人。他在明崇祯十五年（1642年）中举。他自幼性格坚毅，具有强烈的舍生取义精神。明朝灭亡后，张煌言坚守忠贞之志，拒绝归顺异族。在弘光元年（1645年）清军南侵之际，他起兵抗清，拥戴鲁王监国，以实现振兴中华的理想。期间，他被赐进士，加翰林院编修，兼任兵科左给事中，后晋升为右佥都御史，再迁为兵部右侍郎。当永历帝在云南时，派使者授张煌言为东阁大学士，兼任兵部尚书。1649年6月，张煌言攻克台州健跳所，并从福建迎接鲁王至此。同年10月，鲁王迁至舟山。尽管张煌言一生努力恢复明朝，但一直未能实现其雄心壮志。其最终于康熙三年（1664年）被俘，临刑前他作《绝命诗》来表达他壮志未酬的悲情："我年适五九，偏逢九月七。大厦已不支，成仁万事毕。"这首诗反映了他的忠诚与不屈。

张煌言的诗歌作品有《奇零草》和《采薇吟》。张煌言借诗表达对国事的看法和政治的忧虑，营造一种浓郁的情感氛围，追求一种悲壮的美感。特别是在《忆西湖》一诗中，张煌言借自然景观表达了自己坚定的人生意志和深切的感慨。西湖的美不仅仅在于其自然景色，更在于其丰富的人文背景。通过诗歌，张煌言不仅描述了自然景观，而且探索了历史人物如岳飞和于谦的价值观，使诗歌的意境和语义层次更为深远。此外，他的《月夜登普陀山二首·其二》以普陀山的宁静美景为起点，通过含蓄的语言达到深层的文化和哲学意涵，展示了景观与内在情感的和谐统一。而《新安溪行》通过描绘溪流和山景，表达了旅途中的离愁别绪，体现了自然与人文情感的交融。在古代诗学观念中，七绝诗的创作被视为一种高度的文学成就，张煌言的作品在此形式上亦有显著的艺术表现，通过简练而有深意的诗句，展现了作者对形式和内容的精妙把握。

张煌言的部分诗作描绘了他在战争间歇之时所看到的自然景致，这些景象不仅仅承载着他的情感，更构建了一种自足和愉悦的心境，展现了诗人对自然美景的陶醉。《重过桃渚》则更显诗人的艺术功力，其中虚实交融的景象和豪放的情怀共同营造了一种完美无瑕的美学体验："一棹天台依旧迷，重来秋爽足攀跻。苔衣糁糁髯偏美，石磴鳞鳞齿未齐。梦到赤城霞气近，感深沧海水声低。临流空作桃花想，愧杀仙源是武溪。"1659年，张煌言在安徽兵败后转战台州，随后居住在临海桃渚等地。

二、黄宗羲

黄宗羲（1610-1695年），字太冲，号南雷，晚年自称梨洲老人，出生于余姚。他曾是刘宗周的学生。在鲁王监国期间，黄宗羲加入了反抗清朝的义军，失败后选择隐居，淡出主流社会，并多次拒绝清朝的征召，保持其个人品节。他与顾炎武、王夫之是明清交替时期的三大思想家，著作丰富，包括《明儒学案》《宋元学案》《明夷待访录》等。《南雷诗历》存诗五百余首，其中《穷岛集》收录了他在清顺治六年（1649年）参与浙东海岛抗清活动期间的诗作。

黄宗羲，学识渊博，其间创作了《四明山志》，该命名源于山上的方石，四面似窗，能透过日月星辰之光。1640年，他游历天台山等地，并撰写了《台宕纪游》。到了1660年，他编写了《匡庐游录》，并在1664年完成了《今水经》。在《靳熊封游黄山诗文序》中，他讨论了自然山水与文学创作的关系。

方回在《瀛奎律髓》中表示，人们常通过历史诗歌来反映现实情况。黄宗羲的作品深刻反映了他所经历的社会变革，如《过法相寺》体现了他对历史兴衰的深刻感受。黄宗羲认为"山川有定形而无定情"（《黄山续志序》），如在《过塔子岭》中，他通过自然景象来表现内心的感伤，表达出人生无常的感慨。

黄宗羲的诗歌，尤其是《五月二十八日书诗人壁》，通过对自然和人情的深刻理解，创作出如江南烟雨般的水墨画面，既符合胡应麟在《诗薮·内编》中提出的"意当含蓄，语务春容"的美学要求，也体现了画家构图的妙境，情景交融，留给读者无限的想象空间。

第二节 朱彝尊、查慎行、厉鹗的诗文绮丽

一、朱彝尊

（一）朱彝尊的人生遭际与文学思想

朱彝尊（1629—1709年），字锡鬯，号竹垞，晚号小长芦钓鱼师，

生于秀水（现嘉兴）。朱彝尊早期怀有恢复明朝的雄图大志，入清初期多年漂泊。顺治十四年（1657年），他离开家乡前往岭南，两年后返回。在这段短暂的游幕过程中，他访问了多个著名古迹，如紫金山、采石矶、小孤山、大孤山、庐山、大庾岭、浈阳峡、香炉峡及大庙峡等，并对未能完成与罗浮山上的友人的约会感到遗憾，因此创作了《东莞客舍屈五过谭罗浮之胜因道阻不得游怅然有怀》三首诗。康熙六年（1667年），朱彝尊在王士祯的《王礼部诗序》中提道："盖自十余年来，南浮滇桂，东达汶济，西北极于汾晋云朔之间，其所交类皆幽忧失志之士。诵其歌诗，往往愤时嫉俗，多离骚变雅之体。"康熙十八年（1679年），他以布衣身份被选举为博学鸿词，担任翰林检讨，参与《明史》的编纂工作。其著有《曝书亭集》。

《四库全书总目》卷一七三《〈曝书亭集〉提要》中提出朱彝尊未进入翰林院前，已编撰《竹垞文类》，获得王士祯高度赞誉，尤其是其《南亭》《西射堂》《孤屿》《瞿溪》等篇章。然而，当时他的作品主要模仿樊王和孟郊，尚未完全展现个人特长。进入中年后，朱彝尊的学识更为广博，文风更加刚健，长篇作品和复杂韵脚表现出无穷的创新。其晚年的作品虽然自由奔放、天真烂漫，但稍显粗疏，缺乏精雕细琢。即便如此，也不应过于苛责。

陈衍在《题〈竹垞图〉》中对朱彝尊给予极高评价，认为他超越了同时代的许多学者，称其诗文风格大胆而不拘一格。朱彝尊在清初诗坛占据重要位置，与王士祯齐名，并称"南朱北王"。赵翼在《瓯北诗话》中提到，朱彝尊享有盛誉，与王士祯并肩，无人敢轻视。朱庭珍在《筱园诗话》中评价，朱彝尊的诗歌和古文都形成独特风格，诗作更是超越了当时的许多诗人，展现了他的卓越才能。

朱彝尊提倡词作应追求纯正而无瑕疵。他在《陈纬云〈红盐词〉序》中指出："词虽小技，昔之通儒巨公往往为之。盖有诗所难言者，委曲倚之于声。其辞愈微，而其旨愈远。盖言词者，假闺房儿女之言，通之于《离骚》、变《雅》之义，此尤不得志于时者，所宜寄情焉耳。"此外，他在《〈静惕堂词〉序》中也强调："倚声虽小道，当其为之，必崇尔雅，斥淫哇，极其能事，亦足昭宣六义，鼓吹元音。"朱彝尊认为词虽然是小技，但它有着独特的表达方式和深远的意义，因此值得认真对待和推崇。

（二）朱彝尊的山水诗作

朱彝尊晚年定居乡间，沉浸于山水之中，并不断自我锤炼，创作出许多精品。他在《〈荇溪诗集〉序》中自称："余舟车南北，突不暇黔，于游历之地，览观风尚，往往情为所移。一变而为《骚》诵，再变而为关塞之音，三变而为吴伧相杂，四变而为应制之体，五变而成放歌，六变而作渔师田父之语。"这一描述大致概括了他诗歌创作的不同阶段。随着生活环境的变化，朱彝尊的美学思想也随之发生转变。他的山水诗多描绘清秀的自然风光，表现出对艺术的自觉追求。山水之乐在他的诗歌中占据了中心地位，展现了他对自然的热爱和对山水之乐的追求。

《滩行口号六首》是朱彝尊精心创作的组诗，旨在融合豪情与诗意，"白鹭洲前动客愁，黄公滩畔驻行舟。谁开瘴岭天边路？惟有清江石上流"，"铜盘滩急水西东，两岸千山四面风。绝壁倒流巫峡雨，悬流直下石梁洪"，"黄茅峡外野人居，潭影空明漾碧虚。长箭短衣朝射虎，鸣榔持火夜罾鱼"，"断壑阴崖百丈牵，斜风细雨万山连。长年三老愁无力，羡杀南来下濑船"，"红霞深树岭云平，两桨戈船石罅行。浦口清猿催客泪，一时齐作断肠声"，"羊肠鸟道几千盘，设险宁惟十八滩。见说一滩高一丈，直从天上望南安"。这些诗篇生动地描绘了山水间的景观，各篇内容相互承接，构成了一个有机的整体，形成了一种错综复杂而和谐的多声部旋律。

朱彝尊晚年以山水为归所，其创作情感丰沛且溢于言表。《江行三首》之一即展示了丰富的色彩和华丽的辞藻："潮落江平宿富阳，船头新月下微霜。晓看乌柏红千树，树梢半山鸭脚黄。"在《渡钱塘》中，诗人通过精确的观察描绘了江景:"渡口乘潮漾北风,轻舟如马泊江东。明朝又是山阴道,身在千岩万壑中。"诗歌借助想象力实现了感情与景物的完美过渡,展现出深刻的情感。在《雨渡永嘉江夜入楠溪》中,朱彝尊深刻体现了山水诗的审美精神,给人以力的美感:"落日下崦嵫,飞雨自崇墉。驾言出北郭,泛舟横东江。近岫既凌缅,遥岑亦蒙笼。葱青水竹交,乃有樵径通。潜虬寒载蛰,海鸥夕来双。顾望云叶开,张星昏已中。荒岗响哀狄,枉渚遵轻鸿。故乡日已远,川路靡克终。寄言薜萝客,岁宴期来同。"而《舟中望柯山》通过精细的写实笔触描绘了山水,融入深沉的怀古意绪:"朝光丽华薄,清川荡浮澜。舣楫临江皋,流目肆遐观。丹葩眩重谷,素云冒层峦。我行既迟回,顾景多所欢。青林翳岩桂,香风过崇兰。空亭邈孤高,修竹自檀栾。缅怀古之人,知音良已难。"

朱庭珍在《筱园诗话》卷一中深入论述了山水诗的意义:"作山水诗者,以人心所得,与山水所得于天者互证,而潜会默悟,凝神于无朕之语,研虑于非想之天,以心体天地之心,以变穷造化之变。……必使山情水性,因绘声绘色而曲得其真,务期天巧地灵,借人工人籁而毕传其妙,则以人之性情通山水之性情,以人之精神合山水之精神,并与天地之性情、精神相通相合矣。……使读者因吾诗而如接山水之精神,恍得山水之情性,不惟胜画真形之图,真可移情卧游,若目睹焉。造诣至此,是谓人与天合,技也进于道矣。"朱彝尊的许多山水诗作确实能达到这种艺术层次。

查慎行在《曝书亭集序》中这样评价朱彝尊的诗歌创作:句斟字酌,力求典雅,鄙视流俗,不走宋代浅易之路。在山水诗方面,朱彝尊展现了其卓越的艺术才能,反复咏叹,屡出佳作。如《岭外归舟杂诗十六首·其三》:"枕外潮鸡报三更,朦胧月底暗潮生。客心最喜舟师健,贪趁朝霞半日晴。"此诗不仅描述了真实的自然景观,还展现了一种独特的韵致。《野外》:"秋草飞黄蝶,浮萍漾绿池。南楼夜吹笛,寥落故园思。"此诗中朱彝尊没有简单地咏物,而是通过对自然景观的精细勾勒快速转

向抒发情感，一字不闲。《雨后即事二首·其一》中则写道："暑雨凉初过，高云薄未归。冷冷山溜遍，淅淅野风微。日气晴虹断，霞光白鸟飞。农人乍相见，欢笑款柴扉。"这首诗通过首联引出主题，点染秋意，合理安排意象，增强了诗歌的立体感。全诗洋溢着摩诘般的韵味，诗境清幽，尾句虽略显平常，但整体上依旧显得高雅而深远。

朱彝尊的山水词展现了其深厚的艺术造诣，如其《满江红·钱塘观潮》中的描述："罗刹江空，设险有、海门双阙。日未午，樟亭一望，树多于发。乍见云涛银屋涌，俄顷地轴轰雷发。算阴阳，呼吸本天然，分吴越。遗庙古，余霜雪；残碑在，无年月。迓扬波重水，后先奇绝。齐向属镂锋下死，英魂毅魄难消歇。趁高秋、白马素车来，同弭节。"词中通过捕捉极具表现力的场景，展现出深邃的艺术理解和澎湃的气势。此外，朱彝尊的集句词《蝶恋花·钱塘观潮》也充满了诗意："枫浦客来烟未散（许浑），如诉如言（罗隐），渐落分行雁（李峤）。解道澄江静如练（李白），风翻白浪花千片（白居易）。细雨湿衣看不见（刘长卿），浩汗连绵（张希复），地阔平沙岸（杜甫）。信宿渔人还泛泛（同上），富阳山底樟亭畔（白居易）。"即使是利用历代诗人的句子构成新的作品，朱彝尊也能通过其精湛的词艺，使观景之情生动传达。

二、查慎行

（一）查慎行的人生之路

查慎行（1650—1727年），原名嗣琏，字夏重，后更名为慎行，字悔余，号他山，又号查田，海宁人士。康熙二十八年（1689年）因长生殿事件而改名，少问世事。康熙四十二年（1703年）特赐进士身份，任翰林院编修。查慎行深受苏轼影响，晚年取苏轼《龟山》诗"身行万里半天下，僧卧一庵初白头"之意，建立初白庵居住，号初白老人。他经历了世态炎凉，情感趋于平和，具有深刻的感悟，如《三闾祠》中所言：

"莫嫌举世无知己，未有庸人不忌才。"在《桃源舟中》中，查慎行表达了对人间好境的向往："路比仙源迥不同，恍于此地作渔翁。帆移柳岸云浮白，日射芦村雾吐红。直与迴肠纾郁结，放散双眼破鸿蒙。人间好境难多得，生怕明朝又逆风。"首联平缓起笔，颔联紧承其后，对仗工整，尾联显现真情实感，非泛泛之谈，同时保持情感表达的节制与内敛。《雨过桐江严滩》也显示了诗人对生活境遇的真切感受："江势西来弯复弯，乍惊风物异乡关。百家小聚还成县，三面无城却倚山。帆影依依枫叶外，滩声汨汨碓床间。雨蓑烟笠严陵近，惭愧清流映客颜。"此诗透露出诗人对归属的独特认知与体验。查慎行著有《敬业堂集》。

在《近游集》的小序中，查慎行述说了自己的游历经验："余自己未至今，南北往还，约计七万里，将收游踪，自远而近，兹集所以志也。"《清史稿·文苑传》中记载，查慎行在游历各地时，常常吟咏。郑方坤在《国朝名家诗钞小传》中提到，查慎行年轻时从军，穿梭于牂牁和夜郎等地，涉足齐、鲁、燕、赵、梁、宋等区域，从邮亭到驿站，其诗作几乎遍及所到之处。他曾到过彭蠡湖，经过洞庭湖，登顶匡庐山五老峰，探访武夷山九曲溪，寻找无诸的故址，追溯尉迟恭的足迹。在江山神助下，他的诗作愈发丰富且具奇特性。癸未年成为进士后被选为翰林，不久接受特命，被召至内廷供奉。在随皇帝西巡期间，他边赋诗边记录，去过许多诗人未曾涉足的奇境，从而在五言与七言诗中展现了惊人的见解和宏大的视野。

（二）查慎行的诗艺追求

查慎行的山水诗深刻融合了他对世界和生命的独特见解，体现了丰富的内涵，并在感悟宇宙与人生的大道中融入了对社会历史的理性思考，同时展现了其独特的艺术个性。如李重华在《贞一斋诗说》中所言："吟咏先须择题；运用先须选料。不择题则俗物先能秽目；不选料则粗材安足动人？"这种思考体现在他的诗作中，如《七里泷》："泷中乱峰高插

第七章　清韵悠长——清代的山水文学

天，泷中急水折复旋。泷中竹树青如烟，白龙倒垂尾蜿蜒。泄云喷雾为飞泉，晴光一线忽射穿。雨点白昼打客船，船行无风七十里。一日看山柁楼底，人人镜中品真谛。"此诗通过富春江的景象引发了诗人关于人生真谛的深层思考，有隐微的内涵，达到了特定的艺术效果。《度仙霞关题天雨庵壁》则是一个融合了写景、纪游与感怀的作品，自然地展现了诗人内心的淑世情怀。诗中利用时间和空间的变幻来表达诗人的婉转情思，加深了主题的深度，既追忆过去，又关注当下，体现了理性之美："虎啸猿啼万壑哀，北风吹雨过山来。人从井底盘旋上，天向关门豁达开。地险昔曾资剧贼，时平谁敢说雄才。一茶好领闲憎意，知是芒鞋到几回。"写山水之乐的作品也不少。如《舟中望江郎山》："碓床石濑响泠泠，爱入归人旧耳听。岸草绿痕移蟋蟀，水花红影带蜻蜓。樵争晓市秋初寄，风转荒湾棹一停。云雾不遮南望眼，三峰回首逼天青。"此诗从细微的景观入手，逐步展开，通过时空的拓展表现出安闲而从容的态度，尾联振奋，展现了完整的境界。

查慎行在《自题〈庐山纪游集〉后》中表达了自己对诗歌创作的态度："偶然兴至或留题，聊借微吟豁胸臆。诗成直述目所睹，老矣焉能事文饰。"他的诗歌创作受到文坛前辈黄宗羲的指导，汲取唐宋诗风，吸收香山、放翁的诗学精髓，力图创造独自的风格，并在艺术上不断探索。袁枚在《随园诗话》卷八中评价了查慎行的诗歌："查他山先生诗，以白描擅长；将诗比画，其宋之李伯时乎？"赵翼在《瓯北诗话》卷十中赞扬其诗，"随事随人，各如其量，肖物能工，用意必切"，并指出"要其功力之深，则香山、放翁后一人而已"。

查慎行的诗作多采用白描手法，追求"老夫新句亦平平，要与诗家除粉绘"（《雨中发常熟回望虞山》），力求诗情画意相融，其作品既深婉又沉挚。例如《晚窗即目》："变态多从咫尺看，只争浓淡浅深间。斜阳已落月未上，烟外数峰如远山。"诗中通过细腻的描写，传达了返璞归真的感受。查慎行的诗歌含义深远而隐晦，追求一种悠然自得的清淡韵味。

赵翼在《瓯北诗话》卷十中所说："初白好议论，而专用白描，则宜短节促调，以遒紧见工，乃古诗动千百言，而无典故驱驾，便似单薄。"[①]

查慎行的《十月朔五更鹰窠顶观日出》可以表现出他在长篇诗歌方面的才华："兴会所到，酣嬉淋漓，力大于身，虽长而不觉其冗矣。"《严州》展示了他对诗情意境的自然抒发："过城滩更急，直下汇分流。树色含双塔，山形豁一州。炭烟浓傍坞，樵径细通舟。风日晴犹好，初冬似晚秋。"从简单的地理描写到深入的情感表达，诗歌逐渐展开，最后自然地引出深层的感悟。

三、厉鹗

（一）厉鹗的奇特人生

厉鹗（1692—1752年），字太鸿，别字雄飞，号樊榭，生于钱塘（现杭州）。据郑沄修和邵晋涵编纂的《乾隆杭州府志》卷五十二《风俗》记载："钱塘为前代之遗都，风气清美，有山川台榭之胜。"厉鹗在这样的文化氛围中成长，从少年时期便酷爱阅读，尤其喜爱宋元以来的丛书与稗官野史。康熙五十九年（1720年），厉鹗经由李绂的推荐，以举人身份赴京参加科举，但未能中试。到了乾隆元年（1736年），他被推荐参加博学鸿词科考试，但因违反常规先写论文后作诗，导致再次落榜。厉鹗的《初寒》表达了他对逍遥自在生活的向往："何当携酒瓢，东郊看黄落。直追斜川游，不羡爽鸠乐。"厉鹗的晚年生活更显隐逸，这一点在《移居四首·其一》有所体现："南湖结隐八年余，又向东城赋卜居。颇爱平桥通小市，也多乔木映清渠。"尽管生活充满坎坷，但这些困难并没有磨灭他的才华和灵性。

厉鹗一生都在坚持特立独行的生活与创作方式。正如他在《〈疏寮

[①] 赵翼．瓯北诗话[M]．霍松林，胡主佑，校点．北京：人民文学出版社，1963：160.

集〉序》中所述:"遇一胜境,则必鼓棹而登,足之所涉,必寓诸目,目之所睹,必识诸心。"他将日常生活的观察与体验融入诗歌创作之中,持续地通过艺术冲动来抒写性灵,通过赞美自然山水来寄托个人的情感,其作品往往以独特的构思取胜。陈康祺在《郎潜纪闻二笔》卷七中记载了厉鹗的行为特点:"尝曳步缓行,仰天摇首,虽在衢巷,时见吟咏之意,市人望见遥避之,呼为'诗魔'。"全祖望在《厉樊榭墓碣铭》中描述厉鹗:"其人孤瘦枯寒,于世事绝不谙,又卞急不能随人曲折,率意而行,毕生以觅句为自得。"

厉鹗也在自己作品中反复提及自己的性格和生活方式,如在《十一月一日自西溪泛舟之余杭》中写道"性拙见山喜,匹如痼疾失",表达了他对自然的热爱;在《西溪巢泉上作》中表达"玩溪遂穷源,东峰屡向背",描绘了他探索自然的过程;在《八月十八日同敬身观潮》中提道"欲学罗郎无赋笔,老大胸次尚峥嵘",显示了他对艺术追求的执着;在为其弟子江沅所作的《〈盘西纪游集〉序》中自述"仆性喜为游历诗,搜奇抉险,往往有得意之句",进一步体现了他对探险与创作的热情。在《六十生日答吴苇村见贻之作》中,厉鹗更全面地反思了自己的人生:"我生少孤露,力学恨不早。屡躯复多病,肤理久枯槁。干进懒无术,退耕苦难饱。帐下弟温岐,归敝庐孟浩。风尘耻作吏,山水事幽讨。结托贤友生,耽吟忘潦倒。"此诗深刻表达了他对个人生活境遇的感慨以及对自由生活的向往。

厉鹗的著作包括《樊榭山房集》以及《宋诗纪事》等。

(二)厉诗的主体内容

厉鹗将其一生的心力投注于诗歌的创作与诗艺的探讨中。他的诗作多描绘家乡杭州的美丽山水,不仅仅是对自然景观的写实,更通过细腻的情感表达和复杂的心理描写,感物怀人,以此来拓展和加深情感的层次。例如,诗句"平生湖山邻"(摘自《湖上拟游龙井不果寄汪大舆》)

表现了诗人与自然景观的紧密联系，而"平生未了山游债"（摘自《晓行皋亭道中》）反映了他对山水游的渴望。在厉鹗的心中，西湖不只是一个美丽的景点，还深植于他心中，成为家乡的象征。他的山水诗捕捉了西湖一年四季的不同景致和远近的风光变化，通过主观的体验形成了一种审美的结晶。例如《游无门洞》："阴窦绝曦景，石雨垂痴龙。白云懒不收，缭绕东岩松。定僧涌壁像，海众惊灵踪。藤花拂又落，瞑闻烟际钟。"诗歌在吟咏山水的同时寄寓情理意趣，《雨后坐孤山》亦表达了诗人内心深处的情感，并留给读者深思的空间："林峦幽处好亭台，上下天光雨洗开。小艇净分山影去，生衣凉约树声来。能耽清景须知足，若逐浮云愧不才。谁见石阑频徙倚，斜阳满地照青苔。"此外，厉鹗在《雨中泛舟三潭同沈确士作》中通过细腻的描写和象征的运用，增强了情感的表达力："一雨湖山破清晓，云外诸峰殊杳杳。问谁著眼到空蒙，只有斜风吹白鸟。斜风忽断縠文铺，坏塔平林乍有无。浓拖高柳三升墨，乱打新荷万斛珠。画船低似荷花屋，瑟瑟梢梢闲芦竹。可惜今宵五月寒，不同我友三潭宿。"这些作品展现了厉鹗深厚的文学功底。

（三）厉诗的冷峭之风

风格是个人性格的直接表达。性格的差异自然导致文风的不同。一个作家的风格正是他内心世界的真实写照。因此，若一个人希望其文风清晰，他必须思路清晰；若欲表达雄伟的风格，他需拥有雄伟的人格。厉诗的风格清新优雅，与众不同，展现了其创作上的独特追求，形成了属于自己的独特的艺术风格。汪韩门在《樊榭山房集》的跋中评价道："蹊径幽微，取材新则有独得之奇。"李慈铭在《越缦堂读书记》卷八中评价道："先生取格幽邃，吐词清嘉，善写林壑难状之景。"如诗《灵隐寺月夜》选择了清冷忧郁色彩的景象，意象丰富："夜寒香界白，涧曲寺门通。月在众峰顶，泉流乱叶中。一灯群动息，孤磬四天空。归路畏逢虎，况闻泉下风。"《人日游南湖慧云寺二首·其一》，用隐秘的笔法表达复杂情感，具有险僻曲折之美："南湖春水绿温暾，老柳生稊竹有孙。头白僧闲能引路，斜阳挂处指三门。"《夕次石门》："望望石门县，秋烟路欲迷。村深忘远近，月出辨东西。桑影过桥密，虫声傍水低。吾衰怯风露，敢复暝鸦栖。"《初夏放歌至孤山》《南湖雨中》等都是诗人的惊世之作，意境朴实。

《理安寺》表达了一种难以排解的忧郁情感："老禅伏虎处，遗迹在涧西。岩翠多冷光，竹禽无惊啼。僧楼满落叶，幽思穷扳跻。穿林日堕规，泉咽风凄凄。"沈德潜对此诗的评价为"寒翠欲滴，野禽无声，非此神来之笔，不能传写。"[①]《七里滩钓台下作》在现实与历史之间灵活穿梭，虽场景变幻，情感却始终如一："山入严滩合沓遮，滩声尽日走云沙。禽鱼不解留行客，乡里唯闻重钓家。袅袅凉风帆影转，层层僧舍竹光斜。补唇晞发诗魂在，搜遍枯肠自煮茶。"王微在《与从弟僧绰书》中指出："文词不怨思抑扬，则流淡无味。"厉鹗的许多作品属于"怨思抑扬"类型，以宋调为主，展现了精心雕琢的艺术风格。如《秋夜听潮歌寄吴尺凫》："城东夜月悬群木，汹汹涛声欲崩屋。披衣起坐心茫然，秋来此声年复年。壮心一和《小海唱》，二毛不觉盈吾颠。胸中云梦吞八九，要挽天河斟北斗。倏忽晴空风雨来，杳冥水府神灵走。时哉会见沧溟立，自是乾坤有呼吸。轩辕张乐万耳聋，洞庭天远鱼龙泣。须臾声从静里消，一虿独语星萧萧。天明作歌寄吴子，想子中宵夜听潮。"在《〈盘西纪游集〉序》中，厉鹗强调："辞未必经人道，而适得情景之真，斯为难耳。"他的创作充分践行了自己的文学理念。《归舟江行望燕子矶作》追求瞬间与永恒的和谐统一，审美主体也完全沉浸在对象之中："石势浑如掠水飞，渔罾绝壁挂清晖。俯江亭上何人坐？看我扁舟望翠微。"其后两句受到杜甫《月夜》的启发，逆转突起，推动诗意更深一层，同时增强了作品的生动性与真实感。

---

① 沈德潜. 清诗别裁集[M]. 上海：上海古籍出版社，1984：971.

（四）厉诗的地位认定

盛昱在《题〈樊榭山房诗〉》中提道："《樊榭山房》版屡新。"这表明厉鹗的诗名远播，尤其在山水诗领域展现了非凡的才华。《四库全书总目》卷一七三《〈樊榭山房集〉提要》评价了他的诗风："其诗则吐属娴雅，有修洁自喜之致，绝不染南宋江湖末派。虽才力富健尚未能与朱彝尊等抗行，而恬吟密咏，绰有余思，视国初'西泠十子'则翛然远矣。"从现代视角看，其部分作品可视为荒野写作的范例。全祖望在《厉樊榭墓碣铭》中评价他"最长于游山之什，冥搜象物，留连光景，清妙轶群"，这可以视为对诗人一生的定评。《清史稿·文苑传》对厉鹗诗作的评价为"幽新隽妙，刻琢研炼，尤工五言，取法陶、谢、王、孟、韦、柳，而有自得之趣。"然而，厉鹗的诗歌视野往往偏向一角，志趣颇为单一，多表达清苦幽僻的个人情感，虽具阴柔之美，但难免带有意旨枯涩之弊，个别作品甚至显得艰深难懂。袁枚在《随园诗话》卷九中提道："吾乡诗有浙派，好用替代字，盖始于宋人，而成于厉樊榭。……樊榭在扬州马秋玉家，所见说部书多，好用僻典及零碎故事。"袁枚还强调："先生之诗，佳处全不在是。"[①]

厉鹗的山水词展现了其深厚的情感，如他在《摸鱼儿·得汪舍亭婺州晚春见怀诗用蜕岩韵答之》中所言"平生我亦多情者"，反映了他丰富的情感世界。在《百字令·月夜过七里滩》中，他巧妙地表达了人生的经历和复杂的情感："秋光今夜，向桐江，为写当年高躅。风露皆非人间有，自坐船头吹竹。万籁生山，一星在水，鹤梦疑重续。挐音遥去，西岩渔父初宿。心忆汐社沉埋，清狂不见，使我音容独。寂寂冷萤三四点，穿过前湾茅屋。林净藏烟，峰危限月，帆影摇空绿。随风飘荡，白云还卧深谷。"《齐天乐·吴山望隔江雾雪》："瘦筇如唤登临去，江平雪晴风小。湿锚楼台，酿寒城阙，不见春红吹到。微茫越峤，但半沍云根，

[①] 袁枚.随园诗话[M].王辉，编译.西安：三秦出版社，2008：239.

半销沙草。为问鸥边,而今可有晋时棹?清愁几番自遣,故人稀笑语,相忆多少!寂寂寥寥,朝朝暮暮,吟得梅花俱恼。将花插帽,向第一峰头,倚空长啸。忽展斜阳,玉龙天际绕。"此词在幽静的氛围中展现了跌宕的气势,词意的展开和转折扩展了历史空间,使得整首作品生动自然。《惜余春慢·戊戌三月二十二日汎湖用清真韵》的细腻描写也展示了词人的精湛技艺:"绿遍山腰,青回沙尾,花信几风吹断。屏间鸟度,镜里舟移,乍试苎衫绡扇。常把禅机破除,难负春妍,流光如箭。正蘅皋税驾,袜尘不动,黛明波远。看渐是、弱絮萦烟,新荷铸水,丽景一番熏染。初啼鸠后,将噪蝉前,池阁嫩晴千变。谁道凭阑有人,暗忆年华,自怜幽倩。且停桡浅酌,霏雨沾衣数点。"《西江月·秋晚同懈谷登烟雨楼》多以景写情:"浮玉塔前风色,销金锅畔晴澜。都来收拾一楼间,只少青山数点。望眼苍黄越树,醉魂清冷吴天。柳边犹系五湖船,西子烟中去远。"

吴锡麒在《〈樊石琴词〉序》中称厉鹗为词坛大宗:"盖其幽深窈渺之思,洁静精微之旨,远绪相引,虚籁相生,秀水(朱彝尊)以来,厥风斯畅。"而陈廷焯在《白雨斋词话》卷四中评价道:"厉樊榭词,幽香冷艳,如万花谷中,杂以芳兰。在国朝词人中,可谓超然独绝者矣。"同时他指出:"樊榭词拔帜于陈、朱之外,窈曲幽深,自是高境。然其幽深处,在貌而不在骨,绝非从楚骚来。故色泽甚饶,而沉厚之味终不足也。"其均为有识之论。

厉鹗的诗作以清新俊逸、圆润秀丽著称,美中不足的地方也正源于此,常在追求外在美感时,忽视了诗的深度和力度,缺乏雄浑的气魄,与古人的距离愈发遥远。

第三节　齐周华的山水散文情趣

一、齐周华的奇特人生

齐周华（1698—1767年），字漆若，号巨山，天台人，诸生。雍正七年（1729年），因上书为吕留良案辩冤入狱，乾隆元年（1736年）大赦出狱。此后，他游历名山大川三十余年，在《遁溪山房记》中自称："南遁于普陀，东遁于雁宕，西遁于湖；在粤遁于桂林，在黔遁于波云、飞云，在吴遁于金山、茅山，在楚遁于衡岳、武当，在豫遁于嵩。去年过秦，遁于太白、终南。今虽息游华岳，未知明年又遁于何处？"他在旅游途中表现出一种探险精神，正如陈钟斑在《序》中所说："生平足迹之所到，苟有异境，虽为人物色之所不及，亦不惮穷幽凿险以求之。"

在山水游历中，齐周华获得了精神上的慰藉，并丰富了他的生命体验。如《台岳天台山游记》中所述："历代不乏好游之君子，或迫程期，或艰斧资，或一知半解，偶然适应，或风催雨阻，不能称心。更或多携牲酒朋从，任情骄恣，腥秽僧寮，仅随舆人脚跟所转，以博高雅之虚名，宁不为山灵所唾乎！"齐周华晚年生活凄凉，乾隆三十二年（1767年）因著作"悖逆谬妄"而遭极刑。辛亥革命后，他与黄宗羲、杭世骏、吕留良共同被祀于西湖"四贤祠"。其著有《名山藏副本》。

齐周华一生坚守气节，奇崛耿介，表现出强烈的反传统精神和对生命自由的追求。李贽在《杂说》中论述："且夫世之真能文者，比者初皆非有意于为文也。其胸中有如许无状可怪之事，其喉间有如许欲吐而不敢吐之物，其口头又时时有许多欲语而莫可告语之处，蓄极积久，势不能遏。一旦见景生情，触目兴叹；夺他人之酒杯，浇自己之块垒；诉心中之不平，感奇数于千载。"一生追求自由抒写性灵的齐周华具有狷介人格，足当此论。

二、齐周华山水散文的情理世界

刘文潭在《西洋美学古今谈》中指出："以今日之眼光视之，艺术之活动出乎人类之一种基本的需要：艺术之创造乃艺术家本性之表现，它并非法则与技巧之产物。"情感美是诗美的灵魂。才情卓越的齐周华全身心投入山水审美，纵情游历山水佳胜，追求自由任达的创作态度，其山水游记多采用即目触兴的写实手法，表现其人生感受，洋溢着生命的激情，蕴含着作家独特的情感内涵和精神强度。

《台岳天台山游记》以深情的语言描绘家乡风貌："凡一丘一壑、一草一木，靡不搜剔无遗，而又有秘思巨笔，细入大含。发前人之所未发，详前人之所未详，俾诸景——灿之毫端。"这一描述展现了齐周华对家乡自然景观的细致观察和深厚情感。《台岳天台山游记》中对赤城山的一段构想，典型地体现了齐周华散文中独特的思维特征："夫赤城虽极挺拔，而才气太露，烟火未除……予窃有补景之想，思遣五丁力士，佐以秦皇驱山金铎，移大山障其前，凿国清之水绕其足，岸旁植以桃柳松竹，曲径穿林，斜桥卧涧，层峦夹澄泓而对耸，使游人染紫拖青，荡舟岩下，仰而看青天，回身入洞天，是为快也。"这段文字不仅展示了他对赤城山景色的深刻理解和独特构想，也反映了他在创作中高度的想象力和艺术追求。

三、齐周华山水散文的美学意义

齐周华一生访奇览胜，深刻体验到自然中所蕴藏的美感，并将这些感悟化入诗文，作品气雄而力坚。他在《台岳天台山游记》中写道："远眺溟渤，水色连天，四顾空蒙，杳渺无际。宿台中观日，俟东方微明，但见金霞缕缕，间以青气，日轮欲起，如金在熔，摩荡再三，始升天际。

其初升也，体圆忽长，等卵黄之欲流；其既升也，则仍然一规，色兼红紫，轮似加大，及再升，反似渐小，却光芒刺目，不可正视。"这一段生动描绘了天台山日出的壮丽景象，集中体现了作者对家乡风貌的深情厚谊。

诗歌艺术不仅是对自然美的复写，还是对美的自然的创造。齐周华的作品达到了这一境界，他在山水游记中常常情不自禁地以诗抒情，诗艺亦有成。例如，在《石梁》一诗中，他写道："烦恼无端有，登亭气即清。深尝世路险，翻觉石梁平。触景头头悟，看僧个个行。昙花香入梦，殊愧负前生。"这首诗通过虚化山水物象，融入了诗人的身世感受，立论坚实，情绪跌宕，直白的言辞中含有深意，自具远韵绝响。

陈知柔也写了《石梁》一诗，具体内容如下："巨石横空岂偶然，万雷奔壑有飞泉。好山雄压三千界，幽处常栖五百仙。云际楼台深夜见，雨中钟鼓隔溪传。我来不作声闻想，聊试茶瓯一味禅。"尾联诗情陡转，表现出哲理式的感悟，抒发了深刻的社会情感。而齐周华的《铜壶滴漏》展示了诗人的细腻思维和奇妙运思："古石青铜色，团团似玉壶。巨灵穿一指，鲛室喷千珠。漏滴龙楼晓，声喧鲸口呼。深知造花妙，原不假锤炉。"

齐周华的山水诗文实现了这一审美目标。刘大概在《论文偶记》中提道："文贵品藻，无品藻便不成文字。如曰浑，曰浩，曰雄，曰奇，曰顿挫，曰跌宕之类，不可胜数。"齐周华开拓了属于自己的艺术空间，充分展示了他的艺术造诣和独特风格。

第四节 姚燮的山水书心

一、姚燮生平

姚燮（1805～1865年），字梅伯，晚号复庄，又自署野桥、上湖生、疏影词史等，虽然在中国文学史上不属于顶尖大家，但从明清到近代文学史中，他以卓越的才华获得了极高的评价，并在诗界赢得了一席之地。他出生于浙江宁波府镇海县的一个小官家庭，自幼受到良好教育，涉猎广泛，从经典文献到小说，再到道教与佛教的书籍，无不精通，"绝人之资，读书恒十行下"。在通过科举考试成为孝廉后，他与各地名士广泛交往，被誉为"镇海姚生"。1828年，姚燮在宁波府城与厉志等人成立了枕湖吟社。其人际网络非常广泛，无论在家乡还是外地都有许多密友，与他们在思想和文学上相互影响，交往的知名人士包括魏源、梅曾亮、何绍基、鲁一同等。姚燮的前半生遵循了传统封建士人的道路，通过科举考试寻求功名以维持生计并实现个人理想。然而，自1834年中举之后，他接连五次参加会试均未成功，最终决定放弃仕途，这段经历给他的心灵带来了深刻的痛苦与遗憾。

姚燮一生经历了清朝道光和咸丰时期，这段时间最初还属于康乾盛世的末期，他的家庭生活相对安逸。但随着太平天国的兴起和外国帝国主义的侵入，整个封建社会面临巨大的冲击。他亲历了鸦片战争的爆发，见证了外国势力的入侵和清政府的无力回天，这些事件对他产生了深远的影响。国家的危机和个人的不幸交织在一起，这种复杂的情感体验深刻地渗透到了他的诗歌创作中。姚燮的后半生充满了艰辛，但他依旧秉承了中国知识分子的传统，积极关注社会现实，并表达了深厚的忧国忧民情感。他创作了不少反映个人失意和社会边缘感的作品,也写下了许多描绘平民疾苦的诗篇,如《无米行》《后无米行》《战城南》,以及揭示帝国主义残酷行径的作品,如《捉夫谣》《太守门》《兵巡街》等。此外,他的长篇叙事诗《双鸠篇》批判了封建制度的罪恶。因此,现代文学研究者普遍认为姚燮是一位现实主义作家,也将他视为近代的爱国主义作家之一。

二、姚燮的山水诗

姚燮一生主要活动在宁波、苏州、杭州和上海等地。这些地区的秀丽山水为他的诗作提供了丰富的创作灵感,特别是在其山水诗的构思与描绘上,可谓受益于"江山之助"。姚燮的山水诗多取材于他亲自游历的地方,如普陀、四明等地,这些诗作不仅具有鲜明的地域特征,而且反映了他对家乡自然风光的深厚感情。这些描绘家乡山水的诗作大多在姚燮三十岁前创作,那时他家境富裕,社会环境相对稳定,使得他能够享受宁静安详的生活,有充足的时间与精力游山玩水、观赏自然。这段时期的山水诗多属纪游类,以纯粹的审美角度来呈现自然景观。

姚燮的诗歌理论并没有集中在专门的著作中呈现,而是分散在他的序跋和诗作之中。他提倡"诗道性情",主张诗歌应是个体情感的自我表达。在《复庄手定总目跋》中,姚燮表述了这一观点:"诗以道性情,苟不诗,性情何所寄?"这强调了诗歌作为个人情感表达载体的重要性。他所讨论的"性情"不是孤立的,而是应当与广博的学识相结合,他在同一文中引用陈骏孙的观点,强调自己的诗歌融合了丰富的学问与深切的情感。在创作方法上,姚燮倡导学习并效仿古代诗歌的传统,这显示出他的复古倾向,但他也强调创作不应仅仅是盲目模仿。如《问己斋文钞》中提到,他认为"法古"是诗歌创作的根基,但应超越单纯模仿,达到"性情"与"学问"相结合的艺术高度。关于诗歌的功能,姚燮认为诗歌不仅是个人情感的寄托，还应具备"润色太平"的社会作用，这一观点在他的诗作《书韩生起钓诗草后即赠》中得到了明确体现。他期望诗歌不仅能表达个人情绪，也能启迪和照亮社会，这显示了他的诗歌观中仍深植传统儒家的教化理念。

钱仲联对姚燮的山水诗有着详尽的评述，特别强调了姚燮对普陀山和四明山的描绘。钱仲联认为，姚燮的写景技巧非常精湛，特别是在表达深刻情感和进行艺术处理方面表现出独到之处。[1]普陀山作为"海上仙山"及佛教圣地的灵性和自然之美，是难以用常规的诗笔描绘的，但姚燮却能以其卓越的才能生动地捕捉并表达这种美妙的异境。在姚燮的作品如《笑天狮子岭》《达摩峰》《青鼓磊》等中，他的独特且生动的笔触不仅展现了对家乡自然景观的深爱，还深刻捕捉了景物的精神内涵。以《笑天狮子岭》为例，诗中使用"大闽""干城"等词展示了宏大的气势，而对狮子岭狮子形状的描述和赋予其勇猛的精神，让这座无生命的山岭仿佛具有了生命。尤其在诗的结尾，通过对景物的奇特想象，展示了一种独到的美学风格。钱仲联的评价突出了姚燮诗中的雄健气质与沉稳的思考力，他的能力体现在将难以形容的自然景观通过诗歌生动地表现出来，这种描绘方式深入人心，给人留下了深刻的印象。这种特色是姚燮诗歌艺术的显著标志。

除了上述具有雄奇特征的作品，姚燮还创作了许多以清秀俊逸为特征的诗篇。阮亨在《瀛舟笔谈》中写道："梅伯诗骨雄健，文笔清新，尤精绘事……诗如'南极云低三辅夕，西山日落五湖秋''去浪随风争夕势，孤舟有客动劳心''驿背乱船迎柝下，马头残梦带霜醒''当风帆湿犹疑雨，入晚天暄渐减衣''乱烟掠树遥青碎，晚日当尘大赤浮'诸句，如食洞庭柑、枫亭荔枝，别有俊味，不食人间烟火笔墨。"例如他的这首《青玉涧》：

---

[1] 钱仲联.近代诗钞[M].南京：江苏古籍出版社，1993：12.

> 藻缝皆山影，沄沄动日光。
> 卧来老松树，坐作钓鱼梁。
> 曲磴随沙转，漂花过峡香。
> 濯缨清若许，何事忆沧浪？

作者在此诗中从自身的感受出发，既有对山影、日光、曲磴、漂花的景物描写，又有对自身活动的描写，达到了人与景高度结合的审美境界，从而抒发出"濯缨清若许，何事忆沧浪"的洒脱情怀。

三、姚燮的山水词

（一）游观、羁旅中的山水词

姚燮是一位深爱山水的诗人，他的人生中常有赏心悦目的山水之游。他在词作中经常表达对山水的深情，这是中国文人传统中的一种常见表达。例如，在《摸鱼子》序中，他描述了自己的游历感受："自灵峰迤逦而南，岩壑益邃，居无鄙人，南溪武陵之胜或抗之。庚寅重过，忽忽忆总角之游，真如梦隔世也。倚此以志今乐。"这段文字充满了对自然景观的赞美和个人情感的抒发。

姚燮的词作多采用细腻入微的笔触来描绘景物，如《少年游·兰江吟眺》和《菩萨蛮》中所展示的景象和情绪，体现了他对自然的深刻理解和情感的细腻表达。在《浪淘沙·鸳湖晓泊》中，他写道："人语响遥汀，酒幔鱼舲。湖烟湖雨晓冥冥。宛转杨花何处笛，画阁春城。"这些词句不仅展示了他对景物时的细致观察，也传达了一种宁静而深远的美感。

晚年的姚燮虽然面临生活的坎坷，但他对山水的热爱并未减少，如《续疏影楼词》中的《浪淘沙·邓尉山行》："南去几重山，村落回环。断云残照有无间。何处疏钟鸣古寺，远鸟催还。策马去闲闲，压帽风寒。路随樵唱出松关。闻道梅花如雪满，第五溪湾。"这类词不仅反映了他对自然的深刻感受，还表现了他在困境中寻求心灵慰藉的渴望。

（二）题写画意的山水词

姚燮特别擅长山水画，用词题画，创作了大量题画的山水词，主要收录在《续疏影楼词》中。随着他绘画技艺的日益精进，加之个人经历的苦难，如鸦片战争和人生挫折，现实的山水在他眼中显得愈发苍凉，于是山水画和山水诗成为他寄托精神的重要工具。姚燮的题画词通过精美的构图和细腻的色彩处理，生动地传达画中意境，如《浪淘沙·画溪渔父图为秋毂题》和《南乡子·西溪梦隐图为秋毂题》这两首词便展示了他如何通过词赋予画作更深的情感和哲理，使画面中的自然景物与人的情感紧密相连，达到情景交融的效果。

姚燮的题画词不仅仅是对现实景物的描绘，还通过画中意象寄托了更深层次的人生理想和情感，如在《迈陂塘·春水盟鸥图为稚秋题》中，通过描绘矮篷船、柔漪、渔台等元素，展示了一种超脱尘世、回归自然的理想生活态度。在《定风波慢·为儿子皋题春江濯足图》中，姚燮表达了对远离尘世烦恼的向往，通过描绘清新的自然景象和渔人生活，体现了对高洁人生的追求。这种题画词不仅反映了他个人的艺术追求，也体现了传统山水画中追求高逸精神的艺术境界。

姚燮独特地将山水画与词融合，创造出丰富的视觉和语言艺术。他的山水词不仅描绘了自然美景，还通过细腻的笔触和诗意的语言，展现了画中景致的深刻意境。姚燮的山水词突破了传统词作的局限，将词作与绘画艺术巧妙结合。如在《高阳台·半江红树卖鲈鱼图》中，"潋阔宜烟，峦明在水"等句展现了其精细的空间布局和审美趣味，使得读者仿佛置身于画中。

虽然姚燮的画作如今难以一见，但他的题画词却能生动地重现那些画面，使读者通过词中描述感受到画的美。例如，在《水调歌头·五湖渔庄图》中，他巧妙地描绘了"天影入波净，波影动青山"等景象，通过词的阐述，读者能够在脑海中构建出一幅动人的图景。

通过姚燮的作品，人们可以看到他如何运用词来增强画的表现力，使画面的情感和意境得到更丰富的展示。他在题画词中经常利用对色彩、光影、气氛的描写,加深画面的情感表达,如《浪淘沙·秋舫载花图》中的"落日湖山秋色满,过水风香"就生动地描绘了一种宁静而深远的景致。

第八章 传承变革——近现代的山水文学

第一节 龚自珍：诗文中的山水情怀

近代以来，随着国力的迅速衰退和民族生存危机的加剧，帝国主义列强以其强大的军事力量迫使中国打开国门。在这个充满国家屈辱和个人痛苦的时代背景下，一代知识分子以卓越的人格力量和宏大的视野，孕育出振兴民族、挽救衰败的强烈愿望。这是一个思想急剧变革的时期，文学创作亦努力捕捉并展示这一时代的精神面貌。龚自珍便是这一时期极具代表性的文人之一，他的思想和情感异常复杂，深刻体现了那个时代的挣扎和追求。

一、龚自珍的忧患意识

龚自珍（1792—1841年），字尔玉，后更名为易简，字伯定，号定庵，生于仁和（今杭州）。他的文学与思想成就集结于《定庵集》。其与魏源合称"龚魏"。

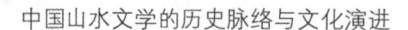

龚自珍有很深的忧患意识，他对当时的社会现象进行敏锐洞察，深恶痛绝于"避席畏闻文字狱，著书都为稻粱谋"（《咏史》）这样的现实情况。他不仅表达了个人的苦闷与挫折，而且强烈呼唤时代变革，借诗抒发自己的情感，展现了振兴民族的决心和力量。他的作品流露出对中国传统文化中忧患意识的深刻认同，如程秉钊所言，"一虫独警谁同觉"（《乾嘉三忆诗之一》）。在《乙丙之际著议第九》中，他形象地描述了19世纪初中国社会的状况，将之比作"脾痨之病，始于痈疽；将萎之花，惨于槁木"，从而体现他对社会病态的深刻认识和改革的迫切愿望。这些比喻不仅生动描绘了时代的苦难，也显示了龚自珍的忧国忧民情怀和他对未来可能的变革的渴望。

龚自珍一生致力改革社会风气和修正时代弊端，承担起振兴国家的重任。然而，由于时代局限和个人地位的限制，他难以产生更大的影响。因此，他在诗歌创作中寄寓深意，倾注心力，通过文字传递他对时代的洞察和反思。如王文濡在《〈龚定庵全集类编〉序》中所述，龚自珍深研《公羊春秋》，通晓历史和地理。其文章涵盖广泛，诗歌则汲取六朝之精华，风格清新而刚健，独树一帜。他的《赋忧患》一诗进一步揭示了他的忧国忧民思想："故物人寰少，犹蒙忧患俱。春深恒作伴，宵梦亦先驱。不逐年华改，难同逝水徂。多情谁似汝，未忍托襄巫。"这首诗表达了他对逝去的岁月和未来的深切关怀，忧患意识如影随形，不仅在白天陪伴他，连在夜梦中也无法逃离。诗中流露出的是一种深刻的文化自觉和历史使命感，表达了诗人对国家和民族未来的深切忧虑与期待。

在《题〈红禅室诗尾〉》中，龚自珍写道："不是无端悲怨深，直将阅历写成吟。"这句诗展现了他将个人经历和感悟转化为诗歌的过程。韩作荣在《诗的光芒》中阐述了诗歌的双重性："诗既是世态，也是心态。如果仅仅是世态，诗会沦为浅薄的影像；而诗仅仅是心态，则成为虚妄的谵语。或许，诗是世态与心态的化合，是心灵对世界深入透彻的理解。"①龚自珍的诗歌正是这种世态与心态化合的典型，其作品不仅反映了他对时代的敏锐洞察，也展示了他对人生和社会的深刻感悟，值得人们细致品味。

二、忧患意识下的山水诗文创作

对龚自珍而言，诗不仅是生命的象征，也是他表达对现实深刻认识的手段，常蕴含对国家和民族的深切忧虑。如丹纳所言："诗歌的语言已经发展完全：最平庸的作家也知道如何造句，如何换韵，如何处理一个结局。这时使艺术低落的乃是思想感情的薄弱。"②龚自珍在诗中精心挑选意象，通过这些精选的意象，他揭示了社会的不良状态，表达了对时代的怅惘。正如鲁道夫·阿恩海姆所指出："他必须具有在个别事物和个别事件中发现意义，并把这些事物和事件看作是象征普遍真理的符号的能力。这样一些特质，对于一个艺术家是必不可少的。"③

《夜坐》这首诗深刻地将个人的感情与时代的命运联系起来，蕴含着浓厚而强烈的悲剧情绪，也映射了那个时代的精神面貌："春夜伤心坐画屏，不如放眼入青冥。一山突起丘陵妒，万籁无言帝坐灵。塞上似腾奇女气，江东久陨少微星。平生不蓄湘累问，唤出姮娥诗与听。"诗中既有对衰落的无奈感受，也有对未来的微弱希望，整体音调低沉舒缓。王沂在《题〈溪山风雨图〉》中写道："欲将笔力状奇绝，只恐山灵惊妙语。"这与龚自珍的诗歌创作精神相呼应，都是试图通过文字或画笔捕捉那些不易察觉的深刻真理，展现其独到的艺术见解和情感深度。

在《己亥杂诗》中，龚自珍的部分作品展现了一种独特的情怀，他的诗歌不仅仅局限于对物象的细致描绘，还以简洁有力的风格，通过字锤句炼的方式表达深意。例如，《己亥杂诗·其一百五十二》写道："浙

---

① 韩作荣.诗歌讲稿[M].北京：昆仑出版社，2007：55.
② 丹纳.艺术哲学[M].傅雷，译.杭州：浙江人民美术出版社，2017：401.
③ 阿恩海姆.艺术与视知觉[M].滕守尧，译.成都：四川人民出版社，2019：228.

东虽秀太清孱，北地雄奇或犷顽。踏遍中华窥两戒，无双毕竟是家山。"这首诗巧妙地对比了浙江的秀丽山水和北方的壮观风光，反映了诗人对不同地域特色的深刻洞察和对故乡的独特情感。"房山一角露崚增，十二连桥夜有冰。渐近城南天尺五，回灯不敢梦觚嶒（《己亥杂诗·其三》）则通过近景与远景的交互出现，创造了一种新颖的视角和深邃的意境，使得作品在表现形式上别具一格，展示了诗人对自然景观深层次的感悟和艺术上的创新追求。这些诗句不仅表现了龚自珍对自然美的敏锐感受，也体现了他在艺术表达上的独到见解和技巧。

在山水文学史领域，龚自珍无疑占有一席之地。《送徐铁孙序》中的论述十分精妙："平原旷野，无诗也；沮洳，无诗也；硗确狭隘，无诗也；适市者，其声嚣；适鼠壤者，其声嘶；适女闾者，其声不诚。天下之山川，莫尊于辽东。辽俯中原，逶迤万余里，蛇行象奔，而稍稍泄之，乃卒恣意横溢，以达乎岭外。大海际南斗，竖亥不可复步，气脉所届，怒若未毕，要之山川首尾可言者则尽此矣。诗有肖是者乎哉？诗人之所产，有禀是者乎哉？自珍又曰：有之。夫诗必有原焉，《易》《书》《诗》《春秋》之肃若沆若，周、秦间数子之缜若峰若，而莽荡，而噌吰，若敛之惟恐其坻，揪之惟恐其隘，孕之惟恐其昌洋而敷腴，则夫辽之长白、兴安大岭也有然。审是，则诗人将毋拱手欲领，肃拜植立，折乎其不敢议，愿乎其不敢吴言乎哉！于是乃放之乎三千年青史氏之言，放之乎八儒、三墨、兵、刑、星气、五行，以及古人不欲明言，不忍卒言，而姑猖狂恢诡以言之之言，乃亦撅证之以并世见闻、当代故实、官牒地志、计簿、客籍之言，合而以昌其诗，而诗之境乃极。则如岭之表、海之浒，磅礴浩洶，以受天下之瑰丽而泄天下之拗怒也亦有然。"这一段文字充满了浓厚的忧国伤时之情。它反映了一种特定的世态，显示出对历史的深刻认识，同时展现了作者独特的心态，因此备受后人推崇。龚自珍以沉哀入骨的笔调悲慨国运，表现尖锐、深刻的现实问题，开拓了文学创作的新局面。正如袁枚在《随园诗话》卷四中所说："凡作人贵直，而作诗文贵曲。"

第二节　俞樾与沈曾植的山水传承

一、俞樾

（一）俞樾生平

俞樾（1821—1906年），字荫甫，号曲园，籍贯德清。他于道光三十年（1850年）中进士，赴翰林院任庶吉士，并于咸丰二年（1852年）被任命为翰林院编修。后出于政治原因遭到弹劾，退居苏州。俞樾以其卓越的才智和广博的学识著称，其学术成就覆盖了朴学、文学、哲学和教育等多个领域，留下了丰富的学术与文学作品，代表作有《春在堂全集》。

（二）俞樾山水诗歌

在诗歌创作方面，俞樾特别钟爱于描绘山水之美。他的诗作不仅情感丰富，而且富有哲理，能够深入自然，捕捉景致之精粹。在《谷雨日陈竹川、沈兰舫两广文招作龙井虎跑之游，遍历九溪十八涧及烟霞水乐石屋诸洞之胜，得诗五章》中，俞樾表达了对自然景观的深刻感受和独特见解。诗中第三章尤为突出，展示了九溪十八涧的壮丽景观："九溪十八涧，山中最胜处。昔久闻其名，今始穷其趣。重重叠叠山，曲曲环环路。东东丁丁泉，高高下下树。寨帷看未足，相约下与步。愈进愈幽深，一转一回顾。每当溪折处，履石乃得渡。诗云深则砅，此句为我赋。但取涤尘襟，不嫌湿芒屦。俯听琴筑喧，仰见屏障护。九嶷有九溪，兹更倍其数。迤逦到理安，精庐略可住。"通过叠字的巧妙运用，俞樾增强了诗歌的音乐美感，同时深化了景物的层次感。

在《篮舆入山，游香山洞、紫云洞、金鼓洞，而紫云尤深邃，纪之以诗》中，俞樾记录了他的山洞探索体验："平生喜游览，所苦力不足。不能登山巅，且自入山腹。怪哉紫云洞，天然一石屋。规圆而砥平，不知谁所筑。中间路逼仄，取径缭以曲。仰观石峥嵘，俯首犹惧触。深入忽开朗，惊飞几蝙蝠。泉含一掬清，天逗半规绿。僧言此消夏，不知有三伏。灵运登石门，李愿隐盘谷。古来称胜地，视之亦何恧。愿言谢人事，来此友麋鹿。"这首诗不仅反映了俞樾对自然景观的敏锐洞察力，也表达了他对隐居生活的向往和对历史文化的尊重。

《新安舟次口占》通过真实的场景描写，引入诗人对自然景观的深层感受，阐说人生真谛。诗句"布帆无恙又新安，多谢东风送上滩。天以云山慰游子，我因奔走悔儒冠。春来晴雨真难料，客里莺花总倦看。寄语故园诸旧侣，莫将名利换鱼竿"在描述航行归来的场景的同时，反映了诗人对现实生活的深刻反思和对自然慰藉的感激之情。此诗不仅融合了诗情、画意与哲学思考，还表达了对朴素生活的向往和对功名利禄的超脱态度。

《渡琉璃河》则以精练的语言描绘了旅途中的一瞬，诗中写道："车声催梦醒，已向石梁过。秃树枯无叶，寒流小不波。风前微霰集，云外乱山多。未识骑驴客，寻诗兴若何。"这首诗以清新脱俗的风格和寓意深远的内容，展现了诗人在自然环境中的游历体验。通过对风景细节的描述，诗人不仅传达了对孤寂与寒冷环境的直观感受，还透露了对诗意生活的深切向往。

俞樾的山水诗不仅情感丰富，艺术成就也高。他在创作中采用白描技法，描绘物象的真切美感，并常在诗中融入独特的情感与神韵。其诗风清新雅致，整体展现了一种富润而雍容的美学风格。《富阳》是其代表作之一，其写道"水复山回到此收，一城斗大压江流。远连歙浦无平地，俯纳胥涛亦上游。漠漠寒烟笼雉堞，荒荒落日起渔讴。山川形胜今犹昔，不愿重生孙仲谋。"这首诗通过细致的笔触，将富阳的壮丽山水与历史

第八章 传承变革——近现代的山水文学

传奇巧妙结合,不仅生动描绘了自然景观,而且透露出诗人对历史的深刻感悟。《石桥岩》在景物刻画上更显精细:"何年天上虹,化作山中石。遂令两山间,危桥架百尺。桥高百尺上接天,其下不凿天然圆。中间一峰隐复见,有如明镜窥婵娟。老僧筑屋住山腹,一朵奇峰压僧屋。但讶鳞峋雁齿高,不知宛转峨眉绿。我无仙人凌虚之长趣,仰负飞鸟空中招。不然振衣登绝顶,请以石笔题其桥。"这首诗通过丰富的视觉描写,形成了一幅山水画。诗中的石桥不仅是自然造化的奇观,也象征着诗人对超凡脱俗境界的向往和赞美。

在《壬申春日自杭州至福宁集诗三十二首》中,俞樾采用了全景式的景物描绘技巧,每首诗都从独特的诗意视角出发,独立成篇而又相互呼应,形成一个完整的艺术整体。例如第三首:"舟窗闲坐倚雕棂,两岸烟峦似旧青。料得山灵还识我,重来只少一奴星。"这首诗通过奇情幻想的手法,表达了一种动人的情愫。第九首表现了自然与艺术的交融:"何处芙蓉五朵峰,入山便与画图同。篮舆不走红尘路,只在泉声山色中。"通过简洁的语言,诗人表达了清新的思想。第十二首则描绘了深入自然的体验:"桃花高岭路弯环,曲曲溪流面面山。松竹丛中一条路,行人都在翠微间。"这首诗描绘了一幅人在旷野中行走的画面,展示了游山之趣。第十六首以细腻的笔触描写雨后的景象:"石门洞口雨中过,雨后山光翠更多。行到岩前看瀑布,直从天半泻银河。"这首诗通过"雨"的元素,增强了景象的动态美。第二十一首展现了水天一色的宽广视野:"飞云渡口水茫茫,历历风帆海外樯。江面乱流行十里,依稀风景似钱塘。"诗人通过细腻的描写,将读者的视角引向远方,展现了一种宽广而深远的视野。第二十二首则突出了南雁荡山的独特色彩:"平桥曲水路纡徐,一叶轻舟载笋舆。沿路饱看南雁荡[①],浓青浅黛染襟裾。"这首诗通过"染"字巧妙地表现了浙南山水的色彩和情趣。

俞樾讥讽当时的政治,从现实生活中汲取灵感,通过深刻的个人体

[①] 从平阳乘小舟至钱仓,沿途山色优美,连绵起伏,即所谓南雁荡。

验和观察表达其对时局的忧虑。《九月十六日重至湖上俞楼作》巧妙地运用了物象寓情的技巧，寄托了诗人的深层情感和对历史的反思，展现了诗作的高远意境和格调。诗句"俞楼楼外柳成荫，坐对湖山泪满襟。往事不堪重问讯，余生未卜几登临。黄花老圃秋容淡，白首孤灯暮气深。更向右台仙馆去，墓门松柏已森森"生动描绘了诗人重访俞楼时的情景和心境。通过对湖山景色的描写，诗人表达了对往事的哀思和对未来的不确定感，同时反映了他对个人及社会命运的深切关注和感慨。此外，通过将自身的孤独和暮年生活与荒芜的自然景观相对比，诗人增强了诗歌的情感力度和哲理深度，使得作品不仅是对个人经历的抒发，也是对时代的深刻批评和反思。

在《十月朔自俞楼往右台仙馆作》中，俞樾展现了其娴熟的文学技巧和良好的议论才能，同时通过景物描写巧妙地表达了自己的情感。诗句"孤倚湖楼兴易阑，又于山馆一盘桓。轩窗静对仍开卷，墓域亲行等盖棺。生圹已成无虑死，危时未定暂偷安。不劳车马来相访，扶杖龙钟倒屣难"充分体现了俞樾对人生态度的沉思和对世事无常的感慨。此诗从孤寂的湖楼出发，透过静谧的环境，诗人表达了对生命终结的平和接受和对生活不确定性的哲学思考。特别是在描述墓地时，诗人的步履虽重但心态平和，反映了他对生死的深刻洞察。

与袁枚在《随园诗话》中所批评的"填书塞典，满纸死气"的诗风不同，俞樾在其山水诗中运用了大量的白描手法，这种简洁而不失深意的描述方式不仅避免了文学作品的呆板和沉闷，而且赋予了诗歌更多的生动和自然感，显示了俞樾在文学创作上的高超技艺和独到见解。

（三）俞樾山水散文

俞樾的山水散文也颇具特色，尤其是在《春在堂随笔》卷六《游九溪十八涧记》一文中，表现出深厚的诗情画意，展示了他对艺术精神的提炼和简化。这段散文不仅消弭了诗与散文之间的界限，还以其深邃的笔触和回环的美感，增添了文本的艺术魅力。特别是"重重叠叠山，曲曲环环路；丁丁东东泉，高高下下树"等句，展示了山的连绵与泉声的悠扬，完美地捕捉了自然的节奏。俞樾对西湖的美景有着独到的见解，他认为西湖之美不仅仅在于湖本身，更在于其周围的山景。如他所言："西湖之胜，不在湖而在山。"他特别推崇九溪十八涧的景致，认为其胜过著名的冷泉亭，甚至认为其是西湖最佳之地。俞樾因年老未能游览此地，但对其美景一直心驰神往。在一个癸酉年的暮春时节，俞樾与陈竹川、沈兰舫两位文友一同前往虎跑、龙井游览。尽管初次未能找到九溪十八涧的确切位置，俞樾仍坚持探访。经过一段艰难的旅途，他们最终抵达目的地，那里的景色超乎想象，四周山峦环绕，溪水清澈，景色愈发幽深秀丽。俞樾与友人步行于溪旁，多次涉水而过，体验到了诗中所说的"深则砯"。尽管平日里体力有限，但在这样的环境中，他却能走三里地，足见山水之美对他的深刻影响。这段散文不仅记录了俞樾对九溪十八涧的亲身经历，也体现了他如何通过深入自然，达到心灵的洗涤和审美的提升。通过这次经历，俞樾展示了自己如何在自然中找到精神的慰藉与美的享受，从而开启了一种审美化的生活方式，完全沉浸于自然之美中，忘却了世俗的烦恼。

《游九溪十八涧记》以其精细而准确的描绘和简洁自然的文风，成功地将妙笔与壮丽景色相映成趣，被誉为佳作。傅雷指出："一切艺术品都忌做作，最美的字句都要出之自然，好像天衣无缝，才经得起时间考验而能传世久远。比如'山高月小，水落石出'不但写长江中赤壁的夜景，历历在目，而且也写尽了一切兼有幽远、崇高与寒意的夜景；同时两句话说得多么平易，真叫做'天籁'"[1]这种评价高度赞扬了自然而不做作的艺术表达。叶维廉在《中国诗学》中也提道："中国的山水诗人要以自然本身构作的方式构作自然，以自然自身呈现的方式呈现自然。"[2]这一观点

---

[1] 傅敏.傅雷家书[M].上海：生活·读书·新知三联书店，1994：255.
[2] 叶维廉.中国诗学[M].北京：生活·读书·新知三联书店，1992：97.

强调诗人应与自然和谐共处，通过直观体验自然来创作诗歌，从而更真实地捕捉和表达自然的本质。俞樾的山水诗和散文正是这种理念的杰出体现。他的作品不仅描绘了自然景观的壮美，更深刻地展示了诗人与自然的互动，以及通过这种互动所引发的情感和思考。俞樾的文笔能够捕捉到自然的细微之美，同时能表现出自然环境对人的情感和精神的深远影响，充分体现了叶维廉所说的"以自然自身构作的方式构作自然"。

二、沈曾植

沈曾植（1852—1922年），字子培，以巽斋为号，晚年亦称寐叟，别字乙庵，是嘉兴人。他在光绪六年（1880年）中进士，曾任刑部主事、江西按察使等职，经历历史巨变。在宣统二年（1910年）辞官后返回故里，撰有《海日楼文集》。作为清末宋诗派的重要代表之一，沈曾植与袁昶共同领导了"后浙派"，这一派系继承并发扬了宋诗的艺术特质。

沈曾植的生活体验充分映射在其诗歌中，如其在《西湖杂诗·其一》所写"残年泛泛住虚舟，也作西湖十日留"，展示了他对自然景观的深切体验与感受。沈曾植的作品不仅追求诗歌的美学价值，也蕴含了深邃的哲学思考，体现了他的诗歌深度与情感的广度。

在《楼望二首》中，他的情感与哲思表现尤为突出。第一首："冶城北望暮云开，浩荡秋从此处来。三面风涛环睥睨，一时盘错见雄才。皖山乱叠晴还好，秋暑无多送却回。直为苍生留谢傅，可堪丝竹不胜哀。"在描绘壮丽景观的同时，诗人引发对生活和命运的深刻反思，尾句"可堪丝竹不胜哀"深刻地表达了对人世悲欢的感慨。第二首进一步展现了诗人对时光流逝和季节更迭的感受："佳客岁时论学地，高楼登眺感秋来。庐江极目延长薄，大霍何年发异才。南雁有书传客去，西风无语送潮回。丈夫跌荡千秋意，未作江关庾信哀。"诗中不仅描绘了秋季的景象，也通过历史典故增添了诗句的文化深度和情感广度，展示了诗人对

第八章 传承变革——近现代的山水文学

历史与现实的深刻思考。《游韬光》则是沈曾植构思巧妙的作品，其写道："已过灵隐寺，才转普南房。翠竹凌霄静，青泉引籁长。山深多月窟，寺古人云乡。池上金莲发，韬光自有光。"其以清新脱俗的笔触描绘了灵隐寺的幽静与神秘，把自然景观和佛教文化的宁静美融为一体，展现了诗人对和谐与内在光明的追求。

沈曾植的《西湖杂诗》不限于抽象的议论，还通过直接描绘景象引发感悟，展示了丰富的视觉形象与深层的情感表达。这些诗作流畅自然，情感丰沛，通过具体的山水描写，增强了作品的情趣与美感，同时为诗歌赋予了多维的解释空间。例如第二首诗："湖上波光罨雪光，张祠清绝胜刘庄。仙人自爱楼居好，六面山屏晓镜妆。"诗人通过细腻的描绘，表现了西湖美景的清幽与超然，还将自然景观与人文情感巧妙结合，营造出一种澄明和谐的艺术氛围。第九首诗则展示了不同的视角："山环一匝带湖腰，可惜亭台半水坳。欲与元龙商建筑，吴山高处酹胥潮。"诗中通过独特的构思，反映了诗人对自然和人文环境的深刻感受，同时体现了诗人对未来可能变化的畅想。第十三首则描绘了一种更为宽广的视野："郎当岭上担郎当，蜀道难宁在故乡。绝顶一回舒望眼，近收湖色远山光。"这首诗通过展现广阔的景观，反映了诗人对自然美的深刻体验和对生活境遇的哲学思考。贡布里希认为："艺术家的倾向是看到他要画的东西，而不是画他所看到的东西。"[①]虽然其原本指的是绘画艺术，但同样适用于沈曾植的诗歌创作。在《西湖杂诗》中，沈曾植通过亲近自然后的深刻体验，创作出既真实又充满想象的诗歌，还将看到的自然景观转化为内心的艺术表达，成功地把握了自然与艺术之间的微妙关系。

---

① 贡布里希.艺术与错觉：图画再现的心理学研究[M].林夕，李本正，范景中，译.杭州：浙江摄影出版社，1987：101.

第三节　朱自清：生态审美下的山水意识

朱自清的散文艺术将景物描写与内心情感抒发紧密结合，把读者引入了一个充满诗意的中国山水画般的意境。这种意境不仅自由宽泛，而且比传统的平面描绘拥有更广阔的审美空间。在朱自清的散文中，自然界不是背景或静态的描写对象，而是充满活力的存在，与人的生命息息相关。自然和生命在他的笔下不是割裂的两部分，而是在审美的时空中交织呈现，展示了生命的流动与自然的静谧之间的和谐统一。这反映了一种深刻的生态意识，强调了人与自然的内在联系和相互依存，体现了对自然界深刻的尊重和热爱。

一、气韵与静谧：自然在审美时间中展开

朱自清的散文艺术深受形而上学的时间观的影响，不同于物理学中对时间的客观理解。朱自清在其散文中，鲜明地展示了自然之美的时间性，实现了感性形式与现象形式的真正统一。

在《欧游杂记·瑞士》中，朱自清描述了他对阿尔卑斯山下冰河移动与溶化的观察，这一过程中形成了石潭和石球。尽管这些景象在当下显得静止，但它们粗糙的外观可以使人联想到数万年前大自然的强大力量。他感叹道："这些不言不语的顽石，居然背着多少万年的历史，比我们人类还老得多多。"[①]通过这种描写，朱自清突出了时间意识在审美体验中的核心地位。自然界的展示转化为时间的流动的展示，审美的接受转向了对时间深度的体验。这种深刻的时间观念成为朱自清散文艺术的显著特征，展示了自然界的历史和时间的流逝不仅是物理现象，而且是深

[①] 朱自清. 欧游杂记[M]. 北京：中华工商联合出版社，2021：41.

具哲学和审美意义的现象。

中国现当代文学中，描写自然景观的作品颇为丰富，涌现了许多能够深刻捕捉自然美感的文学作品。例如，沈从文的《湘行散记》、郁达夫的《故都的秋》、俞平伯的《雪晚归船》、丰子恺的《庐山游记》，以及徐志摩的《翡冷翠山居闲话》等，这些作品都深刻反映了作者对自然的敏锐感受和独到见解。朱自清的自然描写则展现了其独特的艺术风格，与传统的自然主义有所不同。他的作品既不同于陶渊明在《饮酒》中所展示的"采菊东篱下，悠然见南山"的闲适与超然，也不同于沈从文在《边城》中那种表面的和谐下所隐藏的深层悲伤，更与徐志摩在其作品中所流露的浪漫主义情感有所区别。朱自清在《荷塘月色》中所展现的自然，是通过光与影的和谐、超拔的想象和奇异的比喻来描绘的，他通过对自然景观的细致描绘，引发读者的情感共鸣，使得心灵与自然景象相互呼应。在朱自清的笔下，读者会产生与自然景物共舞的艺术感受，他的自然描写不仅仅是对外在景象的记录，更是一种内心体验的展现。他的写作让心随山动，气韵生动，从而使文章的境界达到一定高度。

流动性是时间的基本特征，它体现在自然和生命的每一个角落。朱自清的笔触捕捉了自然界中这种蓬勃的生命力。在他的描述中，即使是最微小的自然元素——一棵小草、一片树叶、一朵花朵，都蕴含着生命的潜能。这些元素汇聚成一个充满活力的生命世界。随着春天的临近，生命的活力和自然的灵动更是明显。朱自清在《春》中写道："一切都像刚睡醒的样子，欣欣然张开了眼。"这种描述不仅传达了景象的生动感，还强调了自然界的苏醒和新生。太阳的升起与落下，月亮的来回更迭，以及四季的轮回，都在不断地塑造着人们的生活节奏。春天的到来尤其令人振奋："桃树、杏树、梨树，你不让我，我不让你，都开满了花赶趟儿。红的像火，粉的像霞，白的像雪。花里带着甜味儿；闭了眼，树上仿佛已经满是桃儿、杏儿、梨儿。花下成千成百的蜜蜂嗡嗡地闹着，大小的蝴蝶飞来飞去。"这一场景不仅是视觉的盛宴，更是对生命多样性的颂歌。

　　生命可视为自然的一部分，生命、自然与审美共同构成了一个不可分割的整体。自然在审美的维度中展现其延续性，而生命在审美的认可中得到肯定。朱自清曾引用古语"天地者万物之逆旅，光阴者百代之过客"来探讨人类存在的意义及其在自然循环中的角色。他反思时间的迅速流逝及其不可逆性，感慨地提出了关于生命意义的质疑："为什么偏要白白走这一遭啊。"他以燕子的归来、杨柳的再青和桃花的再开作比，反思人的生命为何一去不返，探讨时间的流逝与生命的短暂。朱自清的作品通过这些写作技巧，表达了对时间、生命和宇宙存在意义的深刻追问。这些追问是人类自古以来寻求自我存在意义的一种方式。实际上，人们所处的自然界处处充满生机，无论是鸟鸣虫叫、瀑布流水还是摇曳的绿叶，皆展示了生命的活力。如果细心体察，会发现宇宙中的一切现象都是从生命的本质自然而然流露出来的，正如"溪声尽是广长舌，山色无非清净身"所言，自然界的每一处都是生命的体现。

　　在朱自清的散文中，自然的审美展现是一种重要的艺术手法。例如，他在《月朦胧，鸟朦胧，帘卷海棠红》中，对马孟容的画作进行了细致的描述和艺术解读。

　　这是一张尺多宽的小小的横幅，马孟容君画的。上方的左角，斜着一卷绿色的帘子，稀疏而长；当纸的直处三分之一，横处三分之二。帘子中央，着一黄色的，茶壶嘴似的钩儿——就是所谓软金钩么？"钩弯"垂着双穗，石青色；丝缕微乱，若小曳于轻风中。纸右一圆月，淡淡的青光遍满纸上；月的纯净，柔软与平和，如一张睡美人的脸。从帘的上端向右斜伸而下，是一枝交缠的海棠花。花叶扶疏，上下错落着，共有五丛；或散或密，都玲珑有致。叶嫩绿色，仿佛掐得出水似的；在月光中掩映着，微微有浅深之别。花正盛开，红艳欲流；黄色的雄蕊历历的，闪闪的。衬托在丛绿之间，格外觉着妖娆了。枝歇斜而腾挪，如少女的一只臂膊。枝上歇着一对黑色的八哥，背着月光，向着帘里。一只歇得

第八章　传承变革——近现代的山水文学

高些，小小的眼儿半睁半闭的，似乎在入梦之前，还有所留恋似的。那低些的一只别过脸来对着这一只，已缩着颈儿睡了。帘下是空空的，不着一些痕迹。

这段描述不仅精确地反映了一幅画的布局与色彩，更深入地体现了对细节的捕捉。朱自清在《欧游杂记·自序》中提道："若能将静态的变为动的，那当然更乐意。"在此段中，他采用了动静结合的手法来描写这幅花鸟画，使得画面不仅形象生动，还充满了生机与灵动。朱自清首先阐述了画卷的构图，以静态的描述为基础，动态的想象为补充。画中的帘子、钩子和月光构成了静态的背景，营造出宁静的氛围。穗、花朵和小鸟则在作者的笔下活跃起来。穗在风中轻轻摇曳，"红艳欲流"的花朵似乎在轻轻地跳动，其中一只八哥虽然已经缩颈入睡，但其睡眠中也暗含着运动的元素，另一只八哥的眼睛半睁半闭，似乎在夜的静谧中还留有未尽的思绪，这种动态的描绘使得静夜也充满了生命的活力与灵性。

中华民族的自然观和时空观深植于《易经》所揭示的宇宙观之中，认为阴阳二气的不断变化与交互作用孕育出万物，形成一种有节奏的生命流动。朱自清的写景散文常以"气韵生动"为主题，表现为一种"生命的节奏"或"有节奏的生命"，这与中国文化长远的自然观息息相关。从伏羲创作八卦，用简单的线条来描述宇宙万物的变化节奏，到老庄和禅宗思想的展现，均体现了自然界生命节奏的文化理念。

尽管在朱自清的描述中"月朦胧，鸟朦胧"，画中的生命仍在静谧中成长，如盛开的海棠，静态中包含着生动的孕育和萌发。这种静中含动的描绘技法使得画面在静谧中显露出活泼的生机，激发了作者的丰富遐想。他揣测八哥不愿入睡的心理，想象那位未出现在画中的卷帘之人，他对画作的钟爱及对生命的热情跃然纸上："看了这画，瞿然而惊；留恋之怀，不能自已。"朱自清以其精湛的笔触描绘了这幅充满中国传统美学的画作。画中的月光、海棠和八哥构建了一种虚灵而具象的自然景观，而且其所蕴含的内涵深刻。该文章采用中国画的散点透视法，从一个旁观者的视角全面捕捉大自然的动态。其空间立场是在时间中徘徊移动，游目周览，集合多个层次与多方位的视点，谱成一幅超象虚灵的诗情画境，呈现出中国特有的手卷画的风格，因此其境界偏向空灵。在这虚实结合的景色里，浓丽的色彩隐没于轻烟淡霭之中。明暗的节奏表现着美好自然的氤氲气韵，正符合中国心灵蓬松潇洒的意境。作家通过这些描绘，感悟到自然生命的深透和高远，体现了对自然的深刻理解与热爱。

二、惬意与新奇：自然在人文精神的空间中展开

从人文精神的角度来看，自然体现了生命的各种形式；而从自然的角度来看，人文是自然的一种表达方式。这种自然主义和人道主义的结合，是朱自清写景散文的独特魅力之一。朱自清的散文不仅描绘了丰富的生活场景，还激发了读者对艺术的深刻联想。当读者沉浸在他的作品中，把自己的生活体验和情感与所描绘的景色相融合时，他们的情感就被染上了历史和现实的色彩。这种意境通过景物传达情感，并结合深刻的思考，拉长了文本与现实之间的距离，使得表达充满了朦胧和含蓄的美感，让具体的景物增添了虚幻和深远的色彩。在描述这些朦胧的情感时，朱自清营造出一种若隐若现、虚无缥缈的氛围，这种处理方式使得作品与现实保持了一种微妙的距离。

从文化角度探索自然之美，实际上是从一个地区的文化，或更准确地说，从一个文化群体的视角去理解那些对自然有决定性影响的因素。朱自清的许多作品展示了文化对自然之美的塑造，体现了文化在自然美中留下的深刻的人文印记。这种结合不仅丰富了作品的层次感，还为读者提供了更广阔的思考空间。在朱自清的笔下，自然与人文不是对立的，而是相互交融的，共同创造出一个充满灵性和思想深度的艺术世界。通过这种方式，他的散文不仅展示了自然的美丽，也揭示了人类情感与自然景物之间深刻的联系。

第八章 传承变革——近现代的山水文学

朱自清的成长地点位于江浙地区，这一地区不仅以其独特的地形和气候著称，还拥有深厚的文化资源。这种文化资源对当地的生态景观产生了深远的影响。例如，江南地区的园林文化和水乡文化对自然环境的塑造起到了显著作用。这种文化与自然的互动在朱自清的文学创作中得到了充分体现。

在《看花》一文中，朱自清回忆了他童年时在大江北岸的成长经历。他提道，家中对花卉并无特别的兴趣，因此花朵在他的童年生活中并不占据重要位置。然而，尽管如此，家乡的自然景观仍在无形中塑造了他的记忆。太湖石、紫藤花架、乡下姑娘售卖的栀子花，以及随处可见的桃花，这些自然元素深深地印在了他的心中，伴随他的一生。这些景象不仅构成了他记忆中的美好画面，也成为他文学创作中的重要素材。朱自清的自然审美体验经历了重要的转变，而这种转变主要是通过诗歌实现的。他在《看花》中写道："以后渐渐念了些看花的诗，觉得看花颇有些意思。"这句话表明，文化因素对个人信仰和价值观的塑造具有决定性的力量。诗歌不仅启迪他对自然美进行欣赏，还引导他从自然中寻找灵感，并为其心灵带来慰藉。

朱自清在《看花》《扬州的夏日》《南京》《桨声灯影里的秦淮河》等文章中，通过细腻的笔触描绘了自然景观与人文情怀的交织。他不仅作为一名"观察者"思考自然与美的关系，而且将自己融入对"美"的感知和评价中。他曾在《看花》中表达自己对自然美的独特感受："我爱繁花老干的杏，临风婀娜的小红桃，贴梗累累如珠的紫荆；但最恋恋的是西府海棠。海棠的花繁得好，也淡得好；艳极了，却没有一丝荡意。疏疏的高干子，英气隐隐逼人。"朱自清的作品通过描绘自然景观，揭示了自然与人文之间的深刻联系。他在文学创作中，不仅呈现了美丽的自然景观，更通过这些景观传达了丰富的人文情感。他的文字中，蕴含着对自然美的细腻观察和深刻理解。这种观察和理解，既源于他对江浙地区自然与文化的亲身体验，也受到诗歌等文化因素的深刻影响。在朱自清的文学世界里，自然与文化不是对立的存在，而是相互交融、彼此成就的。他通过细腻的笔触，描绘出美丽的自然景观。他的作品不仅仅是对自然景物的简单描写，更是对人类情感和文化价值的深刻表达。通过这种方式，朱自清为读者呈现了一个充满灵性和美感的自然世界。

朱自清的《桨声灯影里的秦淮河》深刻展示了他的人文主义自然观。朱自清用细腻的笔触重现了昔日"纸醉金迷""六朝金粉"的秦淮河，再次呈现了这条河流的华丽风采。文章详细记录了作者与俞平伯在夏夜去秦淮河泛舟时的所见所感，通过对声、光、色、影的和谐捕捉，展现了秦淮河在不同时间和情境中的优雅风姿，进而引发了对古时幽情的思索。文章的最大特色在于其富有诗意和画意的表达，描绘了一个如梦如画的秦淮河。文中提到的"七板子"船的奇异之处足以引人深思；温柔的绿水仿佛是六朝时期留下的精华；缥缈的歌声，如同微风与河水间的低语，平淡中透出奇迹，意蕴深远。朱自清在描述中巧妙地融合了诗意和画意，达到了"文中有画，画中有文"的效果。

秦淮河的历史是其文化养分，可以说，历史造就了秦淮河，没有历史，这条河流便失去了所有的意义。朱自清通过现实与历史回忆的交织，从形态和神态两方面重新唤醒了秦淮河。文章中，历史的影像在作者模糊的记忆中浮现，使得看似现实的景象充满了梦幻般的朦胧：船只行走间如雾里看花，歌声似真似幻。通过对历史的回想，朱自清将秦淮河描绘得既虚幻又真实、朦胧且引人入胜，让读者沉醉其中并心生向往。在描绘秦淮河的景色时，朱自清将自然景观、历史印象和真实情感融合在一起，表达了一种深切而细腻的情感，激发出美好回忆和怀旧的情怀。

通过对秦淮河的描写，朱自清不仅展示了自然的美丽，更揭示了自然与人文之间的深刻联系。他将自然景观的描写与个人的历史记忆和情感体验相结合，使得秦淮河不仅仅是一个自然景观，更是一个充满历史和人文气息的文化符号。船只不仅是载着历史的载体，也象征着对该地区社会和生态景观的显著影响。如今的秦淮河，蒙着轻雾，荡着微波，

第八章 传承变革——近现代的山水文学

已成为吸引游客的重要资源。朱自清在文章中，通过细腻的笔触，描绘了秦淮河在不同时间和情境中的细微变化，展现了自然景观在特定历史和文化背景下的独特魅力。他不仅描绘了秦淮河的自然美景，还深刻地反映了历史和文化对自然景观的塑造作用。通过对这些景观的描绘，朱自清表达了他对自然美的深刻理解和独到见解。

在《扬州的夏日》中，作者探讨了南北地理环境的差异对地域文化的影响，指出北方相对缺乏水域，南方则水系发达。地理环境的不同，造就了北方的粗犷与南方的精致。尽管北方偶尔大雨滂沱，如永定河、大清河的堤防决口事件，但这并不意味着北方真正拥有水景观。北京的三海和颐和园虽有水面，但其开阔程度使得水景显得较为平淡，船只的笨拙也减少了水面的趣味性。相比之下，南方如扬州则以水景著称。朱自清描述扬州夏日的美在于水景，"瘦西湖"的名称虽有雅致，但在朱自清眼中显得过于俗气。护城河沿途的支流虽无显著的特点，但其幽静与别致为这座城市增添了独特的风情。通过这些描述，朱自清不仅表达了对故乡的深厚情感，也展示了"环境决定论"的观点。要深入了解一个地区的历史核心，包括其生态系统及历史上的自然或人工景观，首先必须理解该地区的自然条件。自然条件是所有文化模式的基础，并且为审美提供了素材。自然满足了人类对美的崇高需求，从树叶、阳光、风景到海洋，自然界的每一个元素在人们心中留下的印象都有其美的共通性，这些美的体验在人类审美意识的形成与发展中具有重要意义。

生命与自然是不可分割的，生命本身就是自然的一部分。人们尊重生命，因为生命间存在着自然的联系；人们珍视生命，因为每一个生命都是构成自然多样性的重要元素。朱自清曾在《歌声》中这样感慨："这是在花园里。群花都还做她们的清梦。那微雨偷偷洗去她们的尘垢，她们的甜软的光泽便自焕发了。 在那被洗去的浮艳下，我能看到她们在有日光时所深藏着的恬静的红，冷落的紫，和苦笑的白与绿。以前锦绣般在我眼前的，现在都带了黯淡的颜色。——是愁着芳春的销歇么？是感着芳春的困倦么？"他形容的那歌声，虽然源自人间，却宛若天籁，悠扬动听。就像是晚春清晨的细雨、清新的微风、爱人的呼吸、雨后的湿润小径那样清新润泽；是雨后鲜花的明艳照人；是花香与泥土混合的香甜和浓郁。在这一切中，人的生命与自然紧密融合，展现了自然与生命之间的和谐美——"物我一体"。

三、率真与谐和：自然在人格实践中展开

钱锺书曾指出，写作与个人品性并不总是一致的。有些人在生活中可能忠厚老实，但写出的作品却可能浪漫豪放，甚至带有尖锐批评的语调。相反，有些文章写得超凡脱俗的人，在现实生活中可能表现出急功近利或趋炎附势的态度。在文学史上，作家的文风与人格脱节的现象并不罕见。然而，朱自清却被认为是道德与文章融为一体的人，正如传统观点所认为的那样。李广田曾撰文悼念朱自清，文章题为《最完整的人格》，在文中对朱自清的性情和品德进行了深刻的解读。他描述朱自清是一个充满深情、热爱真理并富有风趣的人。[1] 杨振声在《朱自清先生与现代散文》中也提到，朱自清的个性深刻影响了他的散文风格。无论是与他交谈、处理事务，还是阅读他的文章，人们总能感受到他的诚恳、谦逊、温和而朴实，同时不乏幽默感。朱自清处理各种事物的方式公正合理。他的文字就像他的人一样，风华自朴素中来，幽默源自他的忠厚，丰富的内涵来自他的平实。[2] 这样的描述表明，朱自清的个性与他的写作风格紧密相连，他以纯朴、诚实、直率的性格，在文学作品中表现了自然的灵性。他的人格和个性在他的作品中得以充分体现，作品意境中透露出他对美和真理的不懈追求。

---

[1] 李广田.最完整的人格[M] // 郭良夫.完美的人格：朱自清的治学和为人.北京：清华大学出版社，2003：150-159.
[2] 杨振声.朱自清先生与现代散文[M] // 吴晗，俞平伯.最完整的人格：朱自清先生哀念集.北京：北京出版社，1988：129-133.

第八章 传承变革——近现代的山水文学

朱自清的文风朴实自然，这在他对自然的描写中有所体现。阅读朱自清的作品，可以看到他在朴实自然的风格中不断创新，通过平淡展现神奇。以《春晖的一月》为例，春晖中学被山水环绕，景色宜人，但作者并没有直接描写这些美景，而是从一个初到春晖的旅客的视角切入："走向春晖，有一条狭狭的煤屑路。那黑黑的细小的颗粒，脚踏上去，便发出一种摩擦的噪音，给我多少轻新的趣味。"[①]之后朱自清细致描绘了一座小木桥，这座桥早在他到达车站时就引起了他的注意。然而，真正打动作者的是春晖的自然景观。他描述："山的容光，被云雾遮了一半，仿佛淡妆的姑娘。"这样朴实的"姑娘"被四周的青山所映衬，倒映在湖水中，呈现出另一种美丽的景致。在这里，山与湖远离人为的干预，展现出纯粹自然的关系。作者运用互拟的修辞手法，形象地描绘了这一景象："湖在山的趾边，山在湖的唇边；他俩这样亲密，湖将山全吞下去了。"在朱自清的笔下，自然不仅是外在的景观，更是内心感受与生命的统一。在文章的结尾，作者从情感的高潮过渡到对自然与人类文明关系的理性思考。现代生态伦理学要求人们重新评估近代以来的人类文明，特别是西方文明的发展模式，并反省现代社会的政治理念、经济结构和生活方式，以实现人类文明的根本性转型。对此，朱自清的认识非常清晰。朱自清在《春晖的一月》中说道："说到我自己，却甚喜欢乡村的生活，更喜欢这里的乡村的生活。我是在狭的笼的城市里生长的人，我要补救这个单调的生活，我现在住在繁嚣的都市里，我要以闲适的境界调和它。我爱春晖的闲适！闲适的生活可说是春晖给我的第三件礼物。"阅读《春晖的一月》，不仅能感受到春晖的自然美景，还能被作者的率真所感动。

自古以来，人们常以山水比喻人品，不仅强调品德，更强调气质和神韵，这是一种内在品质与外在形态的完美结合，具有深刻的审美意义。自然如人，被视为有生命的存在，人的神韵与自然的神韵相通，山水之

[①] 朱自清.春晖的一月[M]//朱自清全集：第4卷.南京：江苏教育出版社，1990：121-122.

美与人的美有着密不可分的联系。特定的个性和气质能够孕育出相应的自然景观，因此朱自清眼中的春晖与他人眼中的春晖截然不同。冯至在《朱自清先生》中提到，当年八位作家虽然有着共同的创作风格——散文化、朴实、带有浓厚的人道主义色彩，但遗憾的是这种风格并未成为主流，中国新诗因此走了许多不必要的弯路。他认为，能够将这种朴实精神持续保持，并应用于诗歌、散文的，可能只有朱自清一人了。这种朴实和真诚的文风，不仅展现了朱自清对自然和生活的热爱，也体现了他对人类文明与自然关系的深刻理解和反思。在现代社会中，人们常常迷失于都市的喧嚣和快节奏的生活，忽视了与自然的联系。通过回归自然，找到内心的宁静和生活的意义，人们才能重新审视现代文明的发展，反思自己的生活方式，寻找更加和谐、健康的生活方式。正如朱自清所倡导的，人们应珍惜自然赋予的美好，追求生活的本质和内在的精神价值。

朱自清的散文展示了他对自然的深刻感知和独特的艺术表达，其中绿色不仅仅是一个色彩，更是他文风的一种重要象征。在他的笔下，绿色不仅代表着自然的静谧与生命的活力，还蕴含着一种忧郁而柔美的艺术境界，为读者带来了一种朴素而清新的美的体验。这种生命的颜色在朱自清的描绘中生动而饱满，宛如一颗巨大的翡翠，成为中国文学中一个不朽的绿色印记。朱自清堪称中国文学中描写绿色的大师。在他的多篇散文中，对绿色进行了深入的描绘，丰富了中国文学中"绿"的意象，使其不仅仅是自然界的颜色，还包含了人的主观情感和历史人文的深层次意义。这些作品包括《桨声灯影里的秦淮河》《绿》《扬州的夏日》《南京》《威尼斯》《公园》《春晖的一月》《春》等，其中《绿》一文中对温州梅雨潭水色的描绘尤为著名。朱自清不仅赋予了潭水迷人的色彩，更是赋予了它生命和情感。潭水被描述为"汪汪一碧"，像一张巨大的荷叶，厚积的绿色仿佛是跳动的少女之心，光滑明亮如同涂了光油，清澈纯净如同温润的碧玉。这种绿色仿佛将蔚蓝的天空融入其中，鲜润而永不褪色。朱自清将这种绿色比喻为可爱的少女，命名为"女儿绿"，这

第八章　传承变革——近现代的山水文学

种描述不仅展现了景物的美丽，也深刻揭示了绿色的内在意义。他在文中反复赞叹这令人陶醉的绿色，将其视为对美、对生命的热情呼唤。

朱自清在其散文中对绿色的运用显示了他深厚的艺术修养。他在文中巧妙操控色彩的强弱、明暗与浓淡，每一处描绘都恰到好处，展示出独特的风格。例如，在《扬州的夏日》中，他描述"绿杨村的幌子，挂在绿杨树上，随风飘展，使人想起'绿杨城郭是扬州'的名句"，这里渲染的是闹市中的绿。① 在《南京》中，他描绘清凉山的幽静："扫叶楼的安排与豁蒙楼相仿佛，但窗外的景象不同。这里是滴绿的山环抱着，山下一片滴绿的树；那绿色真是扑到人眉宇上来。若许我再用画来比，这怕象王石谷的手笔了。"② 朱自清对水的绿色描写也各具特色。在威尼斯，作者感受到的海水"是那样绿、那样酽，会带你到梦中去"③。他用浓重的色彩描绘迷人的亚得里亚海，使之显得更加深邃而神秘，为威尼斯这座城市增添了一抹迷人的色彩。而在夜游秦淮河时，他体验到了一种不同的"绿"意境："秦淮河的水却尽是这样冷冷地绿着。任你人影的幢幢，歌声的扰扰，总像隔着一层薄薄的绿纱面幕似的；它尽是这样静静的，冷冷的绿着。"④ 这里的"绿"并非颜色，而是审美主体的一种深刻的主观感受，因此秦淮河上的"绿"被赋予了丰富的人文意味。

---

① 朱自清.扬州的夏日[M]//朱自清.朱自清全集：第1卷.南京：江苏教育出版社，1988：149.

② 朱自清.南京[M]//朱自清.朱自清全集：第1卷.南京：江苏教育出版社，1988：197.

③ 朱自清.威尼斯[M]//朱自清.朱自清全集：第1卷.南京：江苏教育出版社，1988：292.

④ 朱自清.桨声灯影里的秦淮河[M]//朱自清.朱自清全集：第1卷.南京：江苏教育出版社，1990：10.

第四节　郁达夫：山水与诗情的融汇

一、诗意盎然的人文山水

登上高峰，情感得以在山巅之上尽情流淌；面对浩瀚大海，思绪随波涛无限扩展。高山流水总是能唤起游人心中的诸多感慨。1933年4月，郁达夫与家人迁居杭州，自此过上了一种类似隐士的悠然生活。他常在山水间漫步，从中汲取灵感，创作了大量的山水游记，并汇编成《屐痕处处》和《达夫游记》两书。此外，他还在《宇宙风》杂志上连载了《闽游滴沥》系列游记。郁达夫的游记作品不仅仅是对自然景观的描述，更融入了丰富的个人情感、诗词，以及各种典故和传说，呈现出一种诗意浓郁的人文景观。

郁达夫拥有深厚的古典文学底蕴，热衷阅读并创作诗词。他曾在《谈诗》中表达对传统诗词中那种难以言传的意境的偏爱，认为这种"香象渡河，羚羊挂角"的意境在新诗中较为罕见，这种弦外之音在传统诗歌中表现得更为丰富和微妙。郁达夫山水游记作品的显著特点是他能够巧妙地运用诗词来增强文本的表现力。无论是描绘眼前的自然景观，抒发心中的情感，还是提高文本的艺术深度，他的诗词总能恰到好处地融入其游记之中。例如，在轮渡过江时，被落日余晖启发，即兴吟出"落日半江红欲紫，几星灯火点西兴"[1]；在经过义乌时，见到夕阳映照下的红叶和农民耕作的场景，随口吟道"骆丞草檄气堂堂，杀敌宗爷更激昂。别有风怀忘不得，夕阳红树照乌伤"[2]；在兰溪游览时，夜间的景色和音乐

---

[1] 郁达夫. 达夫游记[M]. 沈阳：万卷出版公司，2015：5.
[2] 郁达夫. 达夫游记[M]. 沈阳：万卷出版公司，2015：13.

激发他创作了两首诗"红叶清溪水急流,兰江风物最宜秋。月明洲畔琵琶响,绝似浔阳夜泊舟"[①]和"阿奴生小爱梳妆,屋住兰舟梦亦香。望煞江郎三片石,九姑东去不还乡"[②]。

山水之美,在于其自然之奇与文化之深。山因贤人而名显,水因文墨而盛传。山水不仅以自然景观的壮丽吸引人们,其深厚的人文底蕴更赋予了其特殊的审美价值。游者、诗人、文士在这些名胜之地留下了无数笔墨和趣事,使得这些自然景观变得意味深长,魅力无穷。郁达夫的《西游日录》便是这种文化景观与自然美景结合的典范。在游记中,他不仅记录了临安市玲珑山的美丽景色,还详细介绍了与苏东坡、黄庭坚、佛印等历史人物相关的典故和逸闻。如其对苏东坡在临安访琴操的描述,引用了毛子晋的《东坡笔记》,增添了文化的深度。游览钱武肃王的陵墓时,他并未过多赘述其历史功绩,而是选择记录一些生活中的小事,显示了他对生活细节的关注。在《浙东景物纪略》中,郁达夫将地理考察与野史探秘结合起来,不仅赋予了方岩静谧、烂柯如梦、仙霞险峻、冰川秀丽等自然景观以深邃的背景,也让读者在欣赏自然美景的同时,对地理和历史文化的演变有了更深刻的理解。《超山的梅花》《马六甲游记》《龙门山路》等作品,通过细腻的描写和深情的传达,不仅展示了景观的美,更透露了人文的历史。[③]这种融合了学者性格的写作风格,被视为"书儒"型的创作情趣,展现了郁达夫深厚的中国古典文化素养。在他的笔下,山水与情感、人文交融,共同营造出丰盈而深远的审美境界。

郁达夫的人文山水游记充满诗意,与古代以陆游为代表的文化型山水游记和当代以余秋雨为代表的文化游记均有所不同。陆游的游记风格主要聚焦于前人对山水诗词的描述,而不是单纯沉浸于自然景观本身。

[①] 郁达夫. 达夫游记[M]. 沈阳:万卷出版公司,2015:15.
[②] 郁达夫. 达夫游记[M]. 沈阳:万卷出版公司,2015:20.
[③] 朱德发. 中国现代纪游文学史[M]. 济南:山东友谊书社,1990:76.

例如，在《入蜀记》中，陆游在面对天门山的壮观景色时，并非直接表达对这自然美景的感受，而是回溯了李白、王维、梅尧臣等历史上的诗人如何描述这一景象，从而将文化记忆与个人体验紧密相连。陆游的游记还深入探讨了历史文化的背景，他不仅引用古人的诗句，还针对某些诗句的出处、历史事件的真实性以及碑刻等进行了深入的考证和分析，从而将游记写作提升到了文化研究的层面。与陆游依托古诗词和文化考证的游记风格不同，郁达夫的山水游记则表现出更直接的自然感受和个人情感的流露。他的作品不仅描绘了眼前的自然美景，也融入了丰富的历史典故和文化知识，但更多的是以一种诗性的笔触，将景观、情感与人文历史交织在一起，展现出一种更为直观和情感化的审美体验。

郁达夫的山水游记不仅能捕捉到自然的即时美感，而且通过引用诗词和叙述典故，传递了诗人的情感和思考，展现了一种深刻的智性追求。郁达夫的游记中，山水不只是外在的风光，更是情感的载体和文化的反射。他通过对景物的描绘和诗词的吟咏，将个人情怀与广阔的文化背景紧密相连，使得每一次游历都成为一次心灵的对话和文化的探索。这种风格的游记，不仅揭示了景观的直观魅力，也深掘了这些景观背后的文化深意。在郁达夫的笔下，山水游记不仅是对美丽景色的赞美，更是一种文化自省和情感表达的方式。这样的游记不仅为读者提供了视觉上的享受，更引发了其对生活、历史和文化更深层的思考，因而郁达夫的山水游记在中国现代文学中占有独特的地位。

二、摇曳多姿的山水情韵

在郁达夫的山水游记中，游历的体验和感受占据了核心位置。他描绘山水时，并非仅仅复制自然的表象，而是擅长捕捉景观的本质特征与神韵，追寻一种独特的氛围与意境，借此抒发情感并赋予景观以生命。例如，在《钓台的春昼》中，郁达夫精妙地描绘了一片寂静的自然环境：

第八章 传承变革——近现代的山水文学

"清清的一条浅水,比前又窄了几分,四围的山包得格外紧了,仿佛是前无去路的样子。并且山容峻削,看去觉得格外的瘦格外的高。向天上地下四围看看,只寂寂的看不见一个人类。双桨的摇响,到此似乎也不敢放肆了,钩的一声过后,要好半天才来一个幽幽的回响,静,静,静,身边水上,山下岩头,只沉浸着太古的静,死灭的静,山峡里连飞鸟的影子也看不见半只。"这段描述通过细腻的动作描写,突出了钓台深幽的静。其使用动词而非形容词来描绘景象,如同余光中所言:"写景的上策是叙事,再静的景也要把它写动,山水才有生命。"[1]

郁达夫的笔触不仅为静态的景致赋予了动感,还通过白描和写意的手法展现了这片山水独有的韵味:"这四山的幽静,这江水的青蓝,简直同在画片上的珂罗版色彩,一色也没有两样;所不同的,就是在这儿的变化更多一点,周围的环境更芜杂不整齐一点而已,但这却是好处,这正是足以代表东方民族性的颓废荒凉的美。"在这里,郁达夫不仅捕捉到了自然的静谧之美,还将这种美与东方民族的性格联系起来,展现了一种深刻的文化认同和美学体验。

《方岩纪静》《烂柯纪梦》《仙霞纪险》《冰川纪秀》等作品的标题即昭示了郁达夫在其游记中对山水特质的精准捕捉和表达,标题中的"静""梦""险""秀"都是对相应景观神韵的高度概括。在《杭江小历纪程》中,郁达夫通过各种生动的场景与比喻,展现了他对山水及其带来的艺术感受的深刻理解。例如,在义乌路上的描写中,夕阳下的青山沃野、红叶如花、辛勤的农民和耕作的黄牛构成了一幅"含有牧歌式的画意"的景象。这样的描述不仅捕捉了自然美,而且渗透了郁达夫对乡村生活的浪漫化想象。在兰溪的游历中,他将周围的山形水势和红叶人家比作"挂在四面用玻璃造成的屋外的水彩画幅",这种比喻不仅增加了描写的生动性,还强化了读者对景色美的感知。在小南海,郁达夫根据不同的观察角度,将所见景色比拟为"王摩诘的山水横幅""吴绫蜀锦

---

[1] 余光中.从徐霞客到梵谷[M].台北:九歌出版社有限公司,1994:35.

上的纵横绣迹""像六朝人的小品文字",这些比喻极大地丰富了景象的艺术层次,使得自然景观与人文历史紧密相连,提供了更为丰富的文化想象空间。

郁达夫以细腻的感受力和敏锐的观察能力,精心描绘自然景观,并将其融入深厚的文化底蕴中。在《花坞》一开篇,他从人们必游花坞点明其"幽深清绝"的独特之处,并围绕"清幽"这一主题进行深入描写。文章开头,郁达夫描述花坞被山环抱的地理特征,通过比较的手法突出花坞的深邃与秀丽:"花坞的好处,是在它的三面环山,一谷直下的地理位置,石人坞不及它的深,龙归坞没有它的秀。而竹木萧疏,清溪蜿蜒,庵堂错落,尼媪翩翩,更是花坞独有的迷人风韵。"接着,郁达夫巧妙地将花坞与人、花、菜进行比较,为读者提供了多种感官体验,使其全面地感受花坞的美。他写道:"将人来比花坞,就像浔阳商妇,老抱琵琶;将花来比花坞,更像碧桃开谢,未死春心;将菜来比花坞,只好说冬菇烧豆腐,汤清而味隽了。"

山水游记的构成通常可分为两种形式。第一种形式强调对单一景物或场景的精细描绘,通过具体的细节展现广泛的意象,类似于唐代柳宗元的《永州八记》或晚明时期的山水小品。第二种形式则采用动态的视角,随着游历的进程展开宏大的山水场景,如陆游的《入蜀记》和徐霞客的《徐霞客游记》等,这种结构更注重游览路线的顺序和连贯性。郁达夫在其游记中巧妙地融合了这两种形式,既细致描绘特定景物,又按照旅途的实际经历展开叙述,兼具个性化的景观描写和情景交融的流畅叙述。他还特别擅长使用转笔技巧,赋予其游记一种优雅而曲折的美感。例如,在《超山的梅花》中,郁达夫开篇便提及虽然许多游客会在杭州西湖周边游玩,但对于距离杭州三五十里的超山,却鲜少有人涉足。此处笔锋突转,引入古代游客对超山的情感牵绊和梅花赏析,从而引出超山梅林的壮丽景象,千枝竞开,万蕊飘香。随后,郁达夫再次转笔,将读者引入塘栖镇的诗意风景中,通过写景与抒怀的交替,呈现出层层递进的艺术效果。在《桐君山的再到》中，郁达夫通过数次精心设计的转折，逐步引领读者深入主题，展现了他对曲径通幽的精妙掌控，充分显示了他的写作巧思和情感深度。

三、山容水态旧还新

山水之美，自古以来便是文人墨客共同的话题。我国的名山大川众多，历代文人都留下了许多描绘这些自然景观的精彩游记。在魏晋南北朝时期，文人描写山水时常采用"分类描绘"法，这一方法能够将自然景观的丰富多彩和层次感生动地展现出来。例如，鲍照在《登大雷岸与妹书》中，按照地理的方位来组织文章结构，从高山到平原，再到江波，最后是水泽，顺序明确，图景生动，给人以身临其境的感觉。到了唐代，不仅有"分类描绘"法，还出现了"移步换形"法，这种方法随着作者的行走逐步描绘所遇见的景物，景观随着步伐的移动而变化，使得描绘方式更加灵活多变。柳宗元的山水游记便是这一时期的代表作之一。他通过细致入微的观察和独到的视角，精准捕捉山水的主要特征，并巧妙地将静态的景物转化为动态的情景，情与景融为一体，由景生情，情景交融，创造了充满个人情感色彩的"有我之境"。他的作品不仅展现了自然之美，也寄托了他孤傲、高洁而又幽深冷峻的审美情怀。这种方式不仅能让读者看到景物的外在美，还能感受到诗人的内心世界和情感表达。

郁达夫在其作品中渴望达到"心凝形释，与万化冥合"的精神境界，渴望融入自然与宇宙的和谐统一中。在《花坞》中，他对古朴恬淡的世外生活充满了向往，而在《闽游滴沥之四》中，他赞赏那些生活在如桃花源般自然环境中的山民，看到了人与自然和谐相处的美好。在《钓台的春昼》中，郁达夫更是描述了一种忘我心境："一个人在这桐君观前的石凳上，看看山，看看水，看看城中灯火和天上的星云，更做做浩无边际的无聊的幻梦，我竟忘记了时刻，忘记了自身……"尽管郁达夫深刻体验到自然的纯粹美好，但他仍旧无法完全摆脱对现实困境的牵挂，特别是对国家和民族的忧虑。在他描述花坞变化的过程中，他感受到了现实世界的侵扰："竹木的清幽，山溪的静妙，虽则还同太古时一样，但房屋加多了，地价当然也增高了几百倍；而最令人感到不快的，却是这花坞的住民变作了狡猾的商人。庵里的尼媪，和退院的老僧，也不像从前的恬淡了，建筑物和器具之类，并且处处还受着了欧洲的下劣趣味的恶化。"这段描述反映了即使在自然与精神的避难所中，现代化和商业化的影响也不可避免，逐渐侵蚀了传统的纯净和宁静。

在郁达夫的《冰川纪秀》中，郭家洲的自然景色虽然秀丽，却被当时的社会现实和政治氛围所掩盖。他描述道，"到了冰溪的南岸来一看，在衢州见了颜色两样的城墙时所感到的那种异样的，紧张的空气，更是迫切了；走下汽车，对手执大刀，在浮桥边检查行人的兵士们偷抛了几眼斜视"，以及"浮桥的脚上，手捧着明晃晃的大刀，肩负着黄苍苍的马枪，在那里检查入城证、良民证的兵士，看起来相貌都觉得是很可怕"。这段话描绘了一幅与自然美景截然不同的画面：刀光剑影和盘查行人的阴森场景，这些细节生动地反映了当时社会的不安与紧张。正如评论家阿英所指出的，郁达夫的小品文不仅是对美丽风景的描绘，更深刻地表达了一个富有才情的知识分子在动乱社会中的苦闷与无奈。[①]他的游记虽然描写自然景观，但在文字深处，他的愤怒和不满也随之流露出来，反映了他对时代的深刻反思和批判。

山依旧是那座山，水依旧是那片水，而游者追求的往往是一种超然物外的境界。古代的山水游记通常聚焦于表达个人的闲情逸致，借游历山水来寻求精神上的解脱和天人合一的境界。在这些游记中，作者往往倾注个人的不幸经历或情感，展现对世俗的超脱或个人情绪的抒发，对现实社会的关注通常不是主要内容。然而，郁达夫在山水之中寻求的不

---

① 阿英. 现代十六家小品 [M]. 天津：天津市古籍书店，1990：343.

是个人情感的疏导，他的作品与社会现实紧密相连，映射出他对现实社会和人生的深刻感慨。他不仅反映了对反动政权的激烈抗议，还表达了对国家悲剧和民众苦难的深切同情。这种忧国忧民的情怀与诗意般的意境相融合，在郁达夫的游记中产生了强烈的张力和深邃的意味，使得他的文本不仅是对美的赞歌，更是对现实的深刻反思和批评。

余光中曾经指出，游记的作家所传达的应是山水的精神，而非其表面的描写，即山水的"家谱"。[①] 真正的游记，通过描绘山水，表达了作者的内心世界。在郁达夫的笔下，山水不仅是自然界的元素，更是心灵的投射。他倾向于描写那些清幽、寒静的景象，如清风、流水、残月等，这些都与他的内心世界和审美倾向紧密相连。在《方岩纪静》中，郁达夫描述方岩的山水幽静灵秀，五峰书院的环境"清幽岑寂到令人毛发悚然"。站在五峰书院楼上，他体验到一种"幽静、清新、伟大"的感觉自然而然地涌向他，这种描述不仅捕捉了景色的美，更深刻地反映了他对这种美的内心感受。同样，在《半日的游程》中，他描述沿溪入谷时，"贪味着这阴森得同太古似的山中的寂静"，这种描述表达了他对深邃静谧自然环境的深切感受和喜爱。

郁达夫从小热爱古典诗文，早年留学西方，深受中西文化熏陶，形成了融合中国传统"士"文化与西方现代知识分子意识的复杂人格。1926年，郁达夫加入广州的创造社，希望通过参与革命活动寻找精神寄托。然而，由于国民党内部的派别斗争和对民众的欺压，他对革命失望，1927年撰写了《广州事情》等文章，揭露腐败，随后与创造社决裂。这段时期对政治的失望和个人生活的不顺导致了他深刻的心理痛苦。1933年，郁达夫移居杭州，开始了一种类似隐逸的生活，他的作品风格也发生了变化，开始创作富有诗意和怡然自适的山水游记。他的游记不仅描绘自然景观的美，更反映了他的内心世界和个性。例如，在《半日的游程》中，郁达夫与旧友沿溪入谷，体验山谷的幽静，透过与茶庄老翁的

---

① 余光中.从徐霞客到梵谷[M].台北：九歌出版社有限公司，1994：62.

诗意对话，展现了他诗性浪漫和风趣的一面。

郁达夫的现代山水游记，通过生动有趣的对话和情景描写，不仅体现了他的个性化色彩和文人的隐逸情怀，还反映了他对社会现实的深刻关注。他的游记作品将自然、自我和社会关怀融为一体，推动现代山水游记达到了一个全新的艺术境界，展示了一种独特的现代文人的生活态度和审美追求。

第九章　当代视角下的山水文学

第一节　山水文学的当代价值

一、山水文学的美学价值

（一）提供了心物融通、人与自然一体化的途径

山水文学的美学价值不仅体现在其自身的艺术性上，更体现在它提供了一种深刻的心灵与自然融合的途径上。自东晋时期开始，文人对于山水的理解和表达已经从简单的赏析转为一种与自然和谐共处的生活哲学。在《宜都山川记》中，袁山松提出"山水有灵，亦当惊知己于千古矣"，这一观点不仅强调了自然界的生命力，也体现了与自然界之间深刻的心灵共鸣。袁山松在描绘三峡的壮丽景色后，强调了个人与山水之间的情感交流，"惊知己"成为理解山水美的关键，揭示了人与自然之间不仅是感知的对话，更是情感与精神的深层交融。

钱锺书在《谈艺录》中的表述"我心如山水境""山水境亦自有其心，待吾心为映发也"，进一步深化了这种观念。山水之美不再是单方面的

主观感受，也不仅仅是客观存在，而是主观与客观的和谐统一。罗宗强在《玄学与魏晋士人心态》中也强调，山水之美必须与欣赏者的情感相融合，这样才能真正成为人们眼中所见的美。山水审美的实质是一种情感的流注，是将个人情感投射到自然之中，与之心灵相通。刘勰在《文心雕龙·物色》中通过"春日迟迟，秋风飒飒。情往似赠，兴来如答"的诗句，生动描绘了这种物我交融的美学体验。春天的温暖和秋天的清爽，都被赋予了丰富的情感色彩，观景如同赠予，感悟自然如同得到回应。这种以情动景、以景激情的互动，显现了一种深层的情感交流和生命的对话。杨炯在《西陵峡》中重申了袁山松的观点，用"及余践斯地，瑰奇信为美。江山若有灵，千载伸知己"来强调与自然的精神对话。这不仅仅是对美的感知，更是一种与自然灵魂的深度交流，反映了一种深刻的心物合一的哲学思考。

山水文学的这种美学价值和哲学深度，为中国文化中的自然观提供了独特的视角。它不仅是对自然美的欣赏，更是一种心灵与自然和谐共生的方式。这种生命境界的美学体验，不仅美化了自然景观，也丰富了人的精神世界，促使人们在自然中寻找和确认自己的生命意义和精神寄托。

山水文学的兴起与发展，特别是在晋宋时期的繁荣，不仅标志着文学形式的一种创新，更预示着一种文化和哲学的深刻转变。在这种转变中，山水不再仅仅是自然景观的描述，它变成了一种包含哲学思考、情感体验与精神探索的复合文化现象。因此，山水文学不仅为文学艺术的发展贡献了独特的美学资源，也为中国人的生命观和自然观提供了深刻的哲学基础和情感寄托。

（二）提供了在自然感发下心灵美的艺术呈现的文学载体

山水文学超越了对自然美景的简单描绘，更深入地探讨了自然美所引发的内心感受和灵魂共鸣。李白在《独坐敬亭山》中的表述"众鸟高

飞尽，孤云独去闲。相看两不厌，只有敬亭山"，是这一主题的经典表现。诗中，李白描述了在鸟群飞散、孤云单行的空旷景象中，自己将所有的情感都投注给了敬亭山。这种情感的投射不仅是一种视觉上的欣赏，还是一种心灵上的深刻交流。敬亭山在这里不只是一个物质，它被赋予了灵性，成为诗人心灵的镜像和对话伴侣。这种"相看两不厌"的境界，展现了人与自然之间的深度融合，其不仅是寻求心灵慰藉的过程，更是心灵与自然界达到和谐统一的象征。

张孝祥的《念奴娇·过洞庭》则描绘了一种更为宽广而静谧的心灵状态。诗中，"洞庭青草，近中秋，更无一点风色。玉界琼田三万顷，著我扁舟一叶"，表达了诗人在中秋节附近，独自一人在宽阔、静谧的洞庭湖上泛舟的情景。这一幕不仅是对自然美的赞叹，更是对内心世界的深刻映照。湖面如镜，清澈通透，仿佛能洞察词人的心灵，使其变得透明无暇。"素月分辉，明河共影，表里俱澄澈"描绘的是一种心灵与自然完美融合的境界，天人合一的美学体验在此达到了巅峰。此外，词句"悠然心会，妙处难与君说"强调了这种美的体验是难以用言语表达的。它不仅是视觉的享受，更是一种精神的自由和心灵的超越。这种体验中的自由和清晰，是一种深入骨髓的凉爽和透明，如同心灵被完全释放，与宇宙的每一种元素和谐共存。

徐霞客在其旅行笔记《浙游日记》中，多次记录了他在自然界中的深刻体验和感悟。他描述了如何在日落和月升之际，体验到自然的清净和透明，"夕阳已坠，皓魄继辉，万籁尽收，一碧如洗，真是濯骨玉壶，觉我两人形影俱异，回念下界碌碌，谁复知此清光"。这句话表达了在宁静的自然环境中，感受到与世俗生活截然不同的精神洗礼。他进一步描绘了在江边月光下的体验，"江清月皎，水天一空，觉此时万虑俱净，一身与村树人烟俱熔，彻成水晶一块，直是肤里无间，渣滓不留，满前皆飞跃也"。这种描述不仅展现了自然的壮丽景色，更反映了徐霞客内心的清明和透彻。这些描述与张孝祥在《念奴娇·过洞庭》中表达的中秋夜在洞庭湖上的体验颇为相似，都表现了一种与自然完美融合的心灵状态。在这种状态下，审美主体仿佛变成了一块通体透明的水晶，内心之尘垢全然洗净，精神和自然界融为一体。徐霞客的这些感受充分体现了他在自然美景中达到的精神净化和心灵升华。

山水文学不仅是对自然景观的赞美，更深层地体现了对生命本身的赞美和反思。它在表现自然美的同时，揭示了诗人的人格美和生活美。自然美与人格美的相互作用，生成了一种独特的美学光芒。在这方面，张若虚的《春江花月夜》成为后世难以超越的经典。这首诗不仅描绘了春江月夜的场景，更深刻地表达了诗人对生命和自然和谐美的理解和感悟。如此，中国山水文学成了展现自然与人心相交融的一种深刻的表达方式，其价值远超其表面的自然描写，触及了人类共通的情感和精神追求。

（三）提供了中国古典诗学基本的概念、范畴，为中国古典诗学的建设、发展做出贡献

中国古典诗学的基本概念和范畴，如"观物取象""立象以尽意""得意忘象""澄怀味象""依类象形""应物象形""兴象""意象""意境""境界"，以及心物关系、情景关系等，均源自对自然界山川景物的深入观察和体悟。这些诗学原则不仅为诗人提供了灵感和启迪，而且深刻地影响了他们的创作过程，使得自然景象成为诗人情思的象征，是其艺术才能的体现和衡量标准。例如，王维的"雨中山果落，灯下草虫鸣"（《秋夜独坐》），李白的"人烟寒橘柚，秋色老梧桐"（《秋登宣城谢朓北楼》），杜甫的"星垂平野阔，月涌大江流"（《旅夜书怀》），温庭筠的"鸡声茅店月，人迹板桥霜"（《商山早行》），秦观的"有情芍药含春泪，无力蔷薇卧晓枝"（《春日》），苏轼的"一千顷，都镜净，倒碧峰。忽然浪起，掀舞一叶白头翁"（《水调歌头·黄州快哉亭赠张偓佺》），张耒的"日暮北风吹雨去，数峰清瘦出云来"（《初见嵩山》），袁中道的"别有销魂清

绝处，水边雪里看红梅"(《雪中望诸山》)，这些诗词均展示了诗人如何在自然万象中寻找并表达深层意义，实现意象与意境的完美融合。

宗白华先生在《中国艺术意境之诞生》中指出，艺术家通过心灵映射自然万象，用山川景物来表现其主观的生命情调与客观的自然景象交融互渗，创造出一种既生动又深邃的艺术灵境。这种灵境，即意境，是艺术之所以成为艺术的根本所在。他进一步说明，大地本身就是宇宙诗心的显现，诗人和画家的心灵活跃，仿佛宇宙的创化过程，它的卷舒取舍，如同太虚酝酿或寒塘留下的雁迹，空灵而自然。

董其昌在《画禅室随笔》中提出："大都诗以山川为境，山川亦以诗为境。名山遇赋客，何异士遇知己。"这句话深刻地表现了诗与自然山川之间的互相成就和深入交流，如同知音相逢一般。孔尚任在《古铁斋诗序》中阐述："盖山川风土者，诗人性情之根柢也。得其云霞则灵，得其泉脉则秀，得其风陵则厚，得其林莽烟火则健。凡人不为诗则已，若为之，必有一得焉。"这段话说明了自然环境对诗人创作的深远影响，只有在自然的陶冶下，诗人的作品才能展现出真正的灵性和诗意。清人吴沃尧在《劫余灰》第一回中说："非独人有情，物亦有情。如犬马报主之类，自不能不说是情。甚至鸟鸣春，虫鸣秋，亦莫不是情感而然。非独动物有情，就是植物也有情。但看当春时候，草木发生，欣欣向荣，自有一种欢忻之色。到了深秋，草木黄落，也自显出一种可怜之色。如此说来，是有生机之物，莫不有情。"王国维在《人间词话》中所言："以我观物，故物皆著我之色彩。"在山水审美中，人们让自己的本性逼近对象，体味对象，灌注生气给对象，于是人们在对象中看到了气韵，看到了情调，看到了生命，看到了自己，并由此获得"自得"与"忘我"的喜悦，实现精神上的绝对自由。山水文学的独特魅力因此得到了充分的体现。

在山水文学的审美过程中，人们通过将个人本性与自然对象紧密结合，深刻体验和感受自然，给自然注入生命力。这种深度的互动使人们在自然中发现了气韵、情调、生命的迹象，甚至发现了自身的反应。由此产生的"自得"与"忘我"的喜悦，以及精神上的绝对自由，体现了山水文学独特的魅力和深邃的审美价值。这种文学不仅是对自然美的描绘，更是人类情感与自然界深度对话的结果，展现了人与自然和谐共生的美学理念。

二、中国山水文学的旅游价值

山水文学不仅作为一种文学形式存在，它还深深嵌入旅游活动中，成为一种独特的旅游资源。旅游者在游历各地的山水时，通过阅读这些山水文学作品，不仅能够领略到美丽的自然风光，更能深入理解那个历史时代的生活风貌以及其中的政治、军事和文化背景。

现代旅游业的核心之一是满足旅游者的审美需求，这种需求不仅限于对自然美景的浅层欣赏，还是在更深层次上对文化的认识和心灵的滋养。山水文学作品，如诗、文、画等，通过其丰富的历史情境和深厚的文化内涵，为旅游景点增添了文化的厚度和艺术的光彩。例如，湖南的山水文学，不仅展示了湖南壮丽的自然风光，还体现了湖南深厚的文化底蕴和历史传统，成为湖南旅游文化的精华和支柱。

在旅游景区，配以相关名家的传世之作和详细的解说，既增强了景点的艺术价值，也提升了游客的文化体验。导游和接待人员通过向游客介绍这些作品的背景和意义，进一步丰富了旅游者的体验，使他们在欣赏美景的同时，能感受到文化的深度和艺术的魅力。此外，山水文学还扮演着"守护者"的角色，保护和传承中华民族的文化遗产。它不仅提升了著名旅游景观的文化品位和审美价值，更将这些文化精华作为一种不可复制的旅游瑰宝，向世界展示了中国的美好形象。这种文化的传播和展示，不仅增加了这些美景的知名度，而且让这些作品本身成为超越时空的全人类共同的文化财富。

因此，山水文学的价值在于它既是一种艺术形式，也是一种文化传

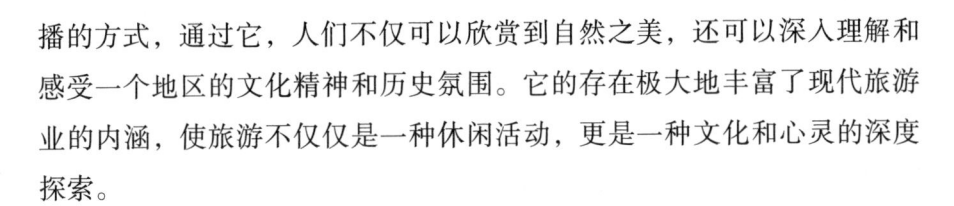

播的方式，通过它，人们不仅可以欣赏到自然之美，还可以深入理解和感受一个地区的文化精神和历史氛围。它的存在极大地丰富了现代旅游业的内涵，使旅游不仅仅是一种休闲活动，更是一种文化和心灵的深度探索。

（一）山水旅游文学可以激发人们的旅游热情

山水旅游文学反映了人们对行旅和游览活动的深刻体验，其内容丰富多彩，形式多样，满足了旅游者广泛的需求。这种文学首先能激发人们对祖国的深厚情感，尤其是那些出于寻根或怀旧目的旅行的人们。祖国的河山不仅广阔壮丽，而且历史悠久、文化灿烂，这些都是其强大凝聚力的源泉。无论是繁华的城市还是宁静的乡村，无论高耸的岩石还是宽广的湖泊，都有先人的足迹和历史的印记。这些遗迹不断唤起人们对祖国的深情眷恋。祖先们在自然界中的开拓、改造以及对自然美的艺术表现，使后代感到惊奇、自豪和光荣。这些情感和认知在历代的山水旅游文学中得到了生动的展现。

读者在细读这些作品时，仿佛能跟随古人的步伐，探索先祖的遗迹和历史的痕迹，心灵得到既古老又新鲜的精神滋养，激发起探寻的欲望。山水旅游文学不仅记录了美丽的自然景观和历史遗址，还记述了一代又一代旅行者探索祖国山河的壮举。例如，郦道元和徐霞客等历史人物，他们将毕生的精力投入对山川奥秘的探索中，不畏艰险，常以惊人的勇气和决心，攀登险峰，探索深洞。他们的探险生活充满了惊险与奇迹，他们以充满激情的笔触记录下祖国的山川之美。他们的作品如同诗歌、画作一般，歌颂了祖国的大好河山。阅读他们的作品，人们不仅会被他们的热情所感染，更会受到他们深爱祖国的壮阔山水的精神的启发，激起跟随他们的足迹探索自然的强烈愿望，更深入地融入祖国壮丽山河的怀抱中。

山水旅游文学在对自然景观的描绘上，往往超越了自然形态本身，通过文学的手法展现出更为动人的美。大自然的多变风貌，如雨雾晴晦的变化、山水树岩的布局，一旦通过文学的形式表达，便呈现出更加精美的形态。例如，那些雄伟的高山峻岭，剔透如洗的险峰巨石，高耸的峡江岩岸，以及广袤无垠的浩渺烟波等，都在文学中找到了更为生动的表达。这些自然景观在转化为文学形象后，通过作家的笔力强弱、着墨浓淡、风格刚柔、比兴运用，以及笔调的清、幽、明、暗变化，不仅精准地展示了自然美的本质特征，还生动地体现了山水的神秘和自然的意趣。更为重要的是，这些描述不仅仅停留在形象的描绘上，由于融入了社会生活的内容、作者的情感体验，以及艺术的象征和比拟，这些文学作品赋予了自然美更深层次的观念意义。这样的处理不仅加深了自然景观的文化底蕴，也使得欣赏者在体验美的同时，形成了一种兼具社会内容和深层意义的审美态度。这种丰富多样的欣赏体验，让人们在阅读和观赏过程中，不仅感受到美的表象，更能体会到美的深刻内涵，从而获得更加深刻和全面的美的体验。

山水旅游文学通过其精彩的描述，不仅美化了自然景观，还显著扩大了旅游地的影响力和知名度。中国历史上不乏因文而名的旅游胜地。例如，王羲之的《兰亭集序》使浙江绍兴的兰亭成为历代文人墨客的必访之地，吸引了无数游客前来朝圣，其影响力延续至今。又如，岳阳楼最初只是一个军事观察台，后因范仲淹的《岳阳楼记》而名扬四海，成为"洞庭天下水，岳阳天下楼"的象征，文章赋予了其深厚的文化底蕴，并使其成为文人雅士聚集和创作的圣地。洞庭湖，古称"云梦泽"，作为中国第二大淡水湖，其美丽的景观在范仲淹的笔下得到了生动的描绘，无论是壮观的湖景还是变化多端的天气，都在《岳阳楼记》中被细致地描写出来，激发了人们深入探索和欣赏的兴趣。其他如杜甫草堂、黄州赤壁、醉翁亭、少林寺等地，虽然自然景观平常，却因关联的诗词歌赋而声名远播。这些文学作品不仅提升了相关地点的文化价值，还增加了游客的参与度，使人们在欣赏美景的同时，能追寻历史足迹，增长知识，体验文化。

（二）山水旅游文学可以提高人们对山水美的鉴赏能力

山水旅游文学不仅丰富了人们的文化生活，更提升了人们对自然美的鉴赏能力。在旅游活动中，无论出发点是什么，游客总会接触到自然之美。如果没有一定的审美能力，游客可能无法充分领略自然风光的美，从而影响其旅游体验的深度和满意度。

提升人们的审美能力成为旅游业发展中的一项基础性工作。山水旅游文学历经两千年的沉淀，不仅具有丰富的文学价值，还为人们提供了丰富的审美经验。这些文学作品不仅记录了自然景观，还描绘了人们与自然的互动，反映了人们对自然山水的敬畏与崇拜，这种情感与文化意识虽显幼稚与淳朴，却具有深刻的情感教化价值。

通过深入学习和体验山水旅游文学，人们可以在审美的广度和深度上获得启发，开拓视野，增加对自然美的感知力。这不仅可以增强个人的文化素养，还可以激发更广泛的社会群体对自然景观的热爱和欣赏，从而提升整个旅游行业的文化品位和吸引力。

（三）山水旅游文学对旅游的促进作用

山水旅游文学在促进旅游活动中扮演着关键角色，从心理学的视角考虑，人们在旅游过程中的感知和体验大大受到兴趣和预期的影响。心理学研究指出，人的知觉具有选择性，通常只对那些引起注意或兴趣的刺激进行处理，而对其他信息进行筛选或忽视。这种知觉的选择性意味着在旅游过程中，游客对于那些能够引起他们兴趣的元素更加敏感和关注。

山水旅游文学通过生动的描写和情感的传达，能够显著增强游客对旅游目的地的兴趣。这些文学作品不仅描述了自然景观的美丽，还融入了文化和历史的深度，使得游客在预备阶段就形成了对这些地方的强烈期待。例如，通过阅读描绘某地自然和文化风貌的诗文，游客可能会被其中的历史故事或自然美景所吸引，从而激发其探索和体验的欲望。

阅读山水旅游文学有助于游客在旅游过程中的知觉活跃，使他们更加积极地感受和体验旅游目的地。通过文学中细致的描述和情感的表达，游客的知觉更加集中于那些文学作品中描绘的景观和故事，从而增加了旅游体验的深度和满足感。

因此，山水旅游文学不仅是提供信息的渠道，更是激发游客旅游兴趣和引导游客感知的有效工具。旅游业界应当重视这种文学作用，将其作为培养和提升游客兴趣的策略之一，从而更有效地促进旅游活动的发展。通过这种方式，山水旅游文学能够增强游客对旅游目的地的认知和感情投入，使旅游不仅仅是一次外出活动，更是一次深刻的文化和情感体验。

第二节　山水文学的未来发展

一、技术与媒体的融合

（一）数字化传播：电子书籍与在线文学平台对山水文学的影响

随着信息技术的快速发展，数字化传播已经成为现代社会的主流媒介。电子书籍和在线文学平台提供了全新的方式，使得传统的山水文学得以在全球范围内传播，触及更广泛的读者群体。电子书籍的便捷性和易获取性大大降低了读者接触山水文学的门槛。读者无须纸质图书，便可以随时随地通过智能设备阅读，这种即时性和便捷性显著提升了山水文学的传播效率和影响力。

在线文学平台则为山水文学创造了一个互动性强的展示空间。这些

平台不仅提供传统的文本内容，还能结合评论、讨论等社交功能，增强读者的参与感和沉浸感。此外，这种平台能够根据读者的阅读习惯和偏好推荐相应的山水文学作品，从而更精准地满足不同读者的需求。这不仅扩大了山水文学的受众基础，还促进了作品的多样化发展。

（二）增强现实与虚拟现实：提升山水文学的沉浸感和体验

增强现实（AR）和虚拟现实（VR）技术的应用，为山水文学提供了全新的展示和体验方式。通过这些技术，读者可以虚拟进入文学作品描述的自然景观中，如亲临其境般感受作者笔下的山水美景。例如，使用VR头盔，读者可以体验站在高山之巅的感觉或是亲临深谷幽泉，这种身临其境的体验让文学作品的情感表达和美学价值得到极大的增强。

AR技术则可以在用户的现实环境中叠加文学元素，如在现实的景观中添加文学作品中的诗句或画面，提供一种新的互动体验。这种技术不仅增强了文学作品的吸引力，还加深了读者对文学作品深层意义的理解和感悟。

（三）多媒体交互体验：通过视频、音频和交互式网站增强文学作品的表现力

多媒体技术的运用为山水文学提供了多样化的表达方式。视频和音频的引入，使得文学作品可以跨越文本限制，通过视觉和听觉的双重刺激来表达作品的情感和意境。例如，一个关于山水的文学作品可以通过背景音乐、实地拍摄的视频和配音诗词来共同展现，使读者在视觉和听觉上都能得到全面的艺术享受。

交互式网站则通过提供可点击的内容、互动讨论区和定制化阅读路径等功能，让读者可以根据个人兴趣选择不同的阅读方式和深入了解不同的内容。这种互动性不仅增加了读者的参与感，还使得文学作品的解读更加多元化，满足了现代读者与文学作品深层次互动的需求。

二、环境意识与生态文学

山水文学作为一种表现自然美与人类情感交织的艺术形式，不仅仅是对美的赞美和记录，也逐渐成为推广生态保护意识和应对全球环境问题的重要文化力量。随着全球环境问题的日益严峻，生态文学的兴起显得尤为重要，它通过文学的力量唤醒公众的环境意识，促进自然保护行动的开展。

在现代社会，山水文学的作家不再局限于描绘自然景观的壮丽，还在作品中引入生态批判和自然关怀的主题。这种文学形式转变的一个重要方面是，作家开始探讨人类活动对自然环境的影响，通过生动的叙述和深刻的思考，展现自然环境受损的严重后果。例如，一些作家通过描述污染的河流、退化的森林和濒危的野生动植物，直观地表达了对当前环境状况的担忧，这样的文学作品不仅是艺术的创造，更是对公众的一种警示。

此外，山水文学中的生态思想也反映了对传统与现代生活方式冲突的反思。在赞美自然的同时，文学作品中往往批评了现代工业活动对环境的破坏，推崇一种与自然和谐共生的生活方式。这种思想的传播有助于塑造一种生态友好的公共意识，激发人们在日常生活中开展更加环保的行动。

全球气候变化是当今世界面临的另一个重大挑战，山水文学在这方面同样发挥了积极的作用。作家通过描写极端气候事件、生态系统的变迁和气候变化对人类社会的影响，使读者能够直观感受到气候变化的实际后果。这些文学作品不仅仅局限于表达悲观和焦虑，更多的是通过展示各种适应和缓解措施，传达出一种积极应对和改变的思想。

通过多样的表达和广泛的主题，山水文学成为生态文学的重要组成部分，不断地在全球范围内推广生态保护的理念。它通过艺术的形式，增强了人们对环境保护的认识，促进了对可持续发展目标的追求。山水

文学的这种转型不仅表明了文学自身的适应性和发展性，也显示了文学作为人类文化的一部分，在全球环境治理中所能发挥的独特和重要作用。通过这些作品，读者不仅能够获得美的享受，更被鼓励去思考和行动，以减少对环境的负面影响，共同维护人类赖以生存的地球家园。

三、全球化背景下的文化交流

在全球化的大背景下，山水文学逐渐从一个地域性的文学形式转变为世界性的文化遗产。这种转变不仅依赖于文学自身的魅力，还依赖于跨文化写作、翻译工作以及国际合作项目的共同努力，这些因素共同作用，推动了山水文学在全球范围内的传播。

山水文学在跨文化写作中的表现尤为突出，作家通过融入不同文化元素，使得作品更具国际吸引力。这些作家不仅仅局限于传统的山水描写，还引入外来文化的观念和美学，如与其他国家的文学形式相结合或采用外国文学的叙事技巧和风格。这种文化的融合不仅丰富了山水文学的表现手法，也使其更容易被不同文化背景的国际读者接受和欣赏。

翻译工作是山水文学国际化不可或缺的一环。优秀的翻译不仅需要忠实地传达原作的意境和风格，还需要对接受文化进行适当的调整和本地化，使得文学作品能够跨越语言和文化的障碍，触达更广泛的读者。翻译直接影响到作品在国际上的传播效果和接受度，因此，专业的翻译是推动山水文学走向世界的关键。

此外，国际合作项目也为山水文学的全球传播提供了平台和机遇。通过国际文学节、研讨会和展览等形式，山水文学得以在世界各地展示其独特魅力。这些活动不仅为作家和作品提供了展示的舞台，更促进了国际文化交流和理解。具体的合作项目如中外文学交流项目，可以通过互译作品、举办联合文学活动等方式，增进不同文化之间的理解和尊重。

四、新兴主题与创新表达

在当今时代，山水文学的变革不仅体现在内容的更新上，更体现在形式和表达方式的革新，以及新一代作家对这一传统文学类型的重新诠释和创新上。这些变化响应了现代社会的需求，使山水文学能够更好地反映当代生活的复杂性和多样性。

现代社会议题，如城市化、环境危机和全球化等，已经成为山水文学的新主题。传统的山水文学主要聚焦于自然美景的描绘和对田园生活的向往，而现代山水文学开始探讨城市化进程中自然与人工环境的冲突和融合，反映现代人对自然的怀念与异化。

在形式与风格上，山水文学也正在经历一系列的创新。现代技术的运用，如网络、多媒体等，为山水文学的呈现提供了新的可能性。传统的文字叙述被视觉艺术、音频解说和视频展示所补充或替换，使得作品能够触及更广泛的受众并增强其感染力。此外，写作技巧上的革新，如非线性叙述、多视角展示和混合文体的使用，也让山水文学的表达更为丰富和现代。

年轻一代作家对于山水文学的贡献尤为显著，他们不仅吸收了传统文学的精髓，更加入了自己对于当代生活的理解和感悟。这些年轻作家通常具有更广泛的国际视野和更深刻的社会责任感，他们的作品往往试图对话全球观众，探讨全球性问题。这样，山水文学不仅仅是对美的追求，也成了推动社会思考和文化自省的力量。

参考文献

[1] 胡应麟.诗薮[M].2版.北京：中华书局，1962.

[2] 《文学遗产》编辑部.世纪之交的对话：古典文学研究的回顾与展望[M].上海：上海古籍出版社，2000.

[3] 阿英.现代十六家小品[M].天津：天津市古籍书店，1990.

[4] 班固.汉书[M].乙力，编译.西安：三秦出版社，2008.

[5] 勃兰兑斯.十九世纪文学主流：第4分册 英国的自然主义[M].徐式谷，江枫，张自谋，译.北京：人民文学出版社，2022.

[6] 车尔尼雪夫斯基.生活与美学[M].周扬，译.北京：人民文学出版社，1957.

[7] 丹纳.艺术哲学[M].傅雷，译.杭州：浙江人民美术出版社，2017.

[8] 瀛奎律髓汇评[M].方回，选评.李庆甲，集评校点.上海：上海古籍出版社，2020.

[9] 方玉润.诗经原始[M].李先耕，点校.北京：中华书局，1986.

[10] 费振刚，仇仲谦，刘南平.全汉赋校注[M].广州：广东教育出版社，2005.

[11] 傅敏.傅雷家书[M].4版.北京：生活·读书·新知三联书店，1994.

[12] 傅璇琮，蒋寅总，郭英德.中国古代文学通论：明代卷[M].沈阳：辽宁人民出版社，2005.

[13] 高建新.诗心妙悟自然：中国山水文学研究[M].呼和浩特：内蒙古大学出版社，2008.

[14] 葛晓音.汉唐文学的嬗变[M].北京：北京大学出版社，1990.

[15] 葛晓音.山水田园诗派研究[M].沈阳：辽宁大学出版社，1993.

[16] 葛晓音.诗国高潮与盛唐文化[M].北京：北京大学出版社，1998.

[17] 龚斌.陶渊明传论[M].上海：华东师范大学出版社，2001.

[18] 贡布里希.艺术与错觉：图画再现的心理学研究[M].林夕，李本正，范景中，译.杭州：浙江摄影出版社，1987.

[19] 郭绍虞.清诗话续编[M].富寿荪，校点.上海：上海古籍出版社，2016.

[20] 韩作荣.诗歌讲稿[M].北京：昆仑出版社，2007.

[21] 何方形.浙江山水文学史[M].杭州：浙江大学出版社，2020.

[22] 胡应麟.诗薮[M].上海：上海古籍出版社，1979.

[23] 黄侃.文心雕龙札记[M].北京：北京理工大学出版社有限责任公司，2020.

[24] 黄仁生.杨维桢与元末明初文学思潮[M].上海：东方出版中心，2005.

[25] 蒋松源，江晓英.乐山乐水：历代山水小品[M].武汉：崇文书局，2017.

[26] 孔颖达.毛诗正义[M].北京：中华书局，1957.

[27] 雷礼锡.晋唐山水美学研究[M].武汉：武汉大学出版社，2021.

[28] 李亮伟，张如安.宁波山水旅游文学研究[M].北京：海洋出版社，2011.

[29] 李亮伟.中国古代山水文学散论[M].杭州：浙江大学出版社，2016.

[30] 李学勤.十三经注疏·毛诗正义[M].北京：北京大学出版社，1999.

[31] 李泽厚.美的历程[M].北京：生活·读书·新知三联书店，2017.

[32] 梁启超.陶渊明[M].上海：商务印书馆，1923.

[33] 廖可斌.明代文学复古运动研究[M].北京：商务印书馆，2008.

[34] 布留尔．原始思维 [M]．丁由，译．北京：商务印书馆，1981．

[35] 林文月．山水与古典 [M]．武汉：长江文艺出版社，2020．

[36] 刘锡诚．中国原始艺术 [M]．上海：上海文艺出版社，1998．

[37] 刘永济．词论 [M]．上海：上海古籍出版社，1981．

[38] 阿恩海姆．艺术与视知觉 [M]．滕守尧，译．成都：四川人民出版社，2019．

[39] 鲁迅．中国小说史略 [M]．北京：中国言实出版社，2020．

[40] 逯钦立．先秦汉魏晋南北朝诗 [M]．北京：中华书局，1983．

[41] 罗宗强．玄学与魏晋士人心态 [M]．天津：南开大学出版社，2003．

[42] 袁宏道．袁宏道集笺校 [M]．钱伯城，笺校．2版．上海：上海古籍出版社，2008．

[43] 钱锺书．管锥编 [M]．北京：生活·读书·新知三联书店，2001．

[44] 屈小强，郭新榜．华土诗性：文士之漫游天下与山水文学 [M]．济南：济南出版社，2011．

[45] 任继愈，张岱年，冯契，等．中国哲学史通览 [M]．上海：东方出版中心，1994．

[46] 沈德潜．古诗源 [M]．长春：吉林出版集团股份有限公司，2017．

[47] 沈德潜，周准．明诗别裁集 [M]．上海：上海古籍出版社，1979．

[48] 苏轼．苏轼诗集 [M]．王文诰，辑注．孔凡礼，点校．北京：中华书局，1982．

[49] 唐圭璋．词话丛编 [M]．2版．北京：中华书局，2005．

[50] 陶潜．陶渊明集全译 [M]．郭维森，包景诚，译注．贵阳：贵州人民出版社，1992．

[51] 陶潜．陶渊明集校笺 [M]．龚斌，校笺．上海：上海古籍出版社，1996．

[52] 陶文鹏，韦凤娟．灵境诗心：中国古代山水诗史 [M]．南京：凤凰出版社，2004．

[53] 陶渊明，苏轼，柳宗元，等．且向山水寻清音 [M]．吴嘉格，编译．北京：

北京联合出版公司，2018.

[54] 王国维. 人间词话 [M]. 墙峻峰，注析. 武汉：长江文艺出版社，2017.

[55] 王国维. 校注人间词话 [M]. 徐调孚，校注. 北京：中华书局，2003.

[56] 王凯. 自然的神韵：道家精神与山水田园诗 [M]. 北京：人民出版社，2006.

[57] 王士禛. 带经堂诗话 [M]. 张宗柟，纂集. 戴鸿森，校点. 北京：人民文学出版社，1963.

[58] 闻一多. 唐诗杂论 [M]. 南宁：广西人民出版社，2017.

[59] 吴承学. 晚明小品研究 [M]. 南京：江苏古籍出版社，1998.

[60] 吴建冰. 古代广西山水散文与地域文化研究 [M]. 上海：上海大学出版社，2022.

[61] 王绩文集 [M]. 夏连保，校注. 太原：三晋出版社，2016.

[62] 萧驰. 诗与它的山河：中古山水美感的生长 [M]. 北京：生活·读书·新知三联书店，2018.

[63] 许连军. 皎然《诗式》研究 [M]. 北京：中华书局，2007.

[64] 阴法鲁，许树安. 中国古代文化史 3[M]. 北京：北京大学出版社，1991.

[65] 袁枚. 随园诗话 [M]. 吕树坤，译评. 长春：吉林文史出版社，2009.

[66] 袁行霈，聂石樵，李炳海. 中国文学史：第 1 卷 秦汉 [M]. 北京：高等教育出版社，1999.

[67] 章尚正. 中国山水文学研究 [M]. 上海：学林出版社，1997.

[68] 赵伯陶. 明清小品：个性天趣的显现 [M]. 桂林：广西师范大学出版社，1999.

[69] 王维. 王右丞集笺注 [M]. 赵殿成，笺注. 上海：上海古籍出版社，1998.

[70] 赵翼. 瓯北诗话 [M]. 霍松林，胡主佑，校点. 北京：人民文学出版社，1963.

[71] 郑敏.诗歌与哲学是近邻：结构—解构诗论[M].北京：北京大学出版社，1999.

[72] 周振甫.诗词例话全编：上[M].重庆：重庆大学出版社，2011.

[73] 朱德发.中国现代纪游文学史[M].济南：山东友谊书社，1990.

[74] 庄子.庄子[M].东篱子，译注.北京：北京时代华文书局，2014.

[75] 宗白华.美学与意境[M].南京：江苏凤凰文艺出版社，2017.

[76] 宗白华.写给大家的美学二十讲[M].南京：江苏凤凰文艺出版社，2020.

[77] 宗白华，文艺美学丛书编辑委员会.宗白华美学文学译文选[M].北京：北京大学出版社，1982.

[78] 邹华.中国美学原点解析[M].北京：中华书局，2004.

[79] 郭良夫.完美的人格：朱自清的治学和为人[M].北京：清华大学出版社，2003.

[80] 朱自清，朱乔森.朱自清全集：第4卷[M].南京：江苏教育出版社，1990.

[81] 敖红艳.浅论王士性的旅游审美观[J].前沿，2007（9）：239—241.

[82] 岑玉.论袁宏道的自然观与自我意识[J].信阳师范学院学报（哲学社会科学版），2001（3）：79—82.

[83] 陈双蓉.张可久散曲风格新探[J].淮阴师范学院学报（哲学社会科学版），2010，32（5）：660—663，700.

[84] 陈邑华.论现代游记的山水诗情：以郁达夫山水游记为例[J].福州大学学报（哲学社会科学版），2015，29（4）：69—72.

[85] 崔萍.论袁宏道的山水自然观[J].西南科技大学学报（哲学社会科学版），2019，36（1）：19—23.

[86] 戴峰.田园无限乐，夫岂为逃名：论张养浩山水散曲的意趣[J].名作欣赏，2007（14）：17—20.

[87] 丁楹.无奈的旷达：朱敦儒的饮酒与词心[J].中国韵文学刊，2021，

35（1）：80—85.

[88] 窦春蕾.人品与诗品投射在山水中的异彩：张养浩山水散曲之意境美及人格美[J].名作欣赏，2007（14）：20—22.

[89] 窦春蕾.试论张养浩山水小令的写景艺术[J].陕西教育学院学报，2002（2）：46—48.

[90] 盖琳.隐逸的山水：论郁达夫1930年代的"奉宪旅行"及游记书写[J].浙江学刊，2023（1）：208—215.

[91] 盖山林.举世罕见的珍贵古代民族文物：绵延二万一千平方公里的阴山岩画[J].内蒙古社会科学，1980（2）：27—39.

[92] 高建新.论《水经注》对中国山水文学的独特贡献[J].内蒙古师范大学学报（哲学社会科学版），2006（3）：110—113.

[93] 高建新.尚"清"与魏晋人物品鉴[J].内蒙古社会科学（文史哲版），1997（3）：86—91.

[94] 高建新.陶诗风格与景物描写[J].广播电视大学学报（哲学社会科学版），2003（3）：60—61.

[95] 谷青.山水题材绘画在宋词题材中的融入[J].文艺评论，2014（8）：89—91.

[96] 郭婷玉.张可久散曲中的道家山水思想[J].品位·经典，2021（21）：13—15，65.

[97] 何方形.论齐周华山水文化精神及其与王士性的关系[J].台州学院学报，2022，44（1）：16—20.

[98] 何方形.论王士性山水诗文的乡关之念[J].台州学院学报，2009，31（2）：24—28.

[99] 何方形.王士性旅游文化思想探论[J].台州学院学报，2017，39（1）：1—5.

[100] 何方形.王士性山水散文品格及其文学史意义[J].台州学院学报，2021，43（2）：64—68.

[101] 贺根民.郁达夫的魏晋名士风度[J].燕山大学学报(哲学社会科学版)，2017，18（2）：60—67.

[102] 黄彬.论朱敦儒词的审美风格[J].今古文创，2023（30）：50—52.

[103] 纪锐利.姚燮山水诗初探[J].聊城大学学报(社会科学版)，2005（3）：62—66，290.

[104] 江祎婧.论朱敦儒词的"清气"[J].东莞理工学院学报，2019，26（6）：27—32.

[105] 李坚怀.闲静的审美追求：论现代闲适小品散文的山水怡情[J].宝鸡文理学院学报（社会科学版），2014，34（2）：97—101.

[106] 李亮伟.论姚燮的山水词[J].宁波大学学报（人文科学版），2004（1）：1—5.

[107] 李亮伟.论叶梦得的山水情怀与山水词[J].宁波大学学报（人文科学版），2011，24（5）：23—30.

[108] 李亮伟.论张可久山水散曲的审美特征[J].宁波大学学报（人文科学版），2006（4）：1—6.

[109] 李亮伟.论张孝祥山水词[J].宁波大学学报（人文科学版），2013，26（4）：22—30.

[110] 李亮伟.谈张可久西湖之外的山水散曲[J].四川理工学院学报（社会科学版），2006（4）：87—90，94.

[111] 李亮伟.朱敦儒的山水情怀与山水词[J].古典文学知识，2013（6）：63—70.

[112] 李鸣.袁宏道游记创作析论[J].广州城市职业学院学报，2018，12（3）：7—12.

[113] 梁衡.山水散文的宗旨[J].新湘评论，2017（23）：42—43.

[114] 林晖.思想·科学·旅行：从王士性一生看其旅行的独特性[J].台州学院学报，2012，34（4）：21—27.

[115] 林振晔.论元代山水散曲中的色彩意象组合[J].渤海大学学报（哲学

社会科学版），2014，36（5）：93—95.

[116] 刘坎龙. 论朱敦儒词的清旷风格 [J]. 新疆教育学院学报，1986（1）：86—92.

[117] 刘霞. 王士性人文地理游记的形成探索 [J]. 兰台世界，2015（10）：149—150.

[118] 刘益国. 张养浩及其散曲创作 [J]. 四川师范大学学报（社会科学版），1992（5）：31—36，8.

[119] 刘育. 元代山水田园散曲的闲适图景和文化心理探析 [J]. 内蒙古大学学报（哲学社会科学版），2019，51（1）：93—99.

[120] 马美爱. 论朱自清的旅游观 [J]. 社会科学家，2006（2）：125—130.

[121] 马素娟. 张可久散曲风格略论 [J]. 广州城市职业学院学报，2012，6（4）：12—17.

[122] 倪伟. 刻画江山，铭写自我：郁达夫1930年代游记新论 [J]. 中国现代文学研究丛刊，2023（7）：166—191.

[123] 邵一凡，包佳道. 自在：袁宏道山水游记的一个精神面相 [J]. 汉字文化，2021（24）：72—73.

[124] 石群. 王士性与徐霞客"游道"之比较研究 [J]. 宁波大学学报（人文科学版），2017，30（3）：71—76.

[125] 石夷. 从"望秩于山川"到"悦山乐水"：我国古代关于山水自然美观念的演进 [J]. 复旦学报（社会科学版），1983（4）：40—46.

[126] 时志明. 魂系普陀 梦归四明：晚清诗人姚燮的山水诗及爱国诗初探 [J]. 苏州市职业大学学报，2000（4）：24—26.

[127] 时志明. 清代山水诗的因变创新论略 [J]. 苏州大学学报，1992（1）：33—36.

[128] 宋巍，林振晔. 论元代山水散曲色彩意象的生命意识 [J]. 唐山学院学报，2014，27（5）：89—91，108.

[129] 王俊. 现代"山水游记散文"三人论 [J]. 信阳农业高等专科学校学报，

2009，19（3）：82—83.

[130] 王培瑶.朱敦儒与陆游词作之比较[J].忻州师范学院学报，2020，36（4）：1—4.

[131] 王仕伦.进不欣，退不戚：从《云庄休居自适小乐府》看张养浩[J].合肥学院学报（社会科学版）2005（3）：59—63.

[132] 王星琦.从张养浩的散曲创作看其人格美[J].南京师大学报（社会科学版），1994（1）：113—121.

[133] 王雪枝.以西湖散曲为中心看张可久的心灵指向[J].河北师范大学学报（哲学社会科学版），2005（4）：102—105.

[134] 韦凤娟.《诗经》和楚辞所反映的人与自然的关系[J].文学遗产，1987（1）：19—27.

[135] 夏东锋.论叶梦得词的题材类型和主题[J].湖南科技大学学报（社会科学版），2011，14（6）：146—150.

[136] 肖虹.袁宏道笔下的吴中名山："随古典文学去远行"之三[J].博览群书，2022（5）：55—59.

[137] 肖林桓，尹楚兵.论朱敦儒"神仙风致"对李白"诗仙风骨"的接受与承继[J].名作欣赏，2012（17）：17—19.

[138] 颜思齐，刘松来.庄学与袁宏道的山水文学[J].江西师范大学学报（哲学社会科学版），2022，55（2）：95—100.

[139] 张晓光.山水：艺术的冲动发源之一：朱自清散文创作的生态审美观[J].深圳大学学报（人文社会科学版），2011，28（6）：104—109.

[140] 赵杏根.论姚燮诗歌创作与其经历、素质之关系[J].苏州大学学报，1990（2）：80—84.

[141] 周渡.探寻山水的"真"与"美"：朱自清写景散文的山水意识[J].镇江师专学报（社会科学版），1992（4）：62—65.

[142] 宗琮，周向频.晚明王士性的"游道"思想及其在白鸥庄营造中的表

达 [J]. 古建园林技术, 2023 (5): 110—113.

[143] 班秀萍. 庄子对魏晋南北朝山水诗的影响 [D]. 石家庄: 河北师范大学, 2010.

[144] 葛亚平. 王维山水田园诗歌文学意境的摄影创作 [D]. 长沙: 湖南师范大学, 2021.

[145] 郭良桂. 朱熹山水游记研究 [D]. 福州: 福建师范大学, 2009.

[146] 焦靖文. 宋型文化下的宋代山水词 [D]. 哈尔滨: 哈尔滨师范大学, 2021.

[147] 焦文倩. 魏晋山水意象的审美研究 [D]. 曲阜: 曲阜师范大学, 2017.

[148] 李明杰. 魏晋六朝山水文学的生态审美意蕴 [D]. 济南: 山东大学, 2019.

[149] 李晓琳. 东晋山水赋研究 [D]. 开封: 河南大学, 2019.

[150] 李云. 柳宗元山水游记创作渊源论 [D]. 呼和浩特: 内蒙古师范大学, 2011.

[151] 廉红红. 欧阳修山水文学作品研究 [D]. 合肥: 安徽大学, 2003.

[152] 刘相远. 袁中道山水文学研究 [D]. 赣州: 赣南师范大学, 2017.

[153] 柳春. 魏晋南北朝山水赋研究 [D]. 兰州: 兰州大学, 2008.

[154] 孙旭辉. 山水赋生成史研究 [D]. 杭州: 浙江大学, 2008.

[155] 唐颖婕. 苏门四学士山水词研究 [D]. 贵阳: 贵州大学, 2018.

[156] 王希圣. 六朝山水赋研究 [D]. 南京: 南京大学, 2019.

[157] 吴艳萍. 南朝山水文研究 [D]. 上海: 华东师范大学, 2011.

[158] 徐初菊. 生态批评视域中的柳宗元山水文学研究 [D]. 南宁: 广西民族大学, 2023.

[159] 徐欢欢. 盛唐山水诗与文人漫游 [D]. 宁波: 宁波大学, 2010.

[160] 杨华. 宋代山川赋研究 [D]. 济南: 山东大学, 2022.

[161] 杨雨佳. 魏晋南北朝山水文学研究 [D]. 成都: 西华大学, 2022.

[162] 詹艳杰. 唐代山水游记的生态审美观研究 [D]. 济南: 山东大学,

2021.

[163] 张帆帆. 宋代山水散文研究 [D]. 济南：山东大学，2018.

[164] 张蕾. 先秦至唐江南山水空间演进研究 [D]. 杭州：浙江大学，2022.

[165] 张世敏. 魏晋南北朝山水文研究 [D]. 湘潭：湘潭大学，2010.

[166] 张兴洁. 两晋南朝山水游记研究 [D]. 桂林：广西师范大学，2013.

[167] 郑文凤. 鲍照山水诗文研究 [D]. 哈尔滨：黑龙江大学，2019.

[168] 郑晓春. 柳宗元山水文学的艺术特点与文化意蕴 [D]. 福州：福建师范大学，2004.

[169] 付叶宏. 晋宋的山水赋研究 [D]. 保定：河北大学，2003.